文春文庫

警視庁公安部・片野坂彰

紅旗の陰謀

濱嘉之

警視庁公安部・片野坂彰

紅旗の陰謀 目次

プロローグ 9
第一章 京都の情報 18
第二章 長官官房総務課 44
第三章 情報確認 57
第四章 視察拠点 74
第五章 組織改革 96
第六章 EU異変 121
第七章 新型コロナウイルス禍 132
第八章 片野坂の暗躍 142
第九章 収穫 207
第十章 海外出張 234
第十一章 ルガノ潜入 307
第十二章 強制捜査 337
エピローグ 374

都道府県警の階級と職名

階級　所属	警視庁、府警、神奈川県警	道県警
警視総監	警視総監	
警視監	副総監、本部部長	本部長
警視長	参事官級	本部長、部長
警視正	本部課長、署長	部長
警視	所属長級：本部課長、署長、本部理事官	課長
	管理官級：副署長、本部管理官、署課長	
警部	管理職：署課長	課長補佐
	一般：本部係長、署課長代理	
警部補	本部主任、署係長	係長
巡査部長	署主任	主任
巡査		

警視庁組織図

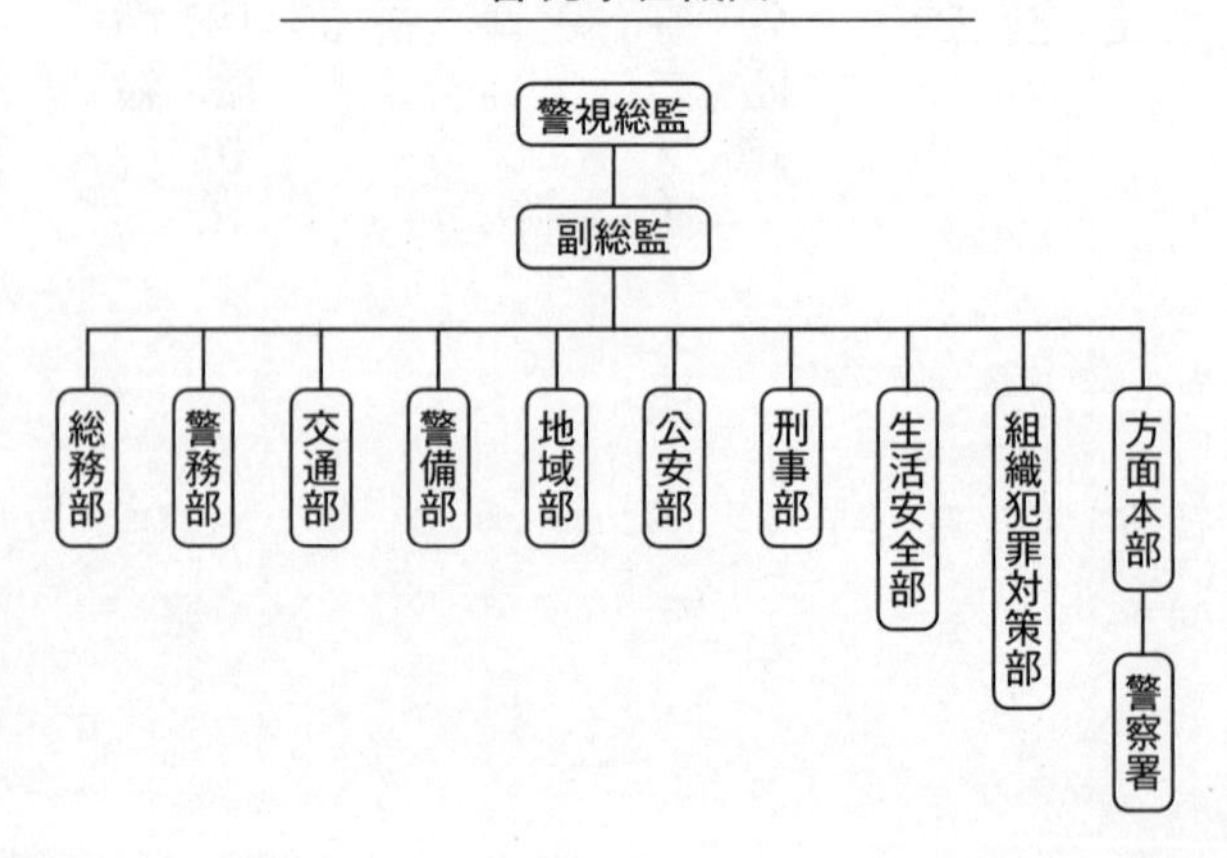

主要登場人物

片野坂彰……… 警視庁公安部付。特別捜査班を率いるキャリア。鹿児島県出身、ラ・サール高校から東京大学法学部卒、警察庁へ。イェール大留学、民間軍事会社から傭兵、ＦＢＩ特別捜査官の経験をもつ。

香川　潔……… 警視庁警部補。公安部付特別捜査班。片野坂が新人の時の指導担当巡査。神戸出身、灘高校から青山学院大学卒、警視庁へ。警部補のまま公安一筋に歩む。

白澤香葉子…… 警視庁警部補。公安部付特別捜査班。カナダで中高を過ごした帰国子女。ドイツのハノーファー国立音楽大学へ留学。英仏独語など４か国語を自在に操り、警視庁音楽隊を経て公安部に抜擢される。日本の女性では唯一、ＯＳＣＰ資格を持つハッカー。

望月健介……… 元外務省職員で、元国際テロ情報収集ユニット所属。ジョンズ・ホプキンズ大学高等国際問題研究大学院を卒業した中東問題のエキスパート。かつてシリアでＩＳＩＬの戦士「バドル」として戦った。

植山重臣……… 警察庁長官官房総務課補佐。福岡県警からの出向。

田島光博……… 警視庁池袋署警備課長。警視庁本部で香川の後輩だった。

押小路季義…… 京焼の窯元の末裔で、京都の裏のドン。

ジャック・アトキンソン… アメリカ国家保安部の特別捜査官。片野坂のＦＢＩ時代の仲間。

盛岡博之……… 内閣官房副長官。警察庁警備局出身。内閣人事局長。

中野泰膳……… 元民自党幹事長。政界の黒幕で、軍需産業にも意欲。

青山　望……… 警察庁警備企画課理事官。情報マンとして功績を挙げ「チヨダ」へ永久出向。

警視庁公安部・片野坂彰

紅旗の陰謀

プロローグ

「馬鹿な奴らだ。ご丁寧に、こんな画像までネットに載せてやがる」

「早いとこ始末しておいた方がよさそうですね」

「ああ。こんな馬鹿連中のせいで、俺たちにまで捜査の手が伸びてしまったら元も子もなくなる。どこの鉄砲玉を使うか……だな」

「周(ジョウ)のところの下っ端に、先月逃げてきた技能実習生野郎がいますぜ」

「うちの国か？」

「いや、ベトナム野郎です」

「仲間を殺(や)れるかかな」

「こいつはどうしても日本で稼がなければならない事情があるんです。ベトナム人世界の裏ギャングに入ってちっぽけな仕事をするより、うちらチャイニーズマフィアの傘下に入ることを決めた野郎です。肝試しにちょうどいいんじゃないですか」

「面白いな。失敗覚悟でやらせてみるか……」

池袋北口近くにある雑居ビルで、日本にアジトを構える上海系チャイニーズマフィア参謀格の王脩平(ワンシュウピン)が部下の劉剣瑛(リウジエンイン)に言った。

劉は直ちに電話を入れた。

「周、お前のところに逃げ込んだベトナム野郎は何をしている?」

「今、偽造在留カードチームの下働きをさせています。案外、頭がいい野郎で、メカに強いんです」

「そうか、しかしあまり早いうちから中に入れるんじゃねえぞ。ところで、そいつは肝っ玉はどうだ?」

「ヤバイ仕事ですか?」

「周、お前も察しがよくなったな。春先から全国で続いていた家畜泥棒の本犯(ほんばん)が見えてきたんだ」

「やっぱりベトナム野郎ですか?」

「ああ。ギャングの頭領だったチャン・クンだな」

「あの野郎ですか……あの野郎も偽造在留カードを作っている……という噂があったんです。野郎は今どこにいやがるんですか?」

「茨城のようだ。早めに始末しておいた方がいい。野郎どもは盗んだ家畜を身内で分けて喰っているだけの連中だ。同じ家畜泥棒でも俺たちのように繁殖させて事業にするのとは全く違う。所詮ゴミと同じ連中よ」

「タマを取るのは何人くらいなんですか？」

「今回はチャン・クンだけでいい。ただし、闇から闇に葬るのではなく、見せしめであることを忘れないように始末させろ。奴らには奴らなりのやり方があるはずだ。チャカが必要なら持たせてやれ。そして必ず確認役を付けさせろ」

「わかりました。すぐに話を付けます。ところで巧くやった時の報酬はどうします？」

「チャイニーズマフィアの仲間入りだと伝えてやれ」

翌日、周から本人が納得した旨の連絡を受け、劉はチャン・クンの所在を確認させた。これはチャイニーズマフィアの中のIT専門分野の者に任せると、瞬時に回答が出た。インターネットにチャン・クン自らが投稿していた複数の画像データを解析して撮影場所を突き止めたのだった。さらに、ネットからSNS情報を別ルートで解析し、チャン・クンが使用している複数の携帯電話を特定して、その位置情報も確認していた。

翌々日、周の手下に連れられた技能実習生のヤンは茨城県石岡市にあるベトナム人が多く住む県営住宅の前にいた。すでにチャン・クンの顔をヤンは確実に覚えていた。ヤンの手にはS&W四十五口径のリボルバー、背中には刃渡り三十五センチメートルのダガーナイフが鞘に納まっていた。

周に準備完了の報告を行って間もなく、偽メールに踊らされたチャン・クンが玄関から出てきた。チャン・クンの女が友人から車を借りて迎えに来た旨のメールだった。

チャン・クンが玄関から出て五、六歩歩いた時「パン」という乾いた音が響いた。チャン・クンは、後頭部から血を流しながらその場に前のめりに倒れた。撃った拳銃を見張り役に手渡すと、すぐさまヤンは腹這いに倒れているチャン・クンに駆け寄り、その喉に右手でダガーナイフを当てると、血が飛散しないよう左手に持っていたひざ掛けをナイフの手元に当てゆっくりと引いた。見事な手口だった。ヤンと見張り役は素早くその場を離れ、近くに待たせていた偽造ナンバーの盗難車に乗り込むと、静かに立ち去った。

小一時間して、ベトナム人グループの一人が首を切られて死んでいるチャン・クンを発見した。周囲の住民からベトナム人部落とも呼ばれている地域の住人たちは、蜂の巣をつついたような騒ぎになった。

チャイニーズマフィアのIT専門分野の責任者は、一斉に動きが始まったベトナム人コミュニティーのSNSを分析し始めた。

茨城県警も近隣住人からの一一〇番通報を受けて現場に急行した。さらに拳銃使用による殺人事件として広域緊急配備が敷かれたが、その頃には、チャン・クンを殺害した実行犯のヤンと見張り役は、殺害現場から車で二十分ほどの位置にある茨城空港から中国の春秋航空で上海に向かって飛び立っていた。また、移動に使われた車両はナンバープレートを外され、ガソリン、エンジンオイルを抜かれて護岸から海中に投棄されていた。

「いい仕事ぶりじゃないか」

「軍隊経験がありましたから」

「なるほど……そういうことか。上海で、新しいパスポートと在留カードを渡してやろう。そうすれば警察や入管に追われる心配もないからな」

「すぐに日本に帰ることができるのですか？」

「二、三日、上海で観光だな。金はある。美味（うま）いもんでも食おうぜ」

見張り役は意気揚々とした口ぶりで言った。

茨城県警の特別捜査本部は被害者のチャン・クン周辺の捜査から、彼らが大掛かりなベトナム人不法残留コミュニティーの連絡網を築いていることを確認して、外事事件として警察庁警備局に報告を上げたが、実行行為者等に関する情報は杳（よう）として掴むことができなかった。

　警察庁警備局外事課は国内に不法残留する外国人データを確認した結果、この時点で約八万人が存在し、そのうちベトナム人が一万三千人を超える国別のワーストワンであることを確認していた。

「不法残留の第二位が韓国人で、三位が中国人か……上陸拒否外国人はダントツで中国人なんだが、ベトナム人は技能実習生としての来日がほとんどなんだな……」

「外事事件ばかり追っていて、本来、常識として把握していなければならない不法残留の正確な数を見落としていましたね」

「本来は入管の仕事だからな……。都道府県警も結果的には入管渡しで終わるだけで、本気で取り組む姿勢がないのも事実だ。この件に関してはもう少し見直さなければならないな……」

「今後、オリンピックの開催を受けて、難民の受け入れも求められる可能性がありますからね」

「国連からか？　国連なんて、外務省と文科省以外はどこの省庁も相手にしちゃいないさ」

「そんなものですか？」

「そりゃそうだろう。国連が日本のために何かしてくれることがあるのか？　早いこと、アメリカが離脱してくれれば、日本もすぐにそうするんだがな」

警備局外事課の理事官が、補佐にため息交じりに語っていた。

「ところで、今回の茨城の事件で、ベトナム人の不法残留コミュニティーの存在がわかったのはいいんだが、それぞれの都道府県に摘発要請を行わなければならないな」

「しかし、収容先がありませんよ。入管の収容施設も満杯が続いているはずですから。

しかも、新型コロナウイルスの流行で、強制送還もできません。奴らのネットワークのデータ解析を警視庁にやらせてみましょうか？」

「警視庁外事二課は山のように事件を抱えているからな……おまけに課長の松野（まつの）さんは運動会の先輩だからな……こういう案件は頼み辛（づら）いんだ」

「東京大学運動会……ですか……どうして東大は体育会という言い方をしないのですか？」

「東京大学運動会は明治時代に運動会改革が実施され、現在、一般財団法人東京大学運動会という公益法人で、学部学生は原則として全員運動会に入会することになっているんだ」

「学生全員……ですか？」

「あまり知られていないことなんだが、東大と京大の間には、双青戦という対抗体育大会があるんだ。名称は東大のスクールカラーが淡青（ライトブルー）、京大のスクールカラーが濃青（ダークブルー）であることに由来しているそうだが、東大の硬式野球部だけは紺碧（ドジャーブルー）にしていた。その理由は、東大野球部は東京六大学野球連盟のリーグ戦における『不名誉な連敗記録保持者』なので、正式チームカラーの淡青では『弱く見えるから』だったそうだ。もっとも去年には淡青が復活したようだがな」

「なるほど……帝国大学ワンツーならではの歴史があるわけですね。それはそうと、データ解析をお願いできるところは他にありませんか？」

補佐の懇願に近い相談に、理事官が腕組みをしながらポツリと答えた。

「片野坂さんかな……」

「警視庁公安部付の片野坂彰さんですか？」

「ああ。中高の二年先輩なんだ。当時は人格者だったんだが……警察庁に入ってからは天才なのか変人なのかわからない……とも言われている人なんだよ。最近は全く連絡を取っていないんだが……」

「藁にもすがりたい状況です。何とか……」

「そうだな……」

理事官はやや悩んだ様子だったが片野坂に電話を入れた。

片野坂は外事課理事官の申し入れを快諾して、ベトナム人だけでなく韓国人、中国人を合わせた不法残留者の基本データを要求した。

片野坂は理事官から聞き出した警察庁ビッグデータ内の保管場所とキーワードを確認してアクセスした。

「香川さん。また宝の山を見つけましたよ」

「なんだ。その宝の山というのは……」

片野坂のデスクに歩み寄って彼のパソコンのディスプレイを見た香川潔が言った。

「宝の持ち腐れだったわけか……。巧くやればマフィアの裏の繋がりも見えてくるんじゃないか？」

「残念ながらそういう発想が警察庁にはないんですよね……」

「仕事の種類が違うと言えば違うんだろうし、統計面からいっても本来は法務省管轄だろうしなあ……外二にしても、入管違反はやってもやってもきりがない仕事と言われているからな……」

「そこをチャイニーズマフィアの連中は狙っているのですけどね。一時期はベトナムギャングもチャイニーズマフィアの傘下にありましたけど、最近は不法残留者の数が増えすぎて、奴らの目が届かない所で凶悪なギャング化をしているようですね」

「こういう仕事は、とりあえず白澤（しらさわ）の姉ちゃんに絞り込んでもらった方がいいだろうな。ベトナム人コミュニティーのＳＮＳへのアクセス記録から何か出てくるかもしれないし、そこにチャイニーズマフィア関係者が出てくれば、今回の警察庁データが役に立つことになるしな」

「白澤のハッキング技術に期待してみましょう」

第一章　京都の情報

　川面から吹き上げてくる風は頬を刺すようだった。アメリカ大統領選を控えた年の二月下旬の底冷えの中、ここを訪れる観光客はさすがに少なく、地元の子どもたちの姿もほとんど見られなかった。

　二つの川が合流するこの場所には、いろいろな形を模したコンクリートブロックを配置した飛び石がある。普通のコンクリートブロックに交じって、亀と鳥をかたどったものもある。カシミヤ百パーセントの黒のチェスターフィールドコートを着た片野坂は、童心に返ったかのように飛び石をぴょんぴょんと渡った。片野坂は根っからの無神論者ではあったが、子どもの頃から祖母に言われていた不動明王と亀が自身の守り神であることは不思議と意識していた。このため、亀をかたどったものを踏むことなく、大股で飛び越えていた。

川を渡るためにある飛び石は、本来、河床の安定を図るという主目的のために設けられた、「帯工」という横断構造物なのである。

半年ぶりに京都を訪れた片野坂は、本来の仕事をしばし忘れ、彼ならではの京都観光の楽しみに浸っていた。京都駅で荷物をコインロッカーに預けると、慣例どおり真っ直ぐ、北区紫野にある今宮神社に向かう。正門から神社の敷地内に入った片野坂は本殿にはお参りもせず、ただ通過するための最低限度の礼儀として礼拝だけして東門から神社を出た。門前参道にある「あぶり餅」を食するためにここまで来たからである。片野坂はここに向かい合って二軒あるあぶり餅屋のうち「かざりや」を贔屓にしていた。

親指大にちぎった餅にきな粉をまぶして竹串に刺したものを、女性が十数本ずつ手持ちであぶって程よいあぶり加減になったら一子相伝で製法を受け継いだ白味噌のたれをかける。

片野坂の京都のスタートは常にここからだった。かつて広域暴力団・岡広組のナンバーツーと会った時も、ゲン担ぎではなく、この行事は外さなかった。

急ぎの仕事以外の時には、あぶり餅を食した後で落ちている小枝を拾い、これが倒れた方向に行くのが京都好きの片野坂ならではのこだわりだった。南の方向に向いて、右に倒れれば嵐山、左に倒れれば東山……という塩梅だった。

この日は棒が左に倒れた。片野坂はその場で次の行き先を即座に決めた。賀茂御祖神社、通称「下鴨神社」近くにある店で鯖寿司を食べ、葵橋を渡って今出川通近くに来たところにあるのが「出町の飛び石」だった。「賀茂川」と「高野川」の合流点の手前にある鴨川デルタの先頭あたりに、二つの河川にまたがって設置されている。ここに来ると、どんなに嫌なことがあってもそのことを忘れさせてくれる。嬉しいことがあったときはこれが数倍にもなるような場所でもあった。

飛び石を渡り切った片野坂は、ラジオ体操の背伸びの運動をするかのように、二度、大きく深呼吸をして、今回の本来の目的である、ある人物が待つ場所へと向かった。

千鳥の柄が描かれた提灯に灯(ひ)が入ると、この狭い通りに活気がみなぎってくる。最近は人の迷惑も考えない外国人観光客が、通りのいたるところに団体で立ち止まっては写真撮影に余念がない光景によく出くわす。提灯の柄になっている「イカルチドリ」の別名が鴨川千鳥である。江戸時代は千鳥の群れが鴨川によく飛んできたそうで、古(いにしえ)の名前の由来が偲ばれる。

鴨川と木屋町通の間にある花街及び歓楽街が、先斗町(ぽんとちょう)である。「町」と付いても、町名としての先斗町はない。「先斗町通四条上ル柏屋町」といった形で使われている。京都には現在「五花街」と呼ばれる花街があり、先斗町は、祇園甲部、上七軒、祇園東、宮川町とともにその一つを構成している。

「先斗」を「ポント」と読む語源については幾つか説があるが、その一つにポルトガル語が挙げられているのは、近年の「排他的な京都人」と呼ばれる京都とは異なる時代の趣を呈している。

先斗町には「抜け路地」と呼ばれる細い抜け道があり、その中には「この路地は通りぬけできまへん」と記された袋小路の路地も数多い。

その袋小路の一つにある小料理屋が、今夜の待ち合わせ場所だった。

約束の五分前に片野坂は店の前に着いた。暖簾をくぐり木戸を開けると、店の右手に奥に向かってカウンターが設えてある。カウンターの中に主と思われる四十代半ばの、きりりと引き締まった顔立ちの板前がいて、「いらっしゃいませ」と標準語で挨拶をした。これが女将ならば「ようおこしやす」というところだろう。片野坂は「こんばんは、押小路さんの席にお願いします」と言って木戸を閉めた。カウンター席のむこうにテーブル席があるとみえて、奥から押小路季義の野太い声がした。

「おお、片野坂はん、相変わらずの五分前行動やな。まあ入りぃや」

カウンター席の後ろを通って片野坂は奥に入った。

狭い店内である。カウンターは六人が定員。奥に四人掛けのテーブル席が二つあるだけだった。

約束の時間前だったが押小路はすでに一人で日本酒の燗酒を始めていた。

「今夜はちょっと寒いよって、先に温まらせてもろうてるで」

別に悪びれるわけでもなく日ごろの挨拶のように言った。

「その方が僕も気楽ですから」

そう答えると押小路が、

「こちらさんにも同じもんを。それから、料理はゆっくり始めてくれるか。小盛でな」

と主人に向けて言った。

「おおきに」

ようやく主人の京都弁を聞くことができた。

頷きながら押小路が表情を崩すことなく言った。

「片野坂はんの顔を見るのは何年ぶりになるかな……今日は早いうちに京都に入っては
ったようやな」

「ご無沙汰してしまい申し訳ありません。三年ぶりですが、相変わらずの情報網ですね。

今日も昼一番に今宮さんに行って参りました」

「初詣かいな。今宮さんはいつものパターンやな？」

「落ち着く場所ですから」

「ほんなら、またかざりやであぶり餅かいな？」

「そのとおりです」

「今宮神社いうたら『玉の輿』やけど、嫁はんはどないしたはるんや？」

「残念ながら未だひとり者です。将来的にも玉の輿は無理ですが、どこかにいいご縁があればとは思っています」

今宮神社が玉の輿神社といわれるようになったのには、「玉の輿」の語源になった女性の存在がある。

玉の輿は、女性が金持ちの男性と結婚することにより、自分も裕福な立場になることを指す。玉の輿が今宮神社に由来するというのは俗説と言われているものの、他の諸説にも共通するのは、三代将軍徳川家光の側室となり、五代将軍となる綱吉を産んだ女性の名前が「玉」（後の桂昌院）だった、というものである。綱吉が将軍となった後の元禄十五年（一七〇二年）、桂昌院は女性最高位の従一位の官位と、藤原光子（または宗子）という名前を朝廷から賜るに至っている。これは、春日局の従二位をも超えている。

「まあ、その気になれば選り取り見取りなんやろうが……。そいで、今宮さんの後はどっち方向に行きはったんや？」

「下鴨さんの近くで鯖寿司を軽く食べて、散歩をしました」

話の区切りを見ていたかのように、主人が熱燗を持ってきた。

「澤屋まつもとの純米を熱燗にして参りました」

押小路が「おう」と二合徳利を受け取ると、片野坂の前に置かれた清水焼のぐい呑みに酒を注いで言った。

「鯖街道の入り口やな……まあ、あそこは美味いわな」

押小路が盃を上げたので、片野坂もこれに合わせて乾杯の挨拶をして、ぐい呑みを口に運んだ。京都の地酒の香りが心地よく片野坂の口腔に広がった。

「この店には京都の酒しか置いてへんのや。儂は決して認めてはおらへんのやけど、伏見の酒もいくつかは置いてある」

片野坂はぐい呑みの酒を飲み干して言った。

「さすがに京都の人らしい表現ですね」

押小路は江戸幕府が開かれて間もない寛永年間（一六二〇年代）に京都押小路東洞院辺りにあった、京焼の窯元の末裔である。実家は彼の祖父の代で窯を閉じたが、親族には人間国宝候補に挙がる陶芸家がいた。押小路も日本最古の芸術大学である京都市立芸術大学工芸科陶磁器専攻を卒業し、一時期は陶芸を行っていたようだが、その後骨董の世界に入るうちにアンダーグラウンドの世界とつながるようになっていた。特に押小路の実家筋が、古くから「唐人相伝の方を以て内窯焼の陶器を製す」と伝えられる技法を持っていたため、中国、朝鮮の陶工との縁があったことも大きな理由の一つだった。

「京都人からしたら、伏見はもう京都ではのうなってるさかいな」

「京都人……ですか……」

片野坂はため息交じりに押小路の言葉を反芻した。

京都人という表現をする人々は、東京で「江戸っ子」と呼ばれる人たちと似ているが、江戸っ子が三代東京生まれの人たちを言うのと違って、明治維新当時から京都在住だった人々を言う。明治維新当時の京都の人口は約二十三万人、そのうち寺社関係者を除くと、一般人は数万人ということになる。

片野坂のその様子を察したかのように、押小路が訊ねた。

「ところで今日は何を聞きに来たんかな。話題になっている中国のウイルスというわけでもなかろうに」

「この新型ウイルスの案件ばかりはどうにもなりません。パンデミックにならないことを祈るだけです。今日お聞きしたいのは北朝鮮の件です」

「ほう……世界の注目は北朝鮮よりも、世界中に広がる気配がある新型コロナウイルスの方と違うんかいな」

「新型コロナウイルスはまだ先が読めません。かつてのＳＡＲＳの時のように、またしても中国の生物兵器の可能性が高いのは確かですが……」

「生物兵器か……なんで中国はそないなもんばっかり作ってるんや？」

「第一には、高齢者抑制対策があるのだろうと言われています」

「高齢者を肺炎にして殺してしまおう……とでもいうんかいな？」

「中国の高齢者の主要な死亡原因は、呼吸器疾患によるものと報告されています。大気汚染の問題もありますが、タバコもよく吸いますしね」

「確かに毎年百万人位が呼吸器疾患で死んでる……いう話を聞いたことがあるが、あれはほんまのことかいな？」

「約十四億人の中の百万人ですからたいした数ではない……というのが中国当局の見方のようです」

片野坂があまりに平然と答えたので、押小路がやや身を乗り出すようにして訊ねた。

「そしたら、百万人ではまだ足りん……いうことかいな？」

「高齢者の増加は中国経済を圧迫しています。しかも一人っ子政策を長く続けた結果、二人の親から子どもが一人しか生まれないわけで、共産主義国家にとって最も大事な人口ピラミッドの底辺がしぼんでしまうのです」

「なるほど……余計な金がかかる年寄りは早く死んでもろうた方がええ……いうことかいな……」

「ですから地方の辺鄙（へんぴ）な山岳地域に住んでいる老人たちを強制移住させて、老人街を創っているのですが、数年後にはゴーストタウンになってしまうのです。いくら新しい街を創っても、そこには病院がない……というのが中国の老人政策ですから」

「姥捨て山ならぬ、姥捨て街かいな？」

「早い話が隔離政策ですね。そこでインフルエンザの集団感染でも発生すればあっという間にゴーストタウンの出来上がりです」

「けど、インフルエンザやったら、ワクチンや薬があるよってな……」

「そのような街に、インフルエンザの予防接種を受けるような老人はまずいません。金がないのと、ワクチンの存在すら知らないレベルの人たちですから。ただ、インフルエンザの場合には一般人に及ぼす影響が大きいのも事実です。ですから当局は肺炎に特化したウイルスを開発したがるのです」

「なんと空恐ろしい話や……確かにあの国ならではのことなんやろうが……今回もまた中国政府はＳＡＲＳの時と同じような過ちを犯してるようやな」

「今回の新型ウイルスは未完成品だったのでしょう」

「ＳＡＲＳは完成品だったということかいな？」

「あれは研究員がラボから持ち出したのです。しかし今回は違います。感染発生当初、政府が異常なほど過敏に事実を隠蔽しようとしました」

「なるほどな……それでも、これは中国だけで済む話ではないやろうし現にクルーズ船でも問題になってるようやしな……日本でも感染がもっと広まるんとちゃうんかいな？」

「その可能性は高いと思いますが、中国のように都市封鎖のようなことは日本では考えられません。どうなることやら先が見えないのが現状ですね。ところで話を戻して北の件なのですが……」

「北か……最近はあんまり興味がのうなってな……」

「しかし、押小路さんは金正恩の母親の高容姫とは仲が良かったのでしょう？」

「儂らは同じ年やったからな。けど、彼女が朝鮮に渡ったんは十歳の時やった。遠い昔の話や」

「それでも、御縁はあったのでしょう？」

「まあ、物心がついたころから一緒やった幼馴染や。二十歳かそんくらいの時に踊り子として日本に来たときは、懐かしさに思わずお互い涙流して抱擁したもんや」

「そういう過去があったのですね」

「それが縁で、朝鮮総聯の連中が儂に気遣うようになっただけや。姫勲ももう十七回忌になるかならんかやないかな。ほんまに昔の話になってしもうたな」

「たしか今年が十七回忌だったかと思いますが、正恩は母親が在日であることを否定しているのでしょう？」

「朝鮮には、未だに日帝残滓というものが残ってるようやからな。そのくせ、儂の爺さんたちが造ってやった水豊ダムは日本が建設したことが朝鮮国内では伏せられ、今もあの国の国章にまで描かれてる。言行一致もできん、あの国らしいほんまクソッタレの所業やな」

日帝残滓とは、日本による朝鮮統治時代に日本から朝鮮半島に伝わった文化・文物等を排除すべき対象とするという意味の罵倒語で、韓国や北朝鮮ではマスコミだけでなく、日常会話でも使われている。

「そんなに北朝鮮のことが嫌いなのに、どうして情報ルートを保持していらっしゃるのですか？」

「まあ、商売やな。知ってのとおり、北朝鮮には多くの地下資源が眠ってる。そしてそれを露骨に狙うてるのが中国とロシアや。けどその前に、儂が北朝鮮系コリアンマフィアを通じて採掘権と搬出ルートを確立してるんや」

押小路季義は京都の裏のドンとも言われる男で、れっきとした日本人ながら、関西在住の在日の韓国、朝鮮人ルートに詳しかった。また、日本最大の反社会的勢力である岡広組幹部の相談役的立場で、関西政財界の裏のご意見番でもあった。

「北朝鮮系コリアンマフィアというのは、北朝鮮国内に存在しているのですか？」

「北朝鮮は国連決議による制裁の裏で、石油を始め国内では生産できひん様々なもんを瀬取りで手に入れてるようやが、この取引を掌握してるんが北朝鮮系コリアンマフィアや。政府関係者は、高官いうても海外との貿易なんかできひんのが現実やからな。かつて張成沢が中国と密貿易をやって私腹を肥やしてたことへの反省が、金正恩には根強くあるようや」

「無残な処刑方法だったようですね。腹違いの兄も悲しい殺され方をしましたが、金正恩にとっては、自分以外が私腹を肥やすことは許しがたい裏切りと感じられるのでしょう」

「絶対王政のようなものやからな。身内の裏切りほど怖いもんはないんとちゃうかな。けど、そんなことより、今、世界が注目してるんは、世界中に広がる気配のある新型コロナウイルスなんと違うんかいな」

「新型コロナウイルスの影響はこれから大きくなると思いますが、全く先が読めません。ヨーロッパやアメリカ国内で感染が本格化するのか否かにかかっていると思います。今これを前提に考えると何も話ができなくなってしまいます。それよりも今そこにある危機、例えば外交問題をどうするかの方が現実的です。外交的にはアメリカとイランの問題の方が大きいのではないかと思います。イランがアメリカに対して戦争を仕掛けることはないとは思いますが、トランプ大統領に対する個人的なテロが全くないとは言えないだろうと見ています」

片野坂が言うと押小路は首を傾げながら訊ねた。

「なるほど……仮にトランプがテロにあった場合、アメリカはどないなふうに動くと思う？」

「動かないでしょう。米軍によるカッセム・スレイマニ司令官の殺害行為はシーア派の三日月地帯と呼ばれる地域で、対アメリカ作戦を進めていたことに対する阻止作戦だったことは事実だったようですけどね」

片野坂の言葉に押小路はゆっくりと頷いて訊ねた。

「中東のイスラム原理主義者が企てる国際テロは一般のイスラム人も非難しているそうやけど、実際のところどうなんや？」

「確かに宗派の違いで内部抗争も起こしているのが実情ですが、国際テロの矛先が他の宗教に向いている場合にはどれだけ大きな犠牲があったとしても他人ごとのように考える傾向があります。それはムスリムの弱点でもありますが、女性に対する教育を原則として否定している面が大きいかと思います」

「親が子に教育もできひんとなったら、子どもはますます善悪の判断ができひんようになるな」

片野坂は話題を進めた。

「イランの最高指導者であるアヤトラ・ハメネイ師は、決して過激な思想を持つ人物ではありません。ただ、トランプがイランの文化施設まで攻撃のターゲットにしている旨をツイートしたことは、アメリカも署名したUN決議を反故にすることになります」

「UNか……片野坂はんは国連嫌いか？」

「『国連』という呼び方そのものに否定的です。United Nations、つまり第二次世界大戦当時の連合国のことでしょう。日本は未だにUNでは枢軸国たる敗戦国のままですからね」

「まあ外交ができひん外務省の無能な連中らしい名前の付け方を、できの悪い左派の日教組が追認しただけのことや」

「そんなところでしょうね」

片野坂が憮然とした顔つきで答えると、押小路が「フフッ」と笑って言った。

「話は戻るけど、アメリカは世界を敵に回す……いうことなんかいな？」

「アメリカ議会の承認も得ずに行った今回の攻撃は、アメリカにとって自衛のための差し迫った攻撃であった……という立証が困難なのです」

「言葉は適切やないかもしれんけど、あれは違法行為やった……いうことかいな？」

「アメリカ議会がどう判断するか……ですね。今回のアメリカの攻撃に関して、ポンペオ国務長官は、『アメリカ人への攻撃が差し迫っていたために攻撃をした』と事の緊急性を強調していましたが、ボルトン前国家安全保障問題担当大統領補佐官は、『暗殺成功まで長い時間がかかった』と、以前から暗殺を計画していてやっと成功した旨の話をしています。かつてマティス元国防長官に〝悪魔の化身〟と呼ばれた超タカ派のボルトンが主張したイランに対する強硬姿勢を、トランプが受け入れた格好になっています」

「それやったら、今回のスレイマニ司令官の殺害行為には正当な大義名分がなかった……いうことになってしまうんとちゃうんか？」

「そういわれても仕方がない状況だったと思われます」

「日本はアメリカの最強の同盟国として、どう対処するつもりなんや？」

「いわゆる集団的自衛権の問題ですね。わが国と密接な関係にある国に対して武力攻撃がなされたときは、それが直接わが国に向けられていなくてもわが国の平和と安全を害するものとみなして対抗措置をとる権利ですが、国家の自衛権はUN憲章五十一条によってすべてのUN加盟国に認められています」

UN憲章第五十一条は「この憲章のいかなる規定も、国際連合加盟国に対して武力攻撃が発生した場合には、安全保障理事会が国際の平和及び安全の維持に必要な措置をとるまでの間、個別的又は集団的自衛の固有の権利を害するものではない。この自衛権の行使に当って加盟国がとった措置は、直ちに安全保障理事会に報告しなければならない。また、この措置は、安全保障理事会が国際の平和及び安全の維持または回復のために必要と認める行動をいつでもとるこの憲章に基く権能及び責任に対しては、いかなる影響も及ぼすものではない」と規定している。

「今回、日本はイランとアメリカのどっちに付くか……いうことやけど……」

「今回ばかりは、日本も全面的にアメリカを支持することはできないでしょうし、今後、イランを攻撃するアメリカ軍が日本の基地から出撃することを拒絶する可能性があるかと思います」

「日本の政治家に、そこまでの勇気があるんかいな？」

「なければ、日本がイランにとって集団的自衛権行使の対象になってしまいます。これは北大西洋条約で『欧州または北米における締約国に対する武力攻撃を全ての締約国に対する攻撃とみなし……集団的自衛権を行使する』となっているEU諸国にとっても、悩ましい問題だと思います」

集団的自衛権は、刑法でいう正当防衛の観念と同様に考えられている。刑法第三十六条では「急迫不正の侵害に対して、自己又は他人の権利を防衛するため、やむを得ずにした行為は、罰しない」と規定されている。つまり正当防衛権とは、急迫不正の侵害が発生した場合、「自己」だけでなく一緒にいた「他人」の権利をも防衛することができる、というものである。これが国際社会においては国家の「自衛権（個別的・集団的自衛権）」と考えられている、ということである。

「なるほど……そうなったら当然のこと、イスラエルもイランのターゲットに入ってくる可能性がある……いうことやな」

「そう思います。これからの情報戦と報復合戦がどこで終結するか……にかかっていると思います」

「第三次世界大戦には発展せえへんいう判断なんやな」

「アメリカもそこまで馬鹿ではないでしょうし、そうなればトランプはアメリカ史上最も劣悪な大統領になってしまいます。商売人にとって、それは最も忌み嫌う汚点のはずです。しかも、今年は選挙も控えていますからね」

「そうやったな……トランプは政治家やのうて商売人か……それやったら商売は下手やな」

押小路が笑ったところで主人が先付と八寸を運んできた。

「ここの店の料理は美味いんやが、量が多うてな。途中に出てくる雑煮だけは食べて貰わんとあかんからな」

まだ冬ながら二月になったためか先付と八寸には梅花の他、春の風情があしらわれていた。

「美味しいですね」

「片野坂はんは舌が肥えてるからな。ところで今もまだ警視正やってるんかいな？」

「はい。現在は警察庁を離れて、警視庁の公安部で情報担当をしております」

「警視庁？　それは左遷とちゃうんかい？」

「そこがなかなか難しいところで、警備局だけの情報では済まないようになってしまいました」

「警察庁は寂しい思いをしてるんやないんか？」

押小路が笑って訊ねたので片野坂も笑って答えた。

「警視庁のような大きな組織には、案外、空白区域が出てくるものです」

「そういうことかいな……儂の周りの大企業や反社会的勢力でも、確かにいろんな隙間はあるわな。そこに目つけて仕事創るんがヤクザの世界やったんやけど、それが儲かるとなったら大企業が大手を振って参入してきよる。しかも政治家を使うて法律まで作って、今度はヤクザもんを追い出そうとする。言葉は悪いかもしれんが、警視庁いうたかて、所詮は京都府警と同じ地方組織や。そないな組織の隙間でええ仕事ができるとは思われへんがな」

「確かに警視庁巡査の入庁時のレベルは他の道府県警よりも低いのが実情でしょう。しかし、入庁後の鍛えられ方が全く違うのです。様々な事象も多いですし、皇室、国会、霞が関といった国家の中枢が集まっています。視点の高さが変わると人も育つものなのです」

「視点の高さか……なるほどな」

そうは答えたものの、片野坂は警視庁公安部内に存在する情報チームの要員が六十人を超えていても、実際に情報マンと言える人材は一桁に過ぎないことを知っていた。

警察庁長官からの特例人事で、警察庁の理事官ポストを蹴って現場で活動する中途半端な立場は、宙ぶらりんの状態と言ってよかった。

「話は戻りますが押小路さん、北朝鮮が南朝鮮を支配下に収めた時、朝鮮半島はどうなると思いますか？」

「片野坂はんの言うことは、ようわかる。南が北を吸収合併することはできひんからな。南にはもうアメリカは付いてへん。片や北はロシアと中国が手を結ぶ形でバックアップしてるよってな。さっき出たボルトンみたいな奴がいてへん限り、南は北に吸収されるやろう。出来の悪い大統領が三十八度線を世界遺産にしよう、なんちゅう馬鹿げた発想をしてるようやけど、一笑に付されるに決まってる。ただ……」

「ただ？」

押小路が微妙なタイミングで言葉を止めたため、片野坂はやや身を乗り出して訊ねた。

「金正恩の健康問題がどうなんか……そこが気になってるんや」

「金王朝は当面は安泰、ではない……ということですか」

「そのとおりやな。金正恩の健康問題があって、あの国に後継者が全く育ってへんことを考えると、暫定的な後継者を誰にするんか……案外、あの気が短い妹に一部を任せることになるかもしれへんな」

「金与正（ヨジョン）に……ですか？」

片野坂が驚いて訊ねると押小路が笑って答えた。

「平昌(ピョンチャン)オリンピックの時に、与正が北朝鮮代表で開会式に出席したやろう？　あれは正恩が与正の実力と姿勢を試したんやっちゅう話や」

「結果はどうだったのですか？」

「五十点……という評価やったそうや。表情が変わり過ぎる、とな」

「それを評価できるのは、正恩だけなのではないのですか？」

「そうやろうな。正恩と与正は、ベルンの国際学校で英語、ドイツ語、フランス語を学んでたから、ある程度の情操教育は受けてるんやけど、与正は理系女子やしな。少々頭が固いんやそうや。今、スマイルトレーニングをやらせてるそうやから、後継の噂が出てる、ちゅうことのようやな」

「スマイルトレーニング……ですか？」

「考えてもみいや。彼女は生まれながらにしての王女様やわな。北朝鮮以外の国の王女様なら、海外の王室や名家の御曹司(おんぞうし)と縁談があって、幸せな家庭を持つこともできるやろう。けど、社会主義の絶対王政で、その上ならず者国家、そんな国の姫を貰う物好きもおらへんのとちゃうか？」

「言われてみれば確かにそうですね」

「そしたら、結果的に中国共産党幹部もしくは北朝鮮国内で結婚の相手を見つけるしかない。けど所詮は平民の子、さらに言うたら、北朝鮮国内では自分の配下の者を夫にするしかないわけや。そりゃ不良になるわな……」

押小路が笑いながら言ったが、片野坂には実に的確な指摘と思われた。片野坂が頷くのをみて押小路が続けた。

「最近表舞台に出てこなくなったことで、北朝鮮の中からも『正恩が手術した』ちゅう、ええ加減な噂が流れたことがあったけど、ちょうどその頃に本格的な後継者教育が始まったようやな。正恩が弱気になる……何か大きなことが起こってたのは確かなことのようや」

「金正恩の身に起きた大きな出来事……ですか……」

「そう考えるのが普通やろうな」

「確かに、何もなかった……という方がおかしいですよね。外科的な手術を受ける為に海外から医師が入った形跡はなかったようですが……」

「そこや。問題は」

「何らかの処置をするのに、数か月かかっている……ということですね」

「そうやな。そして、それを知ってるんは、限られた医者と与正だけやな。しかも、その中で正恩が本当に信用できるんは、与正だけ……という状況なんやろうな」

「そこで与正が表舞台に再登場してくるわけですね」

「そうやな。与正が決して喜んで結婚したわけとちゃう夫の父親が、北朝鮮ナンバーツーの立場にいる……いうことは、実質的にはナンバーツーの子どもが人質になってるのと同じいうことや。そうなったら事実上のナンバーツーは、与正ということになるんやろうな」

そう言うと、押小路は酒を一口含んで片野坂の顔を見た。片野坂もぐい呑み一杯の酒を喉に流して訊ねた。

「ところで、与正の頭は切れるのでしょうか？」

「一応、高等教育を受けた理系女（リケジョ）やから頭はええらしいが、すぐにブチ切れるそうや」

押小路が笑って言ったので、片野坂が訊ねた。

「与正に権力の一部譲渡をするにしても、彼女にとって外交はすぐにできるものではないでしょう？」

「そうやな。そこで出てくるのは、やはり習近平（しゅうきんぺい）なのかプーチンなのか……。中国が世界各地で行ってる『債務のわな』に、北朝鮮が引っ掛からんようにロシアが牽制してるのが実情のようやな」

「朝鮮半島におけるロシアと中国の棲み分けを考えると、地政学上、現在の南北朝鮮の首都である平壌（ピョンヤン）、ソウルがある、渤海湾（ぼっかい）側の中国の方が圧倒的に優位だと思います。しかしロシアが狙っている釜山（プサン）港使用権の獲得に関して、鉄道や道路建設等のインフラ投資に日本が手を貸す……という手法も成り立たないわけではありません」

「さすがに、片野坂はんはええとこに着眼したはるな」

「そのためにはロシアと手を組んで、竹島の事実上の領有権回復や北方領土問題にもつなげていくことが、今後の新たな極東外交だと思うのです」

「アメリカが黙ってるかな？」

「日本が将来的に赤化する虞がない限り、アメリカは日本国内の基地問題と結びつけて判断をすることになると思います」

「日本にとっては、相当な博打になるんとちゃうかな？」

「それこそ、第三次世界大戦を抑止する最大の効果を生むと思われます」

「そのためには朝鮮半島の実質支配にアメリカは参加せえへん……ちゅうことでええのかな」

「メリットがない争いはしないのが今のアメリカ……というよりもトランプ的発想だと思います。イランのミサイル攻撃の正確さを身をもって感じたわけですから、朝鮮半島問題に下手に介入してしまえば、中ロのロケット技術を考えると、即座に宇宙戦争につながっていきます」

「宇宙戦争か……そういう漫画のような時代にほんまになってしもうたんやな……けど、一口に宇宙戦争いうたかて、そこに戦略核が存在してへんのやったら、何の意味もないわな」

「そのとおりだと思います。北朝鮮も宇宙戦争に戦略核を持ち込める地位に限りなく近づいていると思います」

「別に、北朝鮮がロケット打ち上げんでも、北朝鮮の核を打ち上げてくれる国があったらええんとちゃうんかいな？」

「えっ？」

押小路の思わぬ言葉に片野坂は一瞬戸惑った後、訊ねた。

「中国、ロシアを除く、北朝鮮の核を扱う第三国がある……ということですか？」

「北朝鮮が瀬取りで原油等のエネルギー資源を手に入れてるようやけど、その見返りはなんやと思うてるんや？」

「まさか、そこに戦略核がある……というのですか？」

「別にその場で核弾頭を渡す必要はないんとちゃうか？　核弾頭の設計図や、規模に応じた水爆もしくは原爆の製造方法等も重要な輸出品や。それを欲しがってる国はようけあるはずやで」

片野坂の頭の中で何かが弾けていた。それに気づいたのかはわからなかったが、押小路が笑いながら訊ねた。

「今年ひょっとしたら開かれるかもしれんオリンピックを控えて、片野坂はんも全方位外交をせなあかん……ちゅうとこかいな？」

片野坂は表情を変えることなく答えた。

「今年のオリンピックはないでしょう。情報収集に関して言えば、いつまでも僕がやっていても仕方がないんですけどね」

「プレイングマネージャーというんは組織にとっては、ある意味、大事なポジションとちゃうかな？　部下を育てるのは大事やけど、直にその姿勢を見せてやるのはもっと大事なことやからな」

「押小路さんも今なおそうやって、ある意味で情報の世界にも身を置いていらっしゃいますからね」

「わしは会いたい人物にだけ会ってる、わがままな爺さんや」

押小路が笑った。

第二章　長官官房総務課

「片野坂さん、東京オリンピックはどうなりますかね」

「来週には正式に判断されると思われるけど、いいところ、来年あたりに無観客で強行ってところなんじゃないのかな」

片野坂は警察庁長官官房総務課に福岡県警から出向してきている植山重臣（うえやましげおみ）補佐の質問に軽く答えていた。植山補佐も巡査部長から警視まで公安一筋ながら将来を嘱望されて、警備局ではなく組織運営を担う官房総務課に来ていた。

「無観客で強行……ってどういうことですか？」

「新型コロナウイルスの世界中への広まり方次第ではあるんだけど、そんな中で開催国だけはしゃいでも仕方ない……ということですね」

片野坂は今年の夏に開催される予定の東京オリンピック、パラリンピックが国家の威信を懸けた一大イベントであることは重々理解していたが、自身はオリンピック、パラリンピックに対して何の興味も持っていなかった。日頃から運動選手がよく口にする「アスリート」という言葉に対して、違和感を持っていたからだ。

アスリートの定義には「スポーツや、他の形式の身体運動に習熟している人」、「スポーツについて、あるいは身体的強さや俊敏性やスタミナを要求されるゲームについて、トレーニングを積んだり、その技に優れている人のこと」といったものがある。日本では、かつては「スポーツ選手」と言うのが一般的だったが、近年は「アスリート」という呼称が使われることが増えている。アスリートといっても、プロだけでなく、アマチュア選手にも使う。アマチュアの競技者しかいない競技種目も多いのである。

警察世界に関わりの深い競技を例にとると、柔道は食っていけるが剣道はそうでもない……というように一部の競技でビジネス化が進み、一部のプロ選手には大金が支払われ、そうした経済的な成功ばかりを夢見て競技を行う選手が多く出てきているのが日本のスポーツ界の現状である。しかし一方、競技以外の職業をしっかり持ちアマチュアのアスリートとして長く競技人生を楽しむ人も多い。

片野坂は政治家に対しても同様な目を持っていた。「職業的政治家」に対してはさめた視線を持っている。中でも不祥事を繰り返しながら政党を転々とし、議員辞職もしない政治家や、単に政党要件を満たして政党交付金を得るだけのために数合わせとして不良議員を集める輩(やから)を、何とか潰してしまいたいとも思っていた。

また、アメリカの様々なプロスポーツ界で活躍して莫大な財産を得た者に破産者が多いこともよく知っていた。思う存分金を使って破産するのは個人の勝手であるが、破産には必ず債権者が伴うことも忘れてはならないことだった。

さらにオリンピックを商売として運営しているＩＯＣやＪＯＣ役員の中には不正や不道徳な行為を行っている者がいることもよく知っているだけに、これに莫大な日本国の税金が投入されることを片野坂は嫌っていた。しかし一方では、オリンピックが国家的な行事となっている以上、その運営が失敗した際に日本国の信用が失墜してしまうこともまた、個人的には嫌だった。

オリンピックには興味がない片野坂だったが、パラリンピックに関しては全く違った意識を持っていた。

「誰しもハンデを持って生きていくことは困難です。また誰しも、生まれながら、あるいは後天的にハンデを背負った人を助けたい、という気持ちは強いのです。しかも彼らが、スポーツという常人でも困難な道を選んで真剣に取り組む姿を見ると、私はどうしても応援したくなってしまいます」

片野坂は、彼の高校時代の恩師がよく口にしていた新約聖書のローマの信徒への手紙の一節を思い返していた。その後、医師の道に転身して世界中を飛び回っている恩師の姿を思い起こすと、その崇高とも思える姿勢に頭が下がる気持ちが強かった。

片野坂が複雑な思いに揺れる中、話題は年末から中国の武漢で発生したコロナウイルス肺炎が、中国政府の相変わらずの隠蔽体質が災いして世界中に拡大している現状へと移った。

「事故を起こした高速鉄道の車両を、何の検証もすることなく埋めて隠そうとするような姿勢は、未だに変わらないと思いますよ」

「証拠隠滅は中国共産党支配下の中級共産党員の悲しい性ですね」

「自国内だけで済めばいいのですが、世界経済まで混乱させた責任を取る者が党中央の幹部に誰もいないのが今の中国共産党の実態であることを、世界中に示してしまいましたからね。世界中のリーダーは中国の実情を知り、これに追従する者は今後、減ってくると思いますすよ」

「欧米でのアジア嫌いが、さらに広まる可能性もありますね」

「欧米ではちゃんとした地理や歴史を教えていない国家が多いのは事実です。日本がどこにあるのかを知っている国民も少ない。当然ながら、中国も韓国も日本も、十把ひとからげに『アジア人』という範疇に入れられてしまうわけです」

片野坂が憮然とした顔つきで言うと植山が訊ねた。

「そういえば、片野坂さんはマスクをしていませんね」

「どこにも売っていないんだから仕方ありません。四万箱も買い込んで中国に持って帰る輩まで出てくるのですから、他人の迷惑を考えない恥知らずな国民性がよく出ていると思いますよ」

「でも、本人たちは愛国心と言っているようですが……」

「日本に観光で来ている中国人の中に、そんな人は見たことがないな。どうせ数十倍の価格で売って儲けることしか考えていないでしょう。まあ、日本人の中にもそんな輩が多いのは事実ですけどね」

「でも、片野坂さんは以前、中国共産党は嫌いだが中国人を嫌いなわけではない、とおっしゃっていたことがありますが……」

「日本に旅行に来て爆買いするような中国人の中にはロクなものがいないと言っているだけで、中国本土から出ることもできない十三億人もの人たちの中には善良な人も多い……ということです。日本人の中にも外国人に対して排他的な輩は多いし、特に日系外国人を敵視する農業関係者が多いのも事実ですから」

「農業……ですか？」

「土地を売ることしか考えていない農家が日本の都市部にはどれだけ多いことか……さらにその利益を共有する子どもたちも、礼節というものをほとんど知らない。田舎道でフェラーリを乗り回すような連中ですね。世界一の車を丹精込めて作っている人に申し訳ない気がするんですよ」

「しかしフェラーリやランボルギーニは、乗るため……というより投資目的で購入する人の方が多いと聞いています。これは日本だけじゃないようですが……」

「情けない話だと思いますよ。全種類の車両を買えて保管できるだけの余裕がある人が、収集目的で購入するのなら別ですけどね」

「私の田舎の病院の院長や、今の家の近所にある鍼灸院の院長も、フェラーリを三台持っていますよ」

「お金があり余っている人はそれでもいいでしょう。税金さえちゃんと払ってくれていれば結構ですが、そんな人は車に投資はしませんからね」

「ただ、税金もその使い道によっては嫌になることがありますね。私も一昨年父が亡くなって相続をしたのですが、その税金がもの凄いことになってしまって、結果的に不動産の一部は物納することになりました」

「植山補佐の実家は資産家だからね。今でもマンション三棟を所有しているわけでしょう？　警察官の給料があほらしくて仕方がないんじゃないの？」

「確かに労働の対価として今の給料の額はあほらしいと思いますが、仕事そのものは崇高な使命感を持っていなければできません。しかし、マンション三棟と言っても、所詮は福岡ですからね。東京の二十三区内とはいかなくて、周辺都市と価値は同じようなものです」

「まあ、いいや。最近、僕の周囲に富裕層が増えてきたのは事実なんだよね……税金の相談はよく受けますよ。植山補佐のように先祖代々からの土地を手放さなければならない人にとっては、慙愧（ざんき）に耐えない思いがあるんだろうな」

「慙愧……というよりも、手放さなければならない自分の不甲斐なさに忸怩（じくじ）たる思いに駆られることはあります。そんな金が不良外国人の医療費や生活保護に使われているのかと思うと、いい加減な仕事をしている木っ端役人をぶちのめしたくなりますよ」

「おう、だんだん過激になってきましたね。富裕層なら富裕層らしく、もう少し泰然自若（たいぜんじじゃく）としていた方がいいと思いますよ」

「江戸川の河口で天然の牡蠣を密漁して、仲間の中華料理店に陰で売っている野郎は、三か月に一度中国に大量の土産物を持って帰っているんですが、そいつが何と生活保護を受けているんです。しかも、こいつは池袋で中国人富裕層相手の売春店までやっているんですよ」

「中国人富裕層相手の売春組織か……確かにマスコミ関係者から聞いたことがあったが本当だったんだな……」

そうつぶやく片野坂の目に光が宿った。売春とは世界で最も古くからある仕事の一つであると言われているが、これが管理売春となると話は違ってくる。管理売春を行うにはそれなりのシンジケートの存在が必要だった。特に中国では、国内では原則として売春を禁止しているにもかかわらず、首都北京の一流ホテルでさえ今なお公然と続けられており、その元締めはチャイニーズマフィアと相場が決まっていた。中でも日本の資本が投じられているホテルの近くでは、必ずと言っていいほど、客引きが日本人客を狙って声を掛けてくる。これは反日を標榜してやまない韓国の首都ソウルでも同様だった。

「日本の税務関係に関していえば、役所は完全に舐められていますよ」

「そういう実態把握は警察の仕事であって、税務署や区役所の仕事じゃないですからね。責められるのは池袋警察であり、警視庁ということになりますが……何か証拠になるようなものはあるのですか？」

片野坂は事件の取っ掛かり情報としては、なかなか面白いネタだと瞬時に判断したのだった。

「私の県警時代のタマ（協力者）が今、東京に来ているんです。先日、池袋のデパートでバッタリ会って酒を飲んだんですが、奴がその話をしたんです」

「ほう。そいつは中国人なのですか？」

「残留孤児三世で、父親の代から祖母の故郷である福岡に帰ってきて、今は、福岡市近郊の都市で中華料理屋をやっているんです。餃子と豚まんが有名な店で、今ではネット販売だけでも相当な利益を上げています」

「そのタマは東京で何をやっているの？」

「池袋のデパートの企画で年に四回ほど出店しているようなんですが、デパートの社長の勧めで池袋で店を出したら大当たりしたそうなのです」

「そういう地道な努力をしている中国人はいいな」

「いい野郎なんですが、一時期、ワルさをしかけたことがあって、たまたま私が一斉検挙した際に、そいつは全てを供述することを条件に送致しなかったんです」

「司法取引……ということですか？」

「いえ、裁判所や検事には秘密で、独断でやりました。おかげで全面解決になりましたし、奴も更生できたんです」

「下級の裁判官には変な奴がいるからね。一般社会からの隔絶が彼らに妙な特権階級意識を持たせてしまうのかもしれませんけどね」

「時々この裁判官は何を考えているんだろうというような判決が出ますからね。だいたいは高裁で逆転判決が出るからいいようなものの、そんな裁判官を上級審の裁判官が指導できるようにすればいいんですけどね」

「そこがまさに、司法の独立の問題点でしょう。ところで、そのタマの情報は面白いな。不良外国人問題は警視庁内でも大きな問題になっているんです」

「なんなら紹介しましょうか？」

「タマは大事に扱った方がいい。不良中国人の情報を教えてもらえたら、後はこちらで何とかできると思います」

「わかりました。うちのタマも相当頭にきていましたから、何でも話してくれると思います。特に最近は新型コロナウイルスの影響で中国人観光客が激減しているため、奴らも営業方針を変えなければならなくなっているはずですから。ところで片野坂さんは最近出張をしていませんね」

「面白いネタでもあれば世界中どこにでも飛んで行くのですが、今のポジションではなかなか。目が覚めるような事件情報には出くわさないんですよ」

片野坂が笑って答えた。

「そういえばここ長官官房も警備局とは全く違いますね。警視庁のカウンターパートも総務部と警務部ばかりですから。それでも、福岡県警については暴力団対策部の窓口をここでやっているので面白いです」

「そうか……全国唯一の暴力団対策部だからな……」

「警視庁公安部と一緒ですよ。全国唯一。しかし公安部は警備局の傘下にあるのに、暴力団対策部は刑事局傘下じゃないところが面白いんです」

「福岡は特殊ですからね。僕も福岡は好きでよく行ったものです」

「福岡で一番好きなものは何ですか？」

「福岡市に限れば、あのコシがないうどんと、豚骨ラーメン、そして水炊きかな」

「なかなかツウですね。福岡市といっても博多と福岡じゃあ文化が違いますけど、うどんは共通していますね」

「福岡市民が一番好きなラーメンはどこの店なんですか？」

「ラーメンは好みがありますけど、全国展開しているラーメン屋には地元民は行きませんね。それから、二代目で失敗した店が多いのも特徴です。福岡のラーメンといえば、久留米ラーメンが元祖と言われていますが、福岡市内では長浜ラーメンがスタートなんです。しかし現在、その本当の味を残している店も数えるほどしかありません」

「そうなのか……全国展開組はダメなのか……」

「ダメ……というわけじゃないんですが、あくまでも観光客や中国、韓国からの外国人向けですね。そして地元でよく言われているのは、屋号に『一』とか『三』とかの数字が入っている店はやめた方がいいということです」

「言われてみれば全国展開している博多ラーメン屋さんには数字の入った有名な店が多いようですが……そうか……確かにどこも味はイマイチだったような気がするな。植山補佐がお薦めのラーメン屋さんは何処なの？」

「本当は誰にも教えたくないんですけど、一軒だけ、昔ながらの作り方をしていると言われている店がありまして、結構、郊外にある店なんですが、私は高速に乗ってまで食べに行きます」

「高速を使ってでもわざわざ行く店か……いいなあ。行ってみたいな」

「福岡市の西区で、公共交通機関ではなかなか行きにくいところなんですが、『福重家』といいます。ここは豚骨（トンコツ）の中でも頭骨しか使っていない店なんです」

「足の骨などのゲンコツ部分ではなくて頭骨か……」

「機会があればお連れしますよ。ここのラーメンを食べたら、おそらく他の店の味は納得できなくなると思います」

「植山補佐がそこまで言う店なら確かなんだろうな……」

「平田（ひらた）内閣府審議官には年に二度くらい、ここのラーメンを宅配便で送っているんですが、『他のものは何もいらない。あのラーメンだけ送ってくれ』と言われています」

「あのスーパーグルメの平田審議官をもってしてそう言わしめるほどなのか……。しかしラーメンを宅配便でどうやって送るのですか？」

「スープはペットボトルに入れてくれて、替え玉の麺もあるんです。それに、福岡のラーメンには必需品のチャーシュー、ネギ、キリゴマ、紅ショウガ、そして自家製の辛子高菜まで入れてくれるんですよ。麺は二十八番の極細麺です」

「そうか……まずは行って食べるのが先決だな……福岡出張……考えておきましょう」

　片野坂にしては珍しく興奮気味だった。それを見た植山補佐が笑って言った。

「最近の若い連中は出張を嫌いますが、私なんて出張は大好きですね。昔のような官官接待がなくなったので、自分の好きなものを食べに行くことができますしね」

「そう。僕も昔は官官接待のど真ん中で、四十六道府県を全て回ったけど、その反面、四十六道府県の方が東京にいらっしゃった時は全部接待をしなければならなかったからな。あの悪しき伝統がなくなっただけでもホッとしていますよ」

「福岡はどこで接待を受けました?」

「稚加榮（ちかえ）という、店の真ん中にどでかい生簀（いけす）がある料亭だったな。本当は本館の個室を用意してくれていたそうなんだが、僕の料理好きを知って、急遽生簀（きゅうきょ）と料理場が見える席にしてくれたんですよ。あれは東京人には感動的だったな」

「活きイカと辛子明太子も美味かったでしょう?」

「もう、美味いのなんのって、筆舌に尽くしがたい美味さだったことを今でも克明に思い出すよ。福岡、恐るべし……だったな」

「そこまで喜ばれたら、接待する側も嬉しいと思いますよ」

片野坂は植山補佐に笑顔を見せて席を立った。

第三章　情報確認

片野坂は警察庁を出ると警視庁本部十四階にあるデスクに向かった。片野坂の顔を認めると香川がデスクを離れてやってきた。

「片野坂、先月はどこに行っていたんだ？」

「京都ですが、それよりも中国の新型コロナウイルスが悲惨な状況になりはじめたようですね」

「ＳＡＲＳ以来だな。武漢だけじゃ済まなそうだな……武漢には二つの軍事用生物化学兵器開発のためのラボがある。しかも、その一つが、悪名高い『中国科学院武漢国家バイオセイフティラボ（生物安全実験室）』だ。この施設が有名になったのは実は二〇一七年二月、イギリスの有名な科学誌『ネイチャー』で、米国のバイオセイフティコンサルタントが『中国の官僚文化の伝統からみて、このラボの安全は保てるだろうか』と疑問視していたからなんだ」

「そうなんですか……二〇〇三年のＳＡＲＳの時も、中国政府が隠しに隠した結果、世界中に広まって、日本国内でも大問題になりましたよね。そうだ、あの時も生物化学兵器の存在が疑われていたんだった」

二〇〇三年、中国南部の広東省を起源として重症の非定型性肺炎が世界的規模で集団発生した。これは重症急性呼吸器症候群（ＳＡＲＳ：Severe acute respiratory syndrome）の呼称で報告され、新型のコロナウイルスが原因であることが突き止められた。わが国では、同年四月に新感染症に、ウイルスが特定された六月には指定感染症に指定され、十一月には感染症法の改正に伴い、第一類感染症としての報告が義務づけられるようになった。集団発生の同年七月にはＷＨＯによって終息宣言が出されたが、三十二の地域と国に広まり、カナダや米国などを含め、八千人以上の患者と八百人近い死者が出た。

この時、中国衛生部は記者会見を行い、中国疾病予防管理センターの実験室からウイルスが漏洩し、同センター傘下の研究所、ウイルス予防管理センターの研究員がセンターのＰ３実験室（バイオセイフティレベル３実験室）からＳＡＲＳウイルスを持ち出し、一般の実験室で研究を行ったあと感染が広がったことを明かした。

今回の新型コロナウイルスに関しては二〇一九年十二月一日、武漢市金銀潭医院が新型の肺炎患者を発見した旨の報告が、一週間後の八日になって武漢市から武漢市衛生健康委員会に行われていた。

「中国は再び同じ過ちを犯すことになるだろうな。しかも、現在のＷＨＯは対中国に関しては完全に機能不全に陥っているからな」

「そうですね」

「習近平とＷＨＯテドロス・アダノム事務局長の関係はズブズブなんだよ。中国は習近平が指導者になって以来、積極的なアフリカ進出を行っているが、アフリカで発生するエボラ出血熱等の疾患から自国民を守るために、ＷＨＯへも積極的な働きかけを行っているんだ。特に、前事務局長のマーガレット・チャンはＳＡＲＳ対策の功績によって中国政府からＷＨＯ事務局長選挙に候補として推挙されて当選し、第七代事務局長に就任した経緯があるからな。さらに彼女は中華台北の名義でオブザーバー加盟してる台湾（中華民国）を『中国台湾省』と呼ぶように内部通達していたことがわかり、中華民国外交部から抗議を受けている。二〇一七年には中国政府の意向を受けて年次総会に台湾を招待しなかったという経緯もある。さらに二〇一五年の中国人民抗日戦争・世界反ファシズム戦争勝利七十周年記念式典に出席するなど、世界の保健機構のトップどころか、本質はロクでもないババアだったんだよ」

「ＷＨＯはまだましな方かと思っていましたが、そうではないのですか？」

「新型コロナウイルスの拡散はテドロス・アダノム事務局長が中国の要請を受けて、緊急事態宣言を一週間遅らせたために世界に広まったんだ。その責任をテドロス・アダノム事務局長は取ろうともしないからな。ＷＨＯの歴史に残る馬鹿な事務局長と言っても、決して過言ではないだろう。この新型コロナウイルスはＳＡＲＳを上回るパンデミックになるはずだ。しかし、見ていればわかる。ＷＨＯは感染拡大リスクについての世界全体の評価を引き上げることをためらうはずだ」

「相変わらず香川さんもＵＮ嫌いですね」

「そもそも俺はＵＮが地球のためになっているとは思っていないからね。ＵＮＥＳＣＯ、ＵＮＩＣＥＦも同様だな。一般職員は懸命に働いているつもりかもしれないが、前者の世界遺産登録の際に支払われる裏金や、後者の発展途上国のほか、戦争や内戦で被害を受けている国の子どもの支援という本末転倒な施策には、呆れるばかりだ」

「ＵＮＩＣＥＦの子ども支援の、どこが本末転倒なのですか？」

「内戦等で難民になっている人たちが、避難キャンプの中であっても、どんどん子どもを産むからだ。最低でも一年間は子どもを産まないような施策を取らなければ、いつまで経っても幼い命が奪われるだけだろう。その教育を大人に対して行うことを忘れて、次々に生まれてくる子どもを助けようとしてもイタチごっこになるだけということだ。さらには、約一億二千五百万人の少女が十八歳未満で結婚する児童婚は、全く解消されていないどころか、アフリカでは増え続けている。これはＵＮＩＣＥＦではなくＷＨＯ

にも責任があるが、その二つの利害関係者が責任を押し付け合っているのが現状だ。そのアフリカに対して『債務のわな』とも呼ばれている投資を行っているのが中国なのだからどうしようもない」

「『債務のわな』に関してはアフリカ諸国も気づいているのでしょう？」

「手遅れだな。UNがその仲裁に入るようなことができればいいのだが、それを期待する方が無理というものだ。なぜなら、中国がアフリカやその他の地域の発展途上国に対して行っている融資は、権益を確保するための資源や中国人労働者を集中投入することが可能なインフラ関連の分野が多いからな。自国内に抱える諸問題を放置したまま、他国に対して融資を行う姿勢は、共産主義国家独特の発想だろう。なぜなら、共産党員は党員以外の国民を同等な中国国民だとは思っていないからだ。さらには、共産党員以外の人たちを抑圧することによってしか、共産党員の利益は生まれないから仕方ない。国民全員を共産党員にすることが本来の社会主義、共産主義の目標のはずなんだが、そこに共産主義のまやかしがある。話を転じれば、そうした問題について国民に教育しない旧共産主義国家である多くのEU諸国のリーダーは、EUそのものを破壊する内因となることを敢えて看過して、途上国同様、中国から融資を受けるという愚を犯している」

片野坂は香川の考えを確認しておくのも必要だと考え、続けて聞いた。

「なるほど……EUまで中国に汚染されているわけですね。今後EUはどうなってしま

う と思いますか？」

「持たないだろうな。所詮ＥＵはトマス・モアが唱えた非人間的な管理社会ではない、『理想郷』としてのユートピアだったわけだからな。ディストピアに終わっただけの話だ」

「ディストピア……ですか……。厳しい指摘ですね。ＥＵ諸国内の経済格差と教育格差の矛盾が見事に表れた結果ということなのですね」

「諸悪の根源は、歴史が語ってくれることになると思うが、またしてもドイツだったことになるだろうな」

「ドイツ……ですか？」

「欧州連合最大の経済大国であるドイツはインフレを毛嫌いしている。このため、イタリア、スペイン、ギリシャなどの南欧諸国はドイツなど大国との労働コスト格差を埋めるために賃金を下げざるを得ない。その結果として、名目賃金の下方硬直性のために、それら南欧諸国の失業率は高止まりすることになる。にもかかわらず、ドイツはそれらの国に緊縮財政政策を強いざるを得ない。そうなると、それらの国のドイツへの反発が高まる結果になるんだ」

「確かにＥＵ諸国の経済力を見れば……ドイツ一強……というわけですからね」

「さらに言えば、経済協力開発機構（ＯＥＣＤ）が発表した人生満足度（Life Satisfaction)

が高い国家の二位であるノルウェーは、ＥＵに加盟していない現実がある」

「ノルウェー王国が二位ですか……そういえば、人口五百万人くらいの国家でありながら、一人あたり国民総所得（ＧＮＩ）は八万ドルを超えていて世界第一位だったことがあると警察大学で習ったことがありました。たしか、あの国は石油も採れるんですよね」

「石油の話は知らんが、まあ、高負担高福祉の福祉国家の代表格で、ＧＤＰに占める税収比は四十パーセントを超え、付加価値税（ＶＡＴ：value-added tax）、英語で言えば、物品サービス税（goods and services tax）も二十五パーセントの上位国だが、国民が満足しているのならそれでいいんだろう」

「一般税金が四十パーセントで、消費税などが二十五パーセントですか……日本じゃ不可能な数字ですね。そもそも人口が圧倒的に違うわけですから、比較対象にはなりませんし、日本には悲しいかな輸出できる物的資源がないのですからね」

「資源のない国では全くもって不可能な話だ。そんな自国に満足している人たちは、わざわざ貧しい他国には関わりたくない……というのが本音だろう。イギリス国民も同様な考えだったのだろう。その点でフランスは分担金も多い代わりに享受する金額も大きい。しかし、分担金がトップのドイツはほとんど享受する金はない。だから、自国民の中で不満が出てくるのも当たり前というわけだ。それが極右勢力として台頭してくるんだな」

片野坂は香川が言わんとしていることはだいたい理解できた。

「EUの実情に関しては、白澤さんにも確認した方がよさそうですね」

「香葉子(かよこ)ちゃんか……最近はすっかりハッカーになってしまっているようだからな。OSCPというクラッキング技術に特化した資格を持っている女性は国内では姉ちゃん一人らしいな」

OSCPとはセキュリティー資格の一つOffensive Security Certified Professionalの略で、取得の難易度が高く、特に海外でペネトレーションテストを実施するのであれば必須要件となっている。ペネトレーションテストとは、インターネットなどのネットワークに接続されているシステムに対して、特定の意図をもつ攻撃者が、攻撃に成功するかどうかを検証するテストのことである。様々な技術を駆使して侵入を試みることで、システムにセキュリティー上の脆弱性が存在するかどうかをテストする手法となっている。

「香葉子ちゃんに姉ちゃん……相変わらずですね」

片野坂が苦笑いして言うと、香川がまじめな顔つきで答えた。

「彼女の才能には、はっきり言って驚いているんだ。最初会った時とは全く違う進化を遂げた感がある。それも音大出で、音楽隊出身だろ？　お前が彼女を引っ張ったと聞いた時、最初はとち狂ったのかと思ったくらいだったんだが……。改めてお前の凄さがわかったよ」

「彼女の語学力は群を抜いているんですよ。それも四か国語はほぼネイティブというよりも大学の専門用語まで理解できる知識ですからね」

「外国語で専門用語までわかる？　そんなに頭がいいのか？」

「人事記録にはそう書いてありました。容姿もよかったですしね」

「まあ、そこは大事なところではあるけど……講習成績は？」

「巡査部長、警部補の両昇任試験の学科は一番です。管区は両方一番。公安講習も一番です」

「そんなに優秀な奴だったの？　音大出で？」

「音大は彼女の趣味をどこまで追求できるか試したのではないかと思います」

「趣味？」

「能力があり過ぎると、何が本当にやりたいのかわからなくなるのではないかと思うんです。その中で、趣味がどこまで通用するのか確かめたかったようですね」

「それでハノーファー国立音楽大学にまで留学するのか？」

「それをさせた親御さんも立派だと思いますけどね」

「それで趣味を生かした音楽隊に入ったものの、そこで余計なことを知ってしまった……ということなんだろうな」

「公安の世界ですね……」

「さらに、お前に引っ張られてここに来て、一気に花が開いた……ということか……花が散らなければいいけどな」

「プリザーブドフラワーのようなものもありますけどね」

「エンバーミングのお花版か……」

エンバーミング（embalming）とは、遺体を消毒や保存処理、また必要に応じて修復することによって長期保存を可能にする技法で、日本語では遺体衛生保全という。エンバーミングはアメリカやカナダ等では一般的な遺体の処理方法となっており、死後にエンバーミングを行ってから葬儀を行う、という一連の流れが確立している。

「まあ、そういう表現方法もあるかもしれませんね」

片野坂が苦笑しながら頷くと、今度は香川が訊ねた。

「ところで世界の諸悪の根源になりつつあるトランプ大統領だが、今年は選挙だろう？どうなると思う？」

「最近のアメリカという国の国民性がわからなくなってきました。確かに四年前には民主党のプロ政治を嫌がった国民が多かったのはわかります。そして、トランプになって国際社会を無視し、一国至上主義を唱えると、これを歓迎する向きも多くなりました。しかし、トランプは政治家ではありません。彼は商売人です。しかも、決して成功ばかりしてきたわけではありません。ただ、一介の不動産屋でも国のトップである大統領になることができた……という、ある意味でのアメリカンドリームを実現したのは事実です」

「アメリカンドリームか……たしかにそうだな。しかし、外交は滅茶苦茶だよな」

「そこが商売人の悲しい性ですね。その最大の失敗が北朝鮮対策でしょう」

「どういう点が最大の失敗なんだ？」

「出来の悪い経営者は何でも自分でやろうとして失敗してしまいます。特に敵対する相手と勝負する際には、しっかりとした副官と情報機関をきっちり押さえて、いざという時に優位に仲裁してくれる第三者を確保していなければなりません。そこがジョージ・W・ブッシュとトランプの決定的な違いなのです」

「子ブッシュか……あの時も日本の首相とは仲が良かったな……」

「『も』ではありませんよ。ジョージ・W・ブッシュと当時の日本の首相は、引退してもなお、大統領が『我が友』と呼ぶ間柄でした。しかし、トランプは違います。今の首相は『一番媚びへつらう男』と、大統領に評されていますからね」

「確かにそうだったな」

「ジョージ・W・ブッシュは北朝鮮の核問題を巡って、常に武力攻撃の警告を通じて、中国の外交努力を促していました。当時の江沢民（こうたくみん）・中国国家主席に対して『北朝鮮の核計画が継続すれば、日本が自前の核兵器を開発することを私が止めることはできない』とまで伝えているのです。これは、暗に『日本を敵に回すと怖いぞ』と、日本嫌いの江沢民を通じて金正日に伝えているのです。これこそ外交術の典型だと思います」

「なるほどな……一方のトランプは、ノーベル平和賞が頭の片隅にちらついたのか、自ら二度までものこのこ物見遊山のように出てきて、結果的に何もできなかったわけだ……確かに出来の悪い商売人だな」

「拉致被害者の全員帰国交渉をトランプに依存した段階で、日本政府の外交能力も中国、ロシアには疑われてしまった……というよりも馬鹿にされてしまったのですけどね」

「よくわかったよ」

「ただし、トランプを支持しているアメリカ国民の多くは、弱い立場の白人層なんです。経済的に弱く学歴も低い立場の白人層は、カラーズを嫌いますし、強引さを際立たせるような、ある種の独善性を好むのですね。そこをどの程度、その他のアメリカ国民が理解できるか……ですね」

「結果はどうあれ、日本はアメリカと組むしかないだろう？　アメリカの核の傘下にあることで平和を保ってきたんだからな」

「トランプ大統領の誕生で日本の役人や少しばかり勉強をしている国会議員がアンダーの動きをするようになりました。これは日米間の政治においては重要なことの一つと考えられます。今の世界においてUNも中国もEUもダメとなると、日本はアメリカと組むしかないのは事実です」

「それでいいのか？」

「是々非々で行くしかありませんが、やはりアメリカを敵に回すことなく、中国の国内安定には気を配っておくことだと思います」

「ロシアはどうなんだ？」

「悩みの種ですね。日本は現在のトップでは、プーチンとの北方領土を含むあらゆる交渉事は国際ロマンス詐欺に引っ掛かっている……という状況でしょう。新たなネゴシエーターとなる人物がトップに立つことができるかどうか、にかかっているといえます」

「国際ロマンス詐欺か……懐かしい響きだな」

「いい加減、相手の本音を見破らなければ、いいように使われるだけです。国家のトップとしての覚悟も格も違い過ぎますからね」

「そんなにプーチン大統領というのは強い存在だと思うか？」

「こちらが弱すぎるんですよ」

片野坂は苦虫を嚙み潰したような顔つきで、吐き捨てるように言った。これに香川が首を傾げながら訊ねた。

「国内では『一強』と言われていながら、対外的には本当に弱いのか？」

「米中露の三人のリーダーに比べると、赤子同然ですね」

「赤子か……ドイツ、フランスと比べてはどうだい？」

「独仏どちらも現在のトップは先が短いですから、比べる意味がないでしょう」

片野坂の言葉に香川は頷きながら、もう一度訊ねた。

「北朝鮮はどうだ？」

「金正恩の健康状態が問題ですね」

「そんなに悪いのか？」

「あの体型を見れば、普通じゃないでしょう。内臓疾患が見て取れますから」

「すると朝鮮半島も歴史的な過渡期に差し掛かっているのかもしれないな」

「この一年が見ものです。日本の外交もある種のヤマ場を迎えることになると思います。米中露の三大国に対して、政治家のみならず外交分野を受け持つ霞が関の官僚たちが存在意義を示す時なのですが、果たして人材がいるのかどうか……です。防衛省はいいとして、問題はやはり外務省ですね」

「各国の動きはどうなんだ？」

「アメリカは大統領選挙、中国は新型コロナウイルス問題の処理、ロシアはプーチン王朝の確立と、それぞれ大きな国内問題を抱えています。しかも、そこにトルコ、イラン、シリア、レバノンそしてイスラエルという中東問題も加わって最初の一手をどこがどう打つかで大きく変わってくることになると思います」

「しつこいようだがEUは蚊帳の外……でいいのか？」

「EUはもはやリーダーなき烏合の衆になりつつあります。内部統制に時間がかかることでしょう。この一年で新たなリーダーが出てくるとは考えにくいですね」

「一番動くのはどこだと思う？」

「あらゆる面で利害関係者となる可能性が高いイスラエルの動きを注視しておく必要があると思います。今回の新型コロナウイルスの案件で、中国の信用は一気に落ちたと言っていいでしょう。一帯一路に乗って新型コロナウイルスをまき散らした国というイメージを全世界に示してしまったわけですからね。といっても、一帯一路に完全に乗ってしまったのはイタリアだけですが、そこが最もコロナの影響を受けてしまった。他国にとっては他山の石……というところでしょう」

「イタリアか……いつまで経っても成長しない国だな」

「そういう国民性なのでしょうね。車やファッションなどの芸術的な部門は優れていますが……ところで先輩、池袋警察署にご存じの方はいらっしゃいませんか？」

「池袋なら、警備課長に田島がなっているよ。プレイングマネージャーを自負して、いまだに事件の掘り起こしをやっているな。そろそろ本部に戻って来る時期じゃないかと思っているところなんだが。何か事件ネタでもあるのか？」

事件好きの香川が身を乗り出して訊ねた。

「まだ、海のものとも山のものともわからないのですが、中国人富裕層相手の売春組織があるらしいんです」

「中国人富裕層相手……日本人は相手にされていないのか？」

「そのようです。つまり、クルーズ船で来るような駆け出しの富裕層ではなく、ビジネスクラスに乗ってくる連中を相手にしているようなんです」

「日中間の便にファーストクラスを設定している航空会社は少ないだろうからな」

「ファーストクラスの必要性はフライト時間の問題ですから……かと言って、いくら中国人のスーパー富裕層でもプライベートジェットを持っているのは十指にも満たないはずです」

「そうだな……」

「中国国内では敵対するチャイニーズマフィアに引っ掛かってしまうでしょうから。北京や上海のような大都会でも、自分の地元に近い筋の連中がやっている店を選ぶわけですね」

「そういうことだろうな。そうなると池袋には少なくともチャイニーズマフィアの数だけ、つまり最低でも四軒の店はあるということだろう。面白（おもし）れぇな。やってやろうじゃないか」

　香川は上海浦東(ブードン)国際空港で命を狙われて以来、チャイニーズマフィアへの敵対心が以前にも増して強くなっているようだった。

第四章　視察拠点

香川は都内のチャイニーズマフィアを再調査し、その中で池袋を中心として動いているグループについて慎重に調べた。その後、池袋警察署の警備課長に電話を入れたが、不在だったため、伝言を残しておいた。

池袋署警備課長の田島光博(みつひろ)からの連絡は早かった。

「香川長さん、大変ご無沙汰して申し訳ありません」

「もう今は巡査部長ではないし、古巣から多くの管理職が生まれることは嬉しいことだよ」

警視庁では警部の階級が二つに分かれ、警察署で課長代理を経験し本部の係長勤務を経て管理職試験に合格した者が警察署の課長となって初めて管理職警部となる。そこで半年後に警視に自動的に昇任する形となる。したがって、警視庁本部内で管理職警部として勤務する者は、よほどの事情があって居座り昇任する者以外には存在しないことになる。

「そう言ってもらえると嬉しいです。ところで今日は何か？」

「実はな、池袋管内にチャイニーズマフィアの拠点、というよりも特殊な営業形態をとっている場所……といった方がいいかもしれないところがあるんだよ」

「それって風俗系……ですか？」

田島が即座にかえしてきたので香川は訊ねた。

「何か噂話でも出ているのか？」

「はい、地域課からの注意報告書が上がっています」

「ほう、なかなかセンスのいい地域課員がいるんだな」

注意報告書とは地域係や交通係等の現場で活動している係員が、各種取り扱いの中で不審と思った事象を、刑事、生活安全、組織犯罪対策、公安等の各種専門分野に対して、「よくはわからないが、不審だ」という形で報告をする文書をいう。地域課員の中には将来、刑事、公安等の専門分野に進みたい者が多く、このようなタイムリーな報告を上げることによって専門分野の幹部の目に留まり、各種講習への道が開かれていくのだった。

「こいつは次回の公安講習の候補者の一人に考えているのですが、早稲田出身なんです」

「なるほど……今の池袋署長は誰だっけ？」

「岡崎署長です。署長も六大学の立教出身です」

「岡崎さんか……組織犯罪のマネーロンダリングのプロだな」

「ご存じでしたか？」

「ご子息も立教から警視庁に入庁していたようだな」

「何でもご存じなんですね」

「最近は優秀な親子鷹が増えていると警視総監もおっしゃっていたよ。親の仕事を誇りに思えるということは家庭も上手くいっている証でもあるし、組織にとっても採用時に余計な調査をしなくて済むからな。ところで、そういう注意報告書ならば署長も目を通しているんじゃないのか？」

「はい。眼鏡の奥からジロリと私の顔を見て『気を付けろ』とおっしゃいました」

「さすが岡崎さんだ。それで、その注意報告書をどう扱っているんだ？」

「外事二課出身の若手係長が秘匿で動いています」

「面は割れていないんだろうな」

「これもまた、半年前に昇任配置で来たばかりだったのですが、仕事もできる様子だったので地域を経験させずに中に入れました」

警察署勤務で警部補として昇任配置した場合には、ほとんどは警察署の係長として半年以上の勤務をさせて警察署管内の実態を把握させるのが通常であるが、すでに管内事情を熟知し、しかも専門分野の能力が抜群と認められる場合にのみ、課長の推薦により署長が了承して専門分野の係長となる場合がある。これは若手警部補にとっては特例中の特例である。

警視庁の警察署では、このような署内人事が行われる際には、署長と課長に人徳がなければ他の署員から批判を受けることが多い。特に警察署の地域課は「外勤」であり、警務、刑事、交通、生活安全等の業務は「内勤特務」と呼ばれ、外勤から内勤に異動になる場合には「中に入る」という表現が使われている。

「いい結果が出るのを楽しみにしているが、公安部からも数人現場に出すことになるだろう」

「急ぎの案件があるのですか？」

「このご時世だ。中国人富裕層が日本に来たくても来られない状況となれば、受け入れ側も死活問題だろう。売春だけでは食っていけないはずだから、何か次の手を打つのではないか」

「薬……ですか？」

「それが一番手っ取り早いだろうが、もう一つ気になることがある」

香川の言葉に田島が敏感に反応して訊ねた。

「他に一攫千金が見込める手がありますか？」

「偽札だな」

「偽札……ですか？」

「二〇二四年度に一万円札と五千円札、千円札の紙幣デザインが一新されることは知ってのとおりだ。キャッシュレス決済の普及に逆行するとの指摘もある中、紙幣・硬貨の刷新は巧妙化する偽造・犯罪防止が最大の目的だ」

「キャッシュレス決済の普及を考えると確かにそうですが、先日、国内のJR券売機でクレジットカードが使えなくなった時は大騒ぎになりましたからね」

「二〇一八年に一万円札だけで千五百二十三枚の偽札が見つかっている。三次元（3D）ホログラムを世界で初めて採用するとはいうものの、この最新技術でも歯止めにはならないらしいがな」

「やはり北朝鮮の仕業ですか？」

「いや、北朝鮮には『スーパーノート』容疑もかけられているが、これは疑問視する向きもある。そもそも北朝鮮は自国の紙幣『北朝鮮ウォン』の製造まで外国に発注しているようだからな」

「そうなんですか……それで、どうして今、日本の円の偽造ものが出てくる可能性が高いんですか？　その闇工場はどこにあるんですか？」

「そんなことを個人でできるわけがない。国家ぐるみということになれば共産主義国家しかないだろうな」

「中国しか残りませんね……」

「必然的にそうなる。かつて、四川省の闇工場で作られた聖徳太子の偽一万円札のうち二億二千八百万円分が、台北近郊の新北市鶯歌区で摘発されただろう」

「あれは中国だったのですか？」

「四川航空便が使われて台湾に密輸入されているのだから、そうなるだろうな」

「中国が国家ぐるみで偽札を製造している……共産主義国家ならではの発想ということですね」

「そう。共産主義を信用してはならないということだ。あの国が発展途上国という立場を捨てない限り、資本主義国家に対するあらゆる攻撃が続くということを忘れないほうがいい」

「最近、中国からの観光客のおかげで日本経済が保たれていることにうつつを抜かしていました。公安警察として恥ずべきことでした。もう一度初心に返ります」

「その姿勢を課員全体に浸透させることが第一だな」

香川は穏やかな口調で田島に伝えると電話を切った。

三月末になって、福岡県警出身の植山補佐が、協力者から池袋署管内にある隠れ風俗店の場所を聞き出し片野坂に伝えた。

片野坂は自ら動いた。

捜査現場となるであろう場所を歩くのは実に久しぶりだった。

池袋駅西口から北方向には歓楽街が広がっている。片野坂が目的とする場所は、その最も外れたところにある大手不動産会社が分譲した高級マンションの一室だった。

「でかいな……」

片野坂は最低でも一室が一億を下らない物件であることを、予め警視庁とオンラインになっている自席のパソコンからＤＢマップで調べていた。十六階建ての七階の一室がそこだった。

このクラスのマンションには当然のことながらしっかりしたセキュリティーが施されている。しかし、世帯数が多いだけに人の出入りも多かった。

宅配便が届け物を運び込むタイミングに合わせて片野坂は難なくマンション内に入ることができた。エレベーターを使って七階に上がる。エレベーター内だけでなく各フロアのエレベーターホールにも防犯カメラが設置されている。

植山補佐から伝えられていた七〇一号室はエレベーターを降りて右側の外廊下の突き

当たりにある部屋だった。各部屋の入り口の前には一畳ほどの空間があり、そこに小洒落た門扉のついた、高さ一メートル五十センチメートルほどのスチール製の柵が設置されている。

「一応、二重扉ということか……」

片野坂は七〇一号室の前に立つと周囲を見回して視察ポイントとなる場所を探し、スマホで部屋の外観を撮影してからマンションを出た。

マンションの隣には駐車場があり、その空間を挟んだ場所にやはり十六階建ての集合ビルがあった。片野坂は警視庁から支給されていたPフォンを取り出してDBマップに接続した。居住用マンションとは異なり、会社が入った集合ビルはビルの内部実態把握がほぼ完璧だった。マンションの七階の出入り口を確認できる場所は集合ビルの八階にある二つの会社だった。集合ビルに記されている社名とDBマップのデータを照合して一致を確認すると、直ちに契約者とその事業内容について検索を行った。

二つの会社のうち、一つは池袋署の防犯協会に加入していることが判明した。さらに事業内容等を詳細に確認したところ、この会社はこの集合ビルの地権者の一人で、現在の社長の祖父の代から三代にわたって警察協力者であることも判明した。

片野坂は池袋署の田島警備課長に直接電話を入れた。

「田島課長、公安部付の片野坂と申します」

「片野坂部付……」

田島は一瞬、受話器を耳に当てて考え込む様子だったが、ハッと気づいたのか、デスクで立ち上がって応答した。

「これは、片野坂参事官でいらっしゃいますか？」

「参事官ではなくて、部付です。突然の話で、しかも細かいことで誠に申し訳ないのですが、池袋二丁目にある狭間ビルをご存じですか？」

片野坂の問いに田島課長は即答した。

「狭間総業のビルですね」

「そうです。その地権者の一人で藤波孝之という人がいるのですが」

「藤波さんは狭間総業の社長の従兄に当たる人で、池袋周辺に幾つもの不動産を所有しています。藤波さんに何かあったのですか？」

「さすがによく、管内実態を把握されていらっしゃいますね。藤波氏がこの狭間ビルの八階に会社を持っているのですが、そこを拠点にできないかと思って確認したのです」

「おそらく、不動産関連のトンネル会社で経営実態はあまりないのではないかと思いますが、確認してみます。片野坂部付は現場にいらっしゃるのですか？」

「その近くにおります」

「狭間ビルの隣の三百坪ほどの空き地が、今、駐車場になっていると思うんですが、そこもまた藤波さんが持っている土地ですよ。半年前までは風俗ビルだったんですけどね」

「風俗？　藤波さんが経営していたのですか？」

「最初は飲み屋ビルだったようですが、又貸しが横行して風俗ビルになってしまったので思い切って潰したということです。店子(たなこ)が何を営業しようが不動産収入には関係ありませんが、藤波家の名に関わる……というんで、ビルごと潰してしまったんですよ。まあ、お金はあるし、また新しいビルを建てるのだろうと思いますけど」

片野坂は田島の地域実態把握能力に感心しながら、今回の拠点作業を田島に任せようかと考え始めていた。田島が片野坂に訊ねた。

「部付、拠点設定はそちらで行いますか？」

「公安総務課の調七を使ってもいいかな……と思っています」

「確かに彼らはその道のプロ集団ですから、阿吽(あうん)の呼吸で追尾から追い込み、吸出(すいだ)し（おとり捜査の一種）まで自主的にできますよね」

そう答えた田島の声が片野坂にはやや寂しそうに聞こえた。

「田島課長の所で要員の確保はできるのですか？」

「えっ、そりゃもう、片野坂部付と一緒に仕事ができるのでしたら、何をおいても万全の体制を組みますが」

田島の嬉々とした声に片野坂は苦笑して答えた。

「一旦、デスクに戻って香川さんと相談してみます」

「よろしくお願いします。本部員の方と合同捜査でも構いません。うちの若い者を育てるチャンスを与えていただければ幸甚です」

「わかりました。できる限り意に沿うようにしたいと思います」

片野坂は電話を切ると、その足で警視庁本部に向かった。

警視庁本部庁舎十四階の公安総務課の事件担当執務室に入った片野坂は、事件担当理事官の菊池洋平と面談した。菊池は現在四十五歳で、警部時代に公安総務課に入り、警視になってからは警察庁警備局警備企画課に勤務、その後、公安部公安総務課、麻布署副署長を経て、公安部理事官に就任した。退職まで十五年、来年、初めての署長を経験し、署長から本部の課長を経て警視正でもう一度大規模所属の署長、さらに本部の課長を経験し、方面本部長、本部参事官、警察学校長を経てノンキャリアトップの本部部長ポストを得るにはギリギリの年齢だった。

「片野坂部付、事件化というお話ですが」

「まだ海のものとも山のものともわからないのですが、情報は正確だろうと思っています」

「視察拠点設定ですか？」

「池袋の田島課長を引き込もうと思っているのですが、理事官の意見を聞きたかったのです」

「田島君もそろそろ管理官として公安部に戻したいと考えています。いいタイミングかもしれません。池袋のいい若手も一緒にゲットできればと思っています」

「現時点での容疑は管理売春という取っ掛かりなのですが、何となくもっと大きな何かがありそうな気がするのです」

「管理売春となると、相当な人数がいるはずですよね」

「女も多いでしょうが、顧客になっている富裕層の中にもそれなりに問題のある人物が多いはずなのです」

「そうですよね……中国では売春は重罪ですからね」

「そうはいっても中国本国でも決してなくならないのが売春です。しかし、富裕層が自国で捕まると一家離散どころか、一族郎党が首を括らなければならない結果になりますからね」

「なるほど……」

「中国の場合、売春するのが女性とは限らないことが昔ながらの風習のようなのです。これはオーストラリア人にも多い傾向なのですが……」

「そういえばタイで男を買うのはオーストラリア人と中国人という話を聞いたことがあります」

「一般的には性的少数者とも言われていますが、最近はこれと混同される概念・言葉としてＬＧＢＴがありますね」

「レズビアン（Lesbian・女性の同性愛者）、ゲイ（Gay・男性の同性愛者）、バイセクシュアル（Bisexual・両性愛者）、トランスジェンダー（Transgender・性別移行者《性同一性障害を含む》）の頭文字から作られた頭字語ですね」

「相手のことも理解しなくてはならない時代ですからね。それを理由に排除できないのも今のご時世です。日本でも芸能界にはゲイの人が多いようですが、アメリカ合衆国に至っては大統領候補として党内選挙に立候補して、最初の予備選挙でトップになるくらいポピュラーだとも言えますからね」

片野坂が苦笑して言うと、菊池も笑いながら答えた。

「ブティジェッジ候補が大統領になっていたら、夫は『ファースト ジェントルマン』になるわけでしょう？　これまで海外では多くの女性首相が生まれていますが、彼女たちのハズバンドは何と呼ばれたのでしょう？」

「『First Lady』に対応するのはまさに『First Gentleman』なのですが、表向きにはあまり使われなかったようですね。ドイツのメルケル首相の夫は優れた学者なのですが、すけどね」

『First Gentleman』ではなくて『オペラ座の怪人』と呼ばれていた時期もあったようで
「『オペラ座の怪人』……ですか？」

「メルケル首相と共に氏が『バイロイト音楽祭』というドイツ国内では極めて有名な社交行事に出席した後に、マスコミが付けたあだ名だったそうです。まあ、ドイツ国内だけでしか通用しないし、ドイツ国外で言われたことはないでしょうけどね」

「なるほど……片野坂さんと話をすると知識が広すぎて、相変わらず話が脱線してしまいます。話を戻せば、売春と一緒に行われるのはやはり薬だと思いますか？」

　菊池が笑いながら訊ねたが、片野坂は真顔で答えた。

「その可能性は最も高いでしょうが、覚醒剤等の薬物を広く売ろうとすれば、売春相手だけでは商売にならないでしょうし、かといって誰にでも試すというわけにもいかないでしょう？」

「すると、その他にもあるというわけですね」

「売春の当事者だけを考えるのではなく、その背後にある組織を考えなければならないと思います。特に日本国内、中でも都内のチャイニーズマフィアの場合には半グレ等の反社会的勢力とのつながりも注視しておく必要があります。特に半グレは拡散、分裂を繰り返しながら増殖傾向にありますからね」

「プラナリアみたいな連中ですね」

「いい例えですね。まさに半グレはトカゲの尻尾では終わらない組織です。ですから細胞分裂のように増殖する分、警察にとって実態解明が難しい団体と言えますね」

「そうか……とは言え、警視庁のビッグデータにもドンドン追加されているんでしょう？」

「そうあってもらいたいものですが、彼らの裏のつながりまで現場が把握できているか……が問題ですね」

「現場か……少年警察はデータを共有しようとしない職人肌の人材が多いですからね」

「以前とはだいぶ変わってきているようですよ。逆に、若い捜査官が育っていないような気もしますね。これは少年警察だけでなく、公安警察も同じですけど」

「警察組織も大量退職期を終えて以降、現場力が落ちているのは確かなようですね。もっと悪い傾向は地域警察が巡回連絡をやっていないことです。これは地域課長代理の能力の低下と、テレホン巡連や飛行機巡連をやる輩が増えている。中でも、若造のくせしてブロック係長の指導管理の怠慢によるところが大きいんですが……」

　巡連とは巡回連絡の略称である。巡回連絡というのは地域課の巡査部長以下の交番勤務の警察官が、自らが担当する地域を一戸一戸巡回して住民と直接面談することをいう。これによって、担当地域内の住民と良好な人間関係を構築できるだけでなく、地域住民の意見や要望を吸い上げ、地域の安心安全を確保する目的もある。さらには、不審者や逃走犯人等を探し出す端緒にもなる。しかし、地域格差があるとはいえ、住民の三割近くは反警察意識が根強く、門前払いされる警察官も多いのが実態である。このような時には地域警察官はその状況を注意報告書によって刑事、公安、組織犯罪対策等の専務警察に報告しておく必要がある。

例えば、極左暴力集団の指名手配犯人が何十年にもわたって逃走を続け、最終的にその身柄を拘束された時、彼が逃走を始めてから逮捕されるまでの間に居住地を転々としていたことが供述によって明らかになった場合、公安はその裏付けを取る。これによって潜伏場所を担当していた警察官が明らかになると、即刻、処分の対象になるのだ。

かつてオウム真理教に関係した事件の実行犯が逃亡開始から十七年後の二〇一二年六月に逮捕されたことにより、手配された全員が身柄を拘束されたが、この時までに処分を受けた地域警察官は全国で百人を超えている。

「テレホンに飛行機ですか……地域警察の崩壊は警察組織の崩壊になることを所属長がもっと意識しなければならないのですが……地域出身の所属長があまりにも少ないのが警視庁という大組織の最大の問題点なのだろうと思います」

テレホン巡連というのは巡回連絡に際して住民から提出を受ける巡回連絡カードに記入された電話番号に電話をして居住を確認する手法をいい、飛行機巡連は表札等を確認するだけで重要な会話さえ飛ばして「したことにする」手口である。

こういう輩を発見するため、直属の幹部は部下が巡回連絡の結果を記載する巡回連絡簿を確認して、抜き打ちで「実施済」となっている住民宅を訪問して、担当警察官からどのような連絡を受けたのかを確認する。そして勤務員が実際に巡回連絡を行わなかったにもかかわらず「したことにしていた」ことを発見した場合には、担当幹部はその原因、理由を本人から聴取してさらに上司に報告しなければならない。時として、担当幹部が上司に報告することなく、自らの裁量の範囲内で部下に対して指導、教養を行う場合であっても、その場限りの措置を取ることは許されていない。幹部は幹部で報告義務があるのだ。

それほど巡回連絡というのは、地域警察官にとって職務質問と双璧をなす重要な任務と位置付けられている。

「部下を叱ることができない幹部はいらないのですけどね」

「部下の手前、格好をつけて『今回だけは許してやる』などという男気を気取る出来の悪い幹部こそ、真っ先に処分しなければ、組織はよくならないんでしょうね」

「警察だけではないのでしょうが、部下のミスを発見することは中間管理職の悲哀ではなく、中間管理職の存在意義であることを認識しなければならないんです。それをやらないばかりに、何か問題が露呈してしまった時には『芋づる式』に、ゾロゾロ処分されてしまうという、実にみっともない結果になってしまいます。泣いて馬謖を斬るではないが、部下を切る時は自らもその責を負うことを考えていかなければ幹部の意味がないのですけどね」

「片野坂さんもそんな経験がありましたか？」

「僕は、初めて現場に行った神奈川県警外事課長時代に自分自身が大失敗しています。その時の上司には多大な迷惑をかけてしまいました。その時は同僚が気付いて僕に教えてくれたので、担当上司に自首して処分を受けたのですが、上司も一緒に飛ばされましたよ。あの時は本当に申し訳なかった」

「片野坂さんはそれでも復活していますが、上司の方はどうだったのですか？」

「彼は彼で一年間の遠島になりました。その後は実力で這い上がって、今や飛ぶ鳥を落とす勢いで実績を上げています。凄い人ですよ」

「片野坂さんがそんなふうにいうのは珍しいですね」

「僕はここまで人に恵まれて生きてきたんです。仕事が上手くいった時こそ周囲に感謝して基本に立ち返ることを繰り返してきたのです。ですから、その後はノーミスでやってきたという自負があります」

「ノーミスですか……よほど自分を厳しく律しなければ口に出せない台詞ですよね」

「僕自身が直接迷惑をかけた上司に対するせめてもの償いだと思っていますよ」

片野坂はやや感傷的になったのか、少し遠いところを見るような目つきになっていた。それを見た理事官が訊ねた。

「片野坂さんは警視正になって四年目ですよね、来年は警察庁に戻られるのですか?」

「いえいえ、僕はしばらく警視庁で現場を担当するつもりですし、今の警察庁上層部も同じ考えを持ってくれているようですよ」

「そろそろ階級が警視長で警視庁内でも参事官級ですから、また新しいポストができるのかもしれませんね」

「それは僕が考えることじゃないから、それまでに形を残しておくことが大事だと思っています。それには人材の発掘が最も大事です」

「しかし、そんなに人材がいるのか……と、正直思いますけどね」

「管理官級ばかり増えても仕方がないと思います。こういう組織は頭でっかちにしてはいけないと考えていますが、そうかといって、俗にいう警察職人は、そんなに必要ではありません。できることならば警部補は三十二、三歳までで切り上げて後進の育成に当たってもらいたいと思っているのですけどね」

「そうなると、警部が最前線で捜査の指揮をしなければなりませんね」

「警視庁の場合には、それでいいと思います。警部に一般と管理職、警視に管理官級と所属長級の二段階があるのですからね。管理職になる前の警部はまさに捜査指揮官として、そして情報収集責任者として動くべきだと思います。そうなると管理職警部になる四十歳手前で捜査の手順や情報の取り方を覚えることになるでしょう？」

「公安部もそれなりの人材を集めてはいますが、企画や人事は各種試験や講習成績だけは優秀な人材をどんどん集めています。そのせいで、頭でっかち幹部が増えてしまって、果たして現場で使えるかどうか……という現状になってしまったのだと思います。私は片野坂さんに厳しく鍛えられてきましたが、田島課長も厳しい課長で有名なようですよ」

「ほう、どういう点が厳しいのですか？」

「地域からの注意報告書は全て自ら目を通しているようです。特に外ナンバー情報は自らマッピングして重点地域を設定しているらしいと、外事二課の理事官が言っていました」

「外二の理事官は今どなたですか？」

「永野（ながの）さんです」

「永野九州男（くすお）……ですか？　あの『パワハラ大王』と呼ばれていた人を誰が引っ張ったんですか？」

「旧外二グループの残党じゃないですか？」

「そうか……あのパワハラ男が褒めたりすれば人事一課が嫌な顔をするはずだが……」

「そうなんですか？　でも、今の外二課長はキャリアですし、その下に変な人は持ってこないはずなんですけど……」

「キャリア人事の悪い面が出てきたようですね。千葉外二課長は初めての警視庁勤務で、在インド日本国大使館の一等書記官から警備企画課の理事官になったのですが、外事経験はあまりないんですよね」

「そういうことでしたか……だから人一課長とはウマが合わないんですね」

「そうなんですか……古市参事官はちょっと独善的なところがありますからね。しかも元公安総務課長ですから、公安を知り尽くしている上に、配下がまだまだたくさん残っています」

警視庁の人事第一課長は警務部参事官を兼務する警視長の階級で、本部内所属の実質的筆頭課長だった。

「外二の現場が心配だな。永野に引っ掻き回されてしまわなければいいんだが……」

片野坂はこれから警視庁公安部外事第二課の分掌事務のトップである対中国案件を進めるうえで、暗雲が立ち込めたような気がしていた。

「そうなると外事二課を外して作業に入りますか？」

「そうですね……本部は公総の事件班だけで構成していただけますか？」

「そうすると田島課長にもそう伝えておかなければいけませんが、外二出身の若い係長を使うのも考えもの……ということになりますか？」

「そこは田島課長の判断に任せましょう」

片野坂は捜査態勢を菊池理事官に任せてデスクに戻った。

第五章　組織改革

警察庁長官室に、二人の珍客が来ていた。

「最近は頻繁に官房長官と民自党幹事長が先輩のところに通っていらっしゃると聞き及んでおります」

「閣僚を離れたので、彼らも安心しているのだろう」

「そうは申しましても、現内閣の副総理として、長期政権に何かがあった場合には次の総理という話は消えるどころか、現実味を増しているとも伝えられておりますが」

「それはあくまでもマスコミの話題に過ぎん。私も閣僚として官房長官、法務大臣、総務大臣を経験し、現在も党の総務会長という立場にある。政務、党務をとおして私が表舞台に残っていると官房副長官がやりづらいだろうし、そろそろ本格的に次の体制を考えなければならん時期になっているからな」

藤原（ふじわら）警察庁長官は長官の大先輩である富岡重里（とみおかしげさと）の言葉を姿勢を正して聞いていた。

　富岡重里は七十二歳。参議院議員を経て、現政権が誕生した、いわゆる「近いうち解散」による総選挙で衆議院議員となり、現在三回生ながら、国会議員十三年目の重鎮だった。

「富岡先輩が政界のご意見番ではなく、現役の重鎮として残っておられることで、警察だけでなく霞が関全体も安心しているのは事実だと思います」

「それは私に警察庁警備局長の前歴があることで与野党の裏を知り尽くしている……と勝手に思い込んでいるからだろう。盛岡博之（もりおかひろゆき）官房副長官の立場と同じだと思われているようだな」

「盛岡官房副長官は富岡先輩よりも警備畑ではさらに大先輩で、しかも今は内閣の人事権をお持ちですから誰も文句を言えませんし、官房長官と阿吽の呼吸で官邸の事務方を司っていらっしゃいます。我々、後輩としては実に心強い存在ではあるのですが、時折、官邸に決裁を頂きに参りますと厳しい意見も頂戴しております」

「それは政治家だけでなく、霞が関も弱体化が進んでいるからだろうな。私も盛岡先輩同様、最近は頓（とみ）にこの国の将来が心配になってきたんだ」

　この時富岡が隣に座っている、警視総監経験者で富岡の盟友でもある近藤清孝（こんどうきよたか）に目配せをした。近藤は現在は都内の有名私立大学の名誉教授で、政府内の様々な審議会のメンバーとしてマスコミに登場することも多かった。

　近藤がようやく口を開いた。

「霞が関は大丈夫なのか?」

「それは警察も含めて……ということなのでしょうか?」

「そうだ。数年前からいまだに流行っている忖度とやらで、腑抜けが増えているような気がするな。警察でも、道府県本部長を一度も経験していない者が次の警察トップに、ワンツーで就任しようとしているようだしな」

「これは官邸の意向ですから……」

「それに待ったをかけるのが君の仕事だろう。さらに言えばキャリア人事だけでなく警察組織全体を見渡しても、二十年前に富岡と一緒に立ち上げた警視庁公安部情報デスクなどは、本来の目的だった諜報活動ができる体制には程遠い。三年間のまさに悪夢のような政権交代の時期や東日本大震災の影響もあっただろうが、私が組織を去った後の警察幹部が、諜報組織というものを本気で考えてこなかったのは腹立たしいかぎりだ」

　温和で知られている近藤からの厳しい言葉に、藤原警察庁長官は言葉を失っていた。

　これを見た富岡が再び口を開いた。

「ところで、レバノンで大暴れした片野坂という男は、警視庁公安部部付の現場担当らしいな。奴にあのポジションで、何を期待しているんだ?」

「片野坂君は単なる部付ではなく総合調査官という特命を与えておりまして、階級は警視正とはいえ、警備局警備企画課理事官以上の仕事をしてもらっています」

「警視庁の公安総務課長と同等……ということか？」

「年次では三年違いますので、同等ではありませんが自由に動くことができる立場ではあります」

「部下はいるのか？」

「直属に警視庁公安部出身の警部補二人を与えております」

「警部補が二人？　そんな体制であんな仕事ができるというのか？　それに予算はどうなっているんだ？」

富岡の追及に藤原はややたじろいだ様子で、恐る恐る答えた。

「予算は特につけておりません」

「何？　お前、私たちを馬鹿にしているのか？　片野坂という男がどれだけのものかよく知らんが、外務省からクレームは来るわ、中国大使館からも、関連の捜査に関して嫌味を言われているんだ」

「よく存じております。予算は特につけておりませんが、庁内唯一の総合調査官という立場上、申請に関して満額支払っております」

「去年、一年でいくら支払ったんだ？」

「そこまでは把握しておりません」

「だからダメなんだ。警察にとって必要な様々な情報の芽を摘んでいるのと同じだ。最近、片野坂について盛岡官房副長官と話す機会が多いんだが、彼を真に活かす道が早急に必要だ。警察庁でできないのなら警視庁内に新たなポジションを与えて、彼の力を存分に発揮できるようにしろ。それが、今、お前に残された最大の仕事だ」

藤原長官は啞然として、富岡と近藤という「御大(おんたい)」と陰で呼ばれている二人の目を交互に眺めて考え込むような顔つきになった。富岡、近藤の二人は藤原の次の言葉を待った。十秒ほどの間をおいて藤原長官が口を開いた。

「やはり警察庁内で彼のポジションを作るのは難しいかと思います。早急に警視総監と協議を致しまして、現在の警視庁公安部の体制強化を図ることといたします」

「予算は別枠で出せるのだろうな」

「機密費の運用になると思いますので、警備局長とも協議してみます」

「チーム片野坂の情報は警備局だけでなく、刑事局にとっても極めて有用なものが多い。中でも組織犯罪分野にとって、これまでどれだけの恩恵を受けていたのかも考えておくことだ」

「はい。私が官房長時代も片野坂の情報でどれほど助けられたか身に染みております。それゆえ、彼が自由に動くことができるように警視庁公安部に置いたのですが……」

藤原長官の言葉に富岡が厳しい口調で言った。

「藤原、片野坂は管理者でありながらプレイングマネージャーとして動いてもらうのが一番なんだ。彼の一挙手一投足を部下に見せることで組織が強くなる。ＯＢの立場でこんなことを言っては申し訳ないんだが、内閣情報調査室に道府県警から順番に人員を持ってきても意味がない。継続性がないとダメなんだ。人を育てるというのはそういうことだ。道府県出身者は地元の国会議員や企業との関係を優先してしまう。これは警察庁に出向してくる者も同様だ。『二、三年東京で給料が下がっても我慢して、少しだけ箔を付けて地元に帰る』、そういう感覚をなくさなければならない」

「しかし、警察だけでなく、どこの省庁でも都道府県からの出向がなければ霞が関は機能しません。国の動きを地方に知らしめる方策の一つと考えています」

「それなら、どうして予算時期になると全国の市町村から、国会議員を通じて陳情が来るんだ？　都道府県がしっかりしていないから、くだらない国会議員に御威光を与えているだけのことだろう。これは地方自治体だけでなく民間企業も同じだけどな。霞が関の役人が二回生、三回生議員連中から議員会館に呼び出されるようなみっともない真似はもう止める時期だな」

「三回生も……ですか？」

藤原長官が目を見開いて富岡に訊ねた。富岡が笑って答えた。

「二、三回生になれば政務官という、つまらんポストが回ってくるが、その連中には役所で対応すればいいだけのことだ。もう、議員に呼び出されて恫喝される時代は終わったことを連中に知らしめる時期だな。大臣と言っても法律のホの字も知らない輩が何人もいるご時世だ」

富岡の言葉にはさすがに重みがあった。同じ三回生でも富岡は三度の閣僚を経験し、与野党幹部から見ても国家の重鎮に他ならなかった。

「まだまだ勘違いしている議員が多いのも事実です」

「それは私も議員総会で注意をしている。質問通告制度そのものを改める時期なのだが、そうなると国会が回らなくなる。閣僚が軽くなるのもそれが最大の原因であることは自明の理なのだが、役所がある程度資料を用意してくれなければ、委員会での回答ができない有様だからな」

その頃片野坂は、芝庁舎にある公安部サイバー攻撃対策センターで、池袋の視察拠点から集めた人物画像データを警視庁総務部情報管理課運用担当のビッグデータとインターネット基盤管理センターの情報管理システムに接続して詳細に分析していた。

片野坂の作業を手伝っていた公安総務課に着任したての警部古館浩二郎（ふるたちこうじろう）が言った。

「警視庁の画像解析システムは世界でも最高峰らしいですね」

「そうだね。中国やイギリスもかなりの精度になっているようだけど、分析の基本となる照合データの数と質が日本とは違い過ぎるからね」

「数は中国の方が多いのではないですか？」

「画像分析に使用するデータは多ければいいというものではないんだ。画質よりも、それが誰であるか……ということを最初に明らかにしておかなければならない。どこの誰ともわからない人物をデータ化しても、その後の追跡に時間がかかってしまっては意味がないだろう」

「しかし、中国やイギリスは日本のような防犯カメラではなく、監視カメラですから、その気になれば何とでもなるような気がします」

「イギリスの場合には国際テロ防止が最大の目的になっているんだが、中国の場合には反革命分子の摘発が第一だ。そうなると、中国共産党幹部と裏で手を組んでいるマフィア連中などは対象外……ということになる」

「なるほど……留学生も厳しい監視下に置かれているそうですね」

「中国で学ぶ留学生の監視は、将来中国共産党として使い物になるか否かの見極めが最大の目的だからね」

「そういうことだったのですか……」

そこまで言うと古館はコンピューターがはじき出してくる解析結果を見て、驚きの声を上げた。

「たった数日でこんなに多くの人物が現場を訪れているのですね」

「人定(じんてい)が割れているのも面白い。著名人が多いのが気になるな。それも芸能界が多すぎる」

「確かに俳優や歌手、お笑い芸人まで、多いですね……」

「第二段の分析は彼らの裏のつながりを突き止めることだ……おっと、政治家が出てきたな……それも野党のお騒がせ男だ」

「マスクをしていてもわかるのですね」

「昔の黒電話を頭に載せたような特異なヘアースタイルはなかなかお目にかかることはできないからな……他には北朝鮮の首領様くらいのものだ」

「確かに正恩カットですね。何が悲しくてこんな形にしているのでしょう」

「北朝鮮に対するアピールなんだろうな。恥も外聞もなく、よくやるよ……という感じなんだが、こいつとは銀座のとある店で何度か一緒になったことがあるんだ」

「そうなんですか？」

「その店には北系の客や極左系も多くてね……と言っても金がある極左の方だけどな」

「極左も金持ちと貧乏の格差がどんどん広がっていますが、労働貴族のようになってしまった極左は、本気で革命なんか考えているのでしょうか？」

「共産主義社会の上層部はいつの時代もブルジョワだった。権力と金が集中しているからな」

「そういうことですか……なるほど、言われてみるとそうですよね。旧ソ連にノーメンクラツーラとかいう特権階級名簿がありましたよね」

「その名簿登載者が現在のロシアの政財界を押さえているんだよ。だから、国民は共産主義時代のような秘密警察による監視や圧政は受けてはいないものの、生活実態はあまり変わっていないんじゃないかな」

「どうもそのようですね。先日、私の友人がウラジオストクと北方四島を仕事で訪れたようなのですが、ウラジオストク空港は暗いし、島の生活も決して豊かさを感じることはなかった……といっていました」

「仕方ないさ。ロシアは中国同様まだ途上国なんだからな」

「そんな国家がUN安保理の常任理事国なのですね」

「どちらも第二次世界大戦の戦勝国ではないのだが、それを許している米英仏三国が第二次世界大戦の終戦決議に当たって裏で手を結んでいたのだから仕方がない。そもそも僕はUNなんて全く信用していないし、それと同じくらいEUも信用できないんだがな」

「EUですか……確かに今回の新型コロナウイルス問題では国ごとに勝手な動きをして

いて、組織として全く機能していませんよね」

「これが終息した段階で、イタリア、スペインが離脱する動きに出るかもしれない。特にイタリアはEUの中では戦犯的存在だからね。しかもEU諸国のほとんどが中国から借款しているという情けない実情がある。EU諸国のリーダーは誰一人、今回の新型コロナウイルス問題に関して中国を責めることができない……という笑い話のような実態だ」

「しかし、日本でも習近平を国賓として迎える予定が延期になったままですよね。その時に習近平が新型コロナウイルス問題に関して謝罪をするとは思えないのですが」

「あの国は謝罪ということを知らない国だ。共産主義国家になって以来、一度も海外に対して謝罪などしたことがない。結果的に中国としては共産主義の敵である資本主義を撃退した……という満足感の方が大きいのかもしれない」

「そういう考え方も確かにありますね。しかし、日本とすれば中国とは巧く付き合っていかなければならないのでしょう？」

「そうだな。日本が中国の圧倒的な人口によって侵略されないためにも、中国がもう少し上等な国になるまでは本気で戦うことはできないだろう」

「それはかつて公安講習の時に片野坂部付が講義されていた、国としてのシーレーン防衛のためですね」

「よく覚えていたね。もう八年も前の話だったんだが」

「あれは印象に残りました。もし中国と戦争をすれば数時間で片が付くが、決して日本が圧勝して中国を混乱させるようなことになってはいけない……ということでした。中国も当時よりははるかに軍事的に強大にはなっていますが、戦闘能力を考えれば日本の方がさらにその上をいっているわけですからね」

「十四億とも十五億ともいわれる人口を持つ国だ。しかもインドのように複雑なカースト制度もなく、多様化した宗教もないことを考えると、大多数の教育を受けていない中国国民を不安に陥れてはいけないんだ」

「そこが『もう少し上等な国になる……』なのですね」

　ふと、片野坂が一人の男に目を留めた。

「おや、この男、東じゃないか？」

「東……だれですか？」

「元、公安部参事官だった男だ。その後、内閣府に飛ばされて、つい最近自己都合で辞めた奴なんだが……こんなところに出入りしていやがったのか……」

「公安部参事官というと、階級は警視長ですよね」

「警視監にならなかっただけでも、警察の体面はなんとか守ったといえるくらいなんだが……そうか……奴はまだ例の女との繋がりがあったんだな……」

片野坂が呟くように言うと、古館が怪訝な顔つきになって訊ねた。

「やはり女がらみだったのですか？」

「岡広組の本家筋の女と付き合っていて、痴話喧嘩から一一〇番通報までされて発覚したんだ」

「よくそれで首にならなかったものですね」

「警察庁の負の遺産の系譜だったんだな」

「警察庁にも負の遺産があるのですか？」

「この五年でようやく途切れたんだ」

「東という元職はどういう男だったのですか？」

「まあ、一言でいえば上に弱くて下に強い。上司にすり寄り、自称『外事警察のプロ』だったが、何の成果も残すことなく消えていった野郎だよ」

「そんな奴……と言っていいのかどうかわかりませんが、片野坂部付がおっしゃるのなら間違いはないでしょうね。なんだか情けない気がしますが……外事警察のプロを標榜するくらいですから、何らかのルートを持っていたのでしょうか？」

「中国、北朝鮮のエキスパート気どりだったが、やはり岡広組系の女とくっ付くくらいだ、アンダーというよりブラックな世界だったんだろうな。それがまだ続いている……嫌なものを見てしまった気がするよ」

「やはり女狂いなんでしょうか？」

「そうだね。それにしても、この女狂いの連中……ちょっと引っ掛かるな……」

「コンピューターの分析以前に何かわかることがあるのですか」

古館が驚いたような顔つきになって片野坂に訊ねた。片野坂は二、三度頷いて答えた。

「関係分析をする際の検索キーワードに『コリアンマフィア』と『岡広組』を入れてもらえるかな」

「コリアンマフィアに岡広組ですか……了解しました」

片野坂はもう一度コンピューターがはじき出した三十数名の写真付き名簿を見ながら首をひねっていた。


片野坂が警視庁のデスクに戻ると警察庁の官房長から呼ばれた。官房長は警察庁内では長官、次長に次ぐナンバースリーの地位だった。

「片野坂、また何かを追っているようだね」

官房長室の応接セットで、河合伊知郎官房長が笑顔で訊ねた。

「都内のチャイニーズマフィアが妙な動きを始めたようでしたので、今、確認をしております」

「チャイニーズマフィアか……中国政府とのかかわりもありそうだね」

「そのバックボーンがあってこそ動くことができる連中です」

「なるほど。その結果を楽しみにしておこう。ところで、午前中、長官の所に珍しいお客さんがあったようだ」

「長官……ですか？　また国会のくだらない連中ではないでしょうね」

「国会関係の方もいたようだが、富岡、近藤の大先輩ご両人だ」

「富岡さんと近藤さんですか……懐かしいですね……」

「我々から見ると雲の上の人たちなんだが、片野坂、お前にとってはどういう存在なんだ？」

「ひと言で言えば遠い世界の人ですね。政治と学問の世界に入られた方ですからね。リアルな現場をどれくらい記憶されているのか……」

「そうか……御両人には警察庁内に今でも多くの信奉者がいるのだけれどね」

「富岡さんはすでに三度閣僚を経験されていらっしゃいますし、官房副長官とも近いですからね。官邸も一目置く存在になっておられると思います」

「富岡さんはともかく、近藤さんをどう思う？」

「大学教授になっていらっしゃいますし、政治学で危機管理を教えることができる、極めて稀有な存在だと思っています。近藤さんとは年に一度くらい、公安部の会合で顔を合わせる程度です。公安部でも人気者ですよ」

「人気者か……公安部は階級を超えた付き合いができる、警察組織には稀な所属だからな」

「皆がそうだとは思いませんが、他の部署に比べると風通しは極めていいと思います」

「公安部は個々の守備範囲の広い者が多いからな。他の道府県ではなかなか真似ができないところだ」

「東京は国会だけでなく企業の本社も多いため、地方から相応の人材は集まってきますが、それ以上に誘惑も多いところですからね。身の丈を知らない人はどんな分野であろうとも潰されてしまいます」

「身の丈か……それは霞が関のキャリアも含めて……ということなのかな」

「たった一度の試験に受かっただけで将来が約束されるような世界は他にはありません。しかも下克上がないわけで、年功序列の権化のように優秀な後輩の存在を恐れなくて済むのがキャリアですからね」

「相変わらず手厳しいな」

「官房長の同期にも、問題児がいらっしゃらなかったわけではないでしょう？」

片野坂の質問に官房長は苦笑しながら答えた。

「確かに本部長を一度も経験することなく退官した者はいたよ。同期会にも顔を出さないしね」

んよね」

「それでも民間に天下っているわけで、そこでの評判も決して芳しいわけではありませ

「私はそこまで追跡調査するいとまがないが、やはりそうかね」

「あれで、あと二度は転職するわけです。引き受けさせられる企業が可哀想になってしまいます。結果的に本人はいつまで経っても甘え根性が直らない。そしてその反動が私たち現場の者にふり掛かってくるとなれば、笑って済ませるわけにはいかないんです」

「企業から苦情を受けるわけかい？」

「キャリアとは言え、企業の業種に関しては何の専門性も持っているわけではなく、また危機管理に卓越しているわけでもない。逆に、危機管理の分野から最も外れたところにいる可能性もあるわけです」

「片野坂、その件、もう少し具体的に教えてもらえないか？」

官房長は片野坂が何かを知っていると確信したようだった。

片野坂は現在進めている捜査に、その警察庁キャリアＯＢの子飼いの元キャリアが関わっている可能性があることを伝えた。

「参ったな……そこまで愚かな奴だとは思わなかったが……退職してまだ間もないのに……片野坂としては今後の捜査で奴の柄を取ることになると思うかい？」

「可能性は高いと思います。警察庁ＯＢとはいえ、今では単なる一般人（パンピー）ですから、何の

忖度をする必要も義理もありません。組織の恥さらしになる可能性もありますが、逆に彼に被害を被った同僚たちは溜飲が下がるかもしれません」

「おいおい待ってくれよ。確かに犯罪者というのであれば厳正に対処しなければならないのは当たり前のことだが……そうだな……『元警察官』という肩書は一生ついて回るものだからな。ところで、奴がかかわっている事案というのはどのような種類のものなんだ？」

「まだ、完全に背後関係が明らかになっているわけではありませんが、チャイニーズマフィアと半グレが組んだ売春または薬物等を含む事件と考えた方がいいと思います。これに官僚上がりの野党の国会議員も絡んでいます」

「国会議員？　それも野党？」

「政権を担った政党としては、すでに国民からすっかり見放され、再分裂をしましたが、その政権当時に当選した愚かな男です」

「霞が関のキャリアだったわけか？」

「重要なヒントを差し上げましたので、かなりの確率で絞られてくると思います。与党にも多いのですが、中途半端な官僚を候補者に選んだ責任はきっちりと取ってもらわなければなりません」

「そうだな……組織に残ることができなかったような連中……と考えた方がいいのかも

しれないな」

「富岡さんのようにトップまで上り詰めた人とは、全く別の人種だと思った方がいいでしょう」

「なるほど……よくわかった」

河合官房長が頷くのを見て片野坂が訊ねた。

「官房長、ところでご用件はなんなのでしょうか？」

河合官房長がゆっくりと腕組みをしながら答えた。

「実は、富岡、近藤両先輩が長官室を訪れた本来の目的から始まったことなんだが、警視庁公安部の質的強化と片野坂、君の立場について……だ」

「公安部の質的強化……ですか……」

片野坂は自分のことは何も言わず、現状を考え始めていた。

「富岡、近藤のお二人は警視庁公安部情報デスクを創設された張本人なんだが、これまで、様々なところから圧力を受けて、お二人が本来目指した組織に発展しないことに忸怩たる思いでいらっしゃるようなんだ。特に富岡先輩は政界の中枢にいながら、歴代の内閣が情報デスクの真似事のような下手な金の使い方しかできないことに、憤りに近い感情を持たれているそうだ」

「お二人とも志が高いかたですからね。この十数年に内閣内にできた様々な情報組織が全く機能していないことを憂慮されていらっしゃるのでしょう」

「情報収集という特殊な行為を本格的に学んでいない他省庁の頭でっかちと、警視庁公安部を筆頭にした日本の警備警察とのあいだに、天と地ほどの能力差があることを、そんじょそこらの国会議員は知るはずがないからな。いわんや一般省庁の役人においてをや……だ」

「警察組織にいても、さらには警備警察に身を置いていても、情報部門で本格的に相当年数動いていなければ、本来の警備情報はわかりません。警視庁公安部四千人の中でも三十人はいないでしょう」

「そこなんだよ。警視庁公安部をもってしてもそうなんだ。しかも情報担当者は君のように一匹狼的動きをするのが現状だ。近藤先輩は学者として世界の人々とつながっているようだが、それでもやはり学者は学者だ。近藤先輩ご本人がご自分で限界を感じていらっしゃったようだ」

「それで、今後、どのような体制にされるおつもりなのですか？」

「片野坂、早急に君を警視総監直轄にしたらどうかと思うんだが」

片野坂は首を傾げながら訊ねた。

「僕が総監直属になったからといって何ができるか……組織を変えるには相応の『人・モノ・金』が必要になります。しかも、またしても内調をはじめとした内閣内の情報部門との確執が起こることになるかとも思います。確かに他省庁や内閣内の諸機関の事情もあるでしょうが、今後の体制に関しては、そこを巧く解消できるか否かに掛かっているでしょう」

片野坂の言葉に、官房長も腕組みをして大きく唸って答えた。

「内調も衛星情報センター等の設置で所帯は大きくなったが、そもそもエージェントを育てる……という情報機関としての基本ができていないからな」

「プロパーよりも出向組の方が多い、寄せ集めの組織ですから仕方ありません。しかも、他省庁からの出向組で実質的な情報収集に携わった経験のある人はとても少ないのが実情です」

「プロパーと出向組の仕事に打ち込むスパンの違いもあるのかい？」

「そのとおりです。出向組は原則として二年契約。警察の中でも特に警視庁公安部から出向している者は、情報収集の基本に関しては相応の訓練を受けています。このため、即戦力として動くことができます。二年間でどこまで協力者を獲得することができるか……いわゆる気合の入り方が違うのです。しかし、プロパーは『そんなにむきになって仕事をすると疲れるだけ……』という気持ちの者が多いのです。何と言っても、彼らは原則として定年まで勤めなければならないのですから」

「警視庁公安部出身と言っても、二年間で相応の実績を残す者はどれくらいいるんだい？」

「個々の資質にもよりますが、どれだけタマの新規獲得をすることができるか……ですね。それも直接かかわる部門以外に支援団体やマスコミ、その他対象者の有力支援者等、全国ネットで動くフットワークがあるかどうか……それを考えると数年に一人……というところでしょう」

「資質とフットワークか……警視庁公安部といえども、そうはいないだろうな」

「情報収集活動を行うに当たっても、出張を楽しむことができるような遊び心を持てるかどうか……ですね」

「遊び心か……それはまさに情報マンとしての資質の問題だな」

「そこが大事なところだと思います」

「そうか……先輩方の心配も杞憂……ということか……」

「僕は今、非常にやりがいを持って仕事ができています。また、この春からは外務省出身の新たな人材を警視庁公安部が特別捜査官として採用してくれました。これは大きな戦力になります」

「例の拉致された外交官だな」

「あれがまたいい経験になっていると思われます。彼の加入で中東現地情勢もリアルタイムで入るようになりますから、少数精鋭ですが、機動力では負けませんし、全員が自己判断力を持っている強みがあります」

それを聞いた官房長が訊ねた。

「そうすると、片野坂としては今のままの方が仕事をしやすい……ということなんだな」

「公安部長直轄ですから動きやすいと思います。これが総監直轄になってしまえば、刑事部や組対部にも気を遣わなければなりません。刑事部は二課、組対部は四課と競合してしまう案件が多いですから」

「なるほど……そういうことか……」

「長官や総監経験者は常々自分の腹心として情報部門を持ちたがるものですが、これは組織的にはいいことではないと思います。公安部だけが情報部門を有しているわけではありませんし、現に捜査二課にも情報担当が管理官以下で組織されています」

「そうだな……公安部だから動きやすい……よくわかった。長官にはそれなりに伝えておこう」


官房長室を出たところで、警備局長とばったり出くわした。

「おお、片野坂、ちょっと来い」

警備局長室に入るや、局長が言った。

「元外務省の外交官の件だが、彼を公安部の特別捜査官として採用するには、ちょっと問題があるのではないか……というのが警視庁警務部参事官の意見なんだ」

「望月健介君のことですね。確かにそうかもしれませんね。他省とはいえ、一応、国家I種の合格者ですからね。仮に警部採用としても、彼の国家I種同期合格者は警察庁では間もなく警視正になるわけですから……」

「どうだろう。彼を一旦警察庁で採用して警視庁に出向させる形をとったらどうかと思うんだが」

「すると、警部採用で、出向時に警視昇任ということですか？」

「さすがだな。そうしなければ給与面でもカバーできないんだ」

「そうでしょうね……警視ならまだ地方公務員ですから、給与は国家公務員よりも上ですからね。いずれにしても望月君の件は局長にお任せします。きっといい仕事をしてくれるものと確信しています」

「そうか、それはよかった。それと君の所の香川君なんだが、当面中国には行かせないでくれ」

「それは重々承知しております。本人も少しやり過ぎたことを反省しているようですから」

「何と言っても、上海の空港で発砲事件を起こしたんだからな」

「彼は狙われただけで、彼が発砲したわけではありませんよ。中国の公安が間抜けだったということでしょう。中国政府も自分たちのミスを公表したくないはずです。ただ、香川さんは当分の間、中国本土には送りませんから大丈夫です」

「そうか……しかし、彼は中国語には堪能なんだろう?」

「中国語を活かすことができるのは何も中国本土だけではありません。北部イタリアやアフリカでは第二外国語のようになっていますから」

「なるほど……せっかくの才能だ。巧く使ってやってくれ」

第六章　ＥＵ異変

白澤香葉子は新型コロナウイルスのヨーロッパ感染拡大の影響でブリュッセルからフランスの最北端の街、ダンケルクに生活拠点を移していた。

「白澤の姉ちゃんは第二次世界大戦の戦場ツアーでもやっているのか？」

白澤から国際電話で報告を受けた杳川が訊ねた。

ダンケルクといえば「ダンケルクの戦い」で有名だ。これは第二次世界大戦の西部戦線における戦闘の一つで、一九四〇年ドイツ軍のフランス侵攻の際に起こったものである。ダンケルクに追い詰められた英仏軍はドイツ軍の攻勢を防ぎながら、輸送船等あらゆる船舶を投入して、イギリス本国に向けて三十四万人の将兵を脱出させる作戦を実行し、『ダンケルク』の題名で映画等にもなっている。

「ダンケルクはベルギー国境から十キロメートルくらいの地なんです。マロレバン海岸を中心にして、国境から十キロメートル以上続く綺麗な海岸線は、確かにヨーロッパでは他に類を見ないんですけど……」

「そこからベルギーへはどうやって行っているんだ？」

「バイクです」

「原チャリか？」

「まさか、ＢＭＷ　Ｋ１６００ＧＴです」

「なに？　水冷四ストローク並列六気筒エンジンの、あれか？」

「はい。バイクはドイツの学生時代からＢＭＷです。人事記録にも保有届を出しているはずです」

「そうだったのか……向こうで取得した運転免許証は実技なしで日本の運転免許証に切り替えできるからな」

「ドイツには小型バイクの免許はありませんから……実際に日本でいう原付バイクに乗る人の方が少ないのです。香川さんの時代だったら限定解除って言うんでしょう」

「余計なことをよく知っているな。今じゃ専らＡＴ（オートマチック）限定解除のマニュアル車運転が主になっているようだけどな」

「ダンケルクからリールまでバイクで行って、そこから電車でブリュッセルまで四十五分。心地よい通勤ですよ」

「通勤を楽しむか……日本では考えられないな……ところでブリュッセルから逃げ出したのは、やはり新型コロナウイルスの影響か？」

「はい。三月初めにイタリアで本格的に火がついて、それがわずか十日間で十倍に増え、ヨーロッパ中に広まってしまったんです」

「それは北イタリアの交通をＥＵが遮断しなかったからだろう？」

「感染者が集中していたロンバルディア州及びヴェネト州の十一の自治体への出入りが禁止され、公共交通機関が運休するまでに時間がかかったのは確かですね」

「一番迷惑をこうむったのはスイスだろう。なにしろロンバルディア州の州都ミラノからスイスへは東西二方向の鉄道が伸びているからな」

「香川さん、スイスのこともご存じなんですか？」

「だから公安部は辞められないんだ。スイスはルガノに二週間滞在した」

「なんていいご身分なんでしょう。ルガノはスイス第三の都市で、しかも最大の金融都市。それも俗に『スイス銀行』と呼ばれる個人銀行が集まっている所……」

「そう、しかもルガノ湖の湖畔にはレマン湖畔よりも美味いものを食わせてくれる店が多いんだ」

「ルガノ湖は国境にあるので、船でイタリアへ入ることもできますからね」

「そう。スイスの不幸はイタリアから陸路で感染者が大量に入り込んだからだと思うな。

ところで、ダンケルクだって海路でイギリスから入ってくるんじゃないのか？」

「本当に何でもご存じなんですね。ダンケルク、イギリス便は現在停止中です。ダンケルクは今陸の孤島のようになっていますし、地中海のように人が爆発的に集まることもないんです。何といっても海岸線が長いですから」

「そうか……フランス人も南仏に行くと羽目を外す連中が多いからな」

「プロバンスはフランス人だけでなくヨーロッパ人の憧れの観光地ですから、それは仕方ないんじゃないかと思いますよ。特に冬が長い北の人たちにとってプロバンスの太陽と地中海は最高の贅沢だと言っていいんじゃないかと思います」

「そうだろうな……ジメジメ、ムシムシの夏しか知らない日本人がハワイに憧れるのと同じ感覚なのかもしれないな」

「ところで香川さん、何か御用があったのではないのですか？」

いつも話題が本筋から離れがちな会話に苦笑しながら、白澤が訊ねた。

「そうそう、以前、部付が依頼したベトナム人、中国人、韓国人の不法残留者データの解析はどうなっているんだ？」

「あ、あの件ですね。データ解析は終わっているのですが、ＳＮＳへのアクセス数が異常に多いんです。ほとんどがベトナム人コミュニティーからのものなんですが、豚に関しては一般のフィリピン人や、その不法残留者からも多いんです」

「レチョンか……確かにフィリピン人の不法残留者も多いからな」

　レチョンとは、フィリピン全土で様々な祝い事の際に食される豚の丸焼きのことである。

「ベトナムでもホーチミン市辺りではよく食べられているようです」

「そうだな。北京の有名店の北京ダックみたいに、皮がメインなんだが、肉も一緒に食うような形で供されていたな」

「本当になんでもご存じですね」

「それで、中国系のアクセスはどうなんだ？」

　白澤は片野坂から、池袋に拠点を置くチャイニーズマフィアのアジトと、日本国内の他のグループや中国本国との、コンピューターや携帯電話等による交信状況を調べるよう、下命を受けていた。

「今、日本国内と中国本国からのアクセスをチェックしているところです。しかも、日本国内のアクセス者と中国本国のそれとの交信記録も確認中なんですが、中国本国の方が珍しいくらいのプロテクトを張っているんです」

「ほう。それって、中国サイバー軍か？」

「中国人民解放軍総参謀部第三部第二局中国人民解放軍６１３９８部隊の可能性が高いのです。海南島基地の陸水信号部隊ならすぐわかるのですが、上海市浦東新区高橋鎮のようなんです」

「そりゃプロテクトも厳しいだろうが、そこにたどり着くまでにどれくらいのアクセスポイントがあったんだ？」

「十二か所です」

「それをすり抜けたのか？」

「なんとかたどり着きました」

「たいしたもんだな……」

香川は思わず受話器に向かって頭を下げていた。

「この件は、相手も相当神経質になっているようです。何しろ国家ぐるみですから」

「中国は何をしようとしているんだ？　何か、大掛かりな作戦をチャイニーズマフィアを利用しながらやっている……ということか……」

「家畜泥棒大作戦ですか？」

白澤が笑いを含んだ声で訊ねた。

「陽動作戦にしては妙だしな……何か大きなことをやりながら、マフィアを使っているとしか考えられない」

「私もあらゆる手段を使ってみます。もう少し時間を下さい」

「了解した。頼むな。そうそう、もう一つ聞きたいことがあったんだ。最近ＥＵの動きはどうなっているかと思ってな」

「組織の分断化……という懸念ですか？」

「さすがに鋭いな。ぶっちゃけどうよ？」

「新型コロナウイルスの影響はどこの国も大きいでしょう。特に、イタリア、スペインはいつ経済が破綻してもおかしくはない状況です」

「中国依存症に陥っているイタリアは特にそうだろうな……いい国なんだが、決して仲間になってはいけない国だということをドイツと日本は経験済みだからな。イタリア問題はともかく、コロナ復興基金問題はあれでいいのか？」

「今のＥＵではあれが精いっぱいだと思います。何とかお金があるのはドイツとフランスだけですから」

「しかし、ＥＵの欧州委員会では、加盟国内のコロナ感染対策の対応能力の格差から債券を発行して基金の原資は全額市場から調達をしなければならない……という話が出ているんだろう？　ＥＵが初めて大規模な債務の共有化をはかるため、これを機に財政統合が進むかもしれないとはいいながら、日本の東京を中心とした首都圏、同様に大阪と関西圏、名古屋と中京圏、そして神戸以西で唯一の勝ち組の福岡だけは何とか経済を回していても、その他の地方は疲弊している状況とあまり変わりはないんじゃないか？」

「確かにその指摘はあたっていると思います。ＥＵ内で勝ち組はドイツしかないと言っても決して過言ではありません。その他、財政規律を重視する『倹約四か国』と呼ばれるオランダ、オーストリア、デンマーク、スウェーデンも今回のコロナでは大きな打撃を受けています」

「新型コロナウイルス対策で独自の手法を発揮したスウェーデンだったが、結果的に福祉国家にはあるまじき、老人を見捨てる政策をとってしまったからな。スウェーデンでの感染死者のほとんどが七十歳以上で、彼らは病院での治療さえ受けることができなかったんだろう？」

「あれでスウェーデン国内でも将来に不安を感じた若者が多かったと聞いています」

「そうだよな。俺だって小学生の頃から、スウェーデンは福祉国家として習ってきたからな。まさかあんなことをするとは思わなかった」

「ただ、スウェーデンはいわゆる『集団免疫戦略』を採用している……という報道は欧米でも多かったのは事実ですが、『今回の感染症には長期的な対応が必要になるとみて、国民・社会が長く耐えられる持続可能な対策を採ることにした』という考えが根底にあったことは確かだと思います」

「それにしても、新型コロナウイルスの本質がわからないうちに持続可能な対策を採るというのは、無謀だったんじゃないのか？」

「それは国民も理解の上の策でしたし、隣国等への影響もなかったわけですから……。

それでも、スウェーデンの感染者数と死者数は、着実に減少に転じるとの予想も出ているんです。国民百万人当たりの新型コロナウイルスによる死者数は、他の北欧諸国の数倍も多いのは事実ですが、ロックダウンを実施した英国、イタリアなど一部の国に比べると少ないのです」

「イギリス、イタリアと比較するのは間違いだろう。人口百万人当たりの死者数でいうとイギリス、イタリアはダントツのワンツーだからな。あれは国策の誤りだったし、イギリスは未だに貴族制度が残る格差社会、イタリアは経済的にも中国抜きでは破綻に近い社会だからな」

香川の指摘に白澤は一瞬黙った。これを感じ取った香川が訊ねた。

「新型コロナウイルス対策に失敗したイギリスをＥＵ主要国はどう見て、どう反応しているんだ？」

「ＥＵ主要国……という定義をどう判断していいのかわかりませんが、イギリスを除いた予算負担額と政策支出額の差額から考えると、ドイツ、フランス、イタリア、オランダの四国だけだと思います。ただし、イタリアに関してはユーロ参加に向けた努力を通じ、財政赤字縮減とインフレ抑制に成功したとはいえ、二〇〇七年初めの水準に戻っていないのが実情です。ユーロ圏の中で、世界金融危機前の水準を回復していないのは、イタリアとギリシャのみなんです」

「まあ、そんなもんだろうな。新型コロナウイルス対策の復興基金の配分の四割をイタリアとスペインが占めることになるのだろうな……実際に資金が各国に渡るのは二〇二一年の四月から六月期以降になるとみられるんだから、二〇二〇年の景気回復への寄与は期待できないはずだ。実体経済の大幅な需要不足は徐々にしか解消されず、インフレ圧力は高まりにくいため、金融緩和は長期化すると見込んでいるよ」

「香川さんって、まるで経済エコノミストみたいな分析をなさるんですね。びっくりしました」

「エコノミストではなくてアナリストと言ってもらいたいな。俺がイタリア経済を注視しているのは、中国の経済介入をEUとして阻止することができるかどうかの鍵だからなんだ。イタリアなんて、俺にはどうだっていいんだ。ただし、中国の属国がヨーロッパに増えてしまうのが嫌なだけなんだよ」

「中国の属国……ですか？」

「イタリア同様、いつデフォルトになってもおかしくないギリシャだって、港は全て中国資本に押さえられているんだからな。国家の生命線を押さえられたということは、すなわち属国に等しいんだよ。話をイタリアに戻せば、イタリア国内の南北の経済格差の解消も長年の課題になっているんだが、南の弱さが実際のイタリアの姿だと思っていい。職場に犬を連れてきて、勤務中に散歩の時間を要求するような連中だからな」

次第にイタリア攻撃がエスカレートする香川に、白澤が訊ねた。

「香川さんはどうしてそんなにイタリア嫌いなんですか？」

それをスピーカーで聞いていた片野坂が笑いながら答えた。

「香川さんは新婚旅行の初日に、ナポリ・カポディキーノ国際空港で財布を掏られて、それ以降、奥さんに財布の紐を握られてしまったんですよ」

「こら、片野坂、余計なことを言うんじゃない」

電話の向こうで大笑いしている白澤の声が聞こえていた。

第七章　新型コロナウイルス禍

二〇一九年十二月に中華人民共和国湖北省武漢市で発生した新型コロナウイルスは、数か月のうちに世界中で感染が広がっていた。この新型コロナウイルス感染症により、世界経済は第二次世界大戦以来最悪の景気後退に直面している。

「業種別で言えば、新型コロナ特需となって増収や正規社員の大量採用を行ったところもあるようですが、国家として利益を上げたところは全くないのが実情です」

「そうだろうな……そんな中でも世界進出を強めているのが中国だろう？」

香川の質問に片野坂が答えた。

「そうですね、特に南シナ海、東シナ海に対して拡大政策を強めています。ただし、BRICS五か国が今回の新型コロナウイルス感染で壊滅的なダメージを被っていますから、その諸悪の根源たる中国が孤立を余儀なくされているのも事実です」

Brazil、Russia、India、ChinaにSouth Africaを加えた五か国は、二〇〇〇年代以降著しい経済発展を遂げ、この呼称は現在世界中に広まっている。

「新型コロナウイルス感染者に関してはアフリカの中では南アフリカは一人負け状態だからな……しかも、治安に関しても、二〇一〇年にサッカー・ワールドカップを開催した時以上にひどくなっているようだしな」

「笑い話のような話ですが、南ア最大都市のヨハネスブルグ近郊の電車路線で、電線やケーブルなど設備の略奪が相次いでいて、架線はほとんどなく、線路脇には長い溝が掘られて、地中の通信ケーブルが根こそぎ盗られているそうです。信号機も根元から倒され、中の電子機器がなくなっているといいます」

「中国、ロシアもこんな国と同じグループに入れられていたら迷惑としか言いようがないだろうな。とはいえ、略奪に関してはアメリカも中国も暴動の度に各地で起こっているけどな。民度が低いんだろうな」

「民度という言葉はあまり使わない方がいいと思いますよ。最近の日本だって酷(ひど)いものですからね」

民度の明確な定義はないが、一般的に、特定の地域・国に住む人々の平均的な知的水準、教育水準、文化水準、行動様式などの成熟度の程度を指すとされている。

「そんなことを言っても、中国じゃあ、やはり二〇一〇年の上海万博の時に、中国科学院の院士が万博会場で『国民の民度――万博最大の展示品』と題した講演を行って、『中国人のマナー、民度こそが万博会場で最も世界的な注目を集める展示品になる』と発言し、中国国内でも報道されていただろう？　地下鉄の駅には『目指せ 文化人』と書かれていたし、彼らだってヨーロッパ人と日本人を真似ようとしていたんだ」

「最近は中国だってだいぶ良くなってきていますよ。南アフリカとブラジルは社会マナーに関して言えば、まだまだですけどね」

「マナーだけじゃないんだよ。そこら中で犯罪が日常茶飯事になっている……ということだよ。確かにアメリカにも似たようなところがあるけどな」

香川が笑って言うと片野坂が答えた。

「確かにBRICSが先進国に近づくには、まだまだ時間がかかるとは思いますが、その中で中国、ロシアは、強力なトップの国民教育に対する強い姿勢にかかっていると思いますよ」

「そうかね……共産主義国家では、共産党員以外に高度な教育を施さないようにしていると聞いているけどな」

「まあ、BRICS五か国と言っても、これは所詮、アメリカ合衆国の投資会社が付けた名称で、この五か国に共通するのは環境問題の大幅な遅れなんです。いくら人口やG

ＤＰを誇ったところで、環境分野を先進国に依存しているようでは、これに追いつくどころか自滅の道を歩むしかないのです」

「自滅か……厳しい言葉だな……するとＢＲＩＣＳ五か国のリーダー達は今、今後の方策を真剣に考えている最中、ということか……」

「そうですね。さらに共通するのは経済格差の大きさと、これに伴う衛生管理の杜撰さなんです。中でもインド、南アフリカ、ブラジルの三国は多くのスラムを抱えていますし、中国、ロシアでも、地域格差に伴う廃棄物処理が全くできていない所も多いのです」

「それは一朝一夕にはできないだろうな……この背景にまた人口問題があるんだろう？インドは細分化すれば二千階層を超えているというカースト制度が、未だに残っているからな……自浄努力だけでは難しいのが現実の問題だろうが……」

「そうしなければ、世界に対する発言力がなくなりますね。特に中国、ロシア両国はほぼ独裁政権に近い状況ですから、クーデターにも厳重な配慮をしておかなければなりません」

「中国、ロシアでクーデターを企むような隙があるとは思えないけどな……」

「しかし、ロシアでは反プーチンを唱えていた野党勢力に対する圧力が続いているようですね。これはプーチン自身が、アンチ政権グループに対する恐怖感を抱いているのかもしれません」

「ようやくメルケルも盟友のプーチンに対して『NO』を突き付けた。EUとロシアの間に新たな問題が発生した……と言っても決して過言ではないわけだ」

「そうなんです。ドイツが反対すれば、ロシアの天然ガスをEUに輸出することができなくなります」

「メルケルがようやく共産主義の『負』の部分に目を向けた……ということか？」

「いや、メルケルと中国の蜜月関係は有名なのですよ。彼女は首相就任二年目にチベットのダライ・ラマ十四世と官邸で会見した後、中国政府から徹底的に嫌がらせを受けました。それで中国批判をしなくなったと言われています」

「まあ、中国らしいと言えばそれまでだけどな」

「中国市場のうまみを手放したくないドイツ企業が、メルケルを強烈に批判したんです。その後中国の策略に落ちてしまったメルケルは、この間にすっかり習近平と良好な関係になりました。国際会議でも、二人が仲良く話している姿がよく見られますよ。世界中の政治家が知っていることです」

ドイツの外務省のホームページには、独中二国関係について、「二〇一九年も交易額は二千億ユーロを超え、中国はドイツにとって一番重要な交易のパートナーです」と書かれており、新型コロナウイルスや気候温暖化など国際的な危機に直面している現在、ドイツと中国の『包括的戦略的パートナーシップ』の枠組み内での協力は欠かせない、と公言している。

　片野坂が続けた。

「中国はドイツを、経済的のみならず政治的にも、ヨーロッパにおける鍵を握る重要なパートナーだと考えています。ドイツもまた、ＥＵがさらに纏まって中国と密な関係を築けるようリーダーシップをとろうとしています。この背景には、トランプを全く信用していないメルケルの思惑があると言われています。ドイツにとって、ＥＵ内の経済的安定に先が見通せず、かつ新型コロナウイルス感染症が続けば、どこかと手を組まなければならないことはわかっているはずです」

「しかも、トランプのアメリカとは手を組みたくもないし、ロシアとは疑心暗鬼になっているとなれば、必然的に中国の存在が大きくなるな」

「ドイツにしてみれば、極東はどうでもいいのだと思います。朝鮮半島で何が起ころうが、南シナ海に進出しようが、中国がさらに市場開放を進め、経済を伸長させ、法治国家として社会システムを発展させてくれればいいのです。ただ一帯一路によってイスラムとの衝突を避け、規則に則った国際貿易のために活動してくれさえすればいいのです」

「なるほどな……ドイツがＥＵの盟主であることは、紛れもない事実だからな」

「メルケルはもう先がありません。つまり、EUのリーダーが不在になってしまうことになります。これからは世界中であらたなリーダーの登場が待たれる……というところでしょうか」

「すると、EUを含めてプーチンまでもが万全ではないとなると、リーダーとしての習近平はどうなんだ？」

「プーチンだけでなく習近平にも共通することですが、二人のリーダーの健康状態次第……ということでしょうか。今のところ、そのような情報はありませんが、如何なる国家でも、政治家は常に次のリーダーを狙わなければならない宿命にあることは間違いありません」

「次か……そうなればBRICSの中で孤立する虞のある中国の習近平は、何らかの策を講じなければならないな。特にアメリカとは米中戦争ともいえる武器なき戦闘中でもあるわけだから」

「そこが習近平にとっても頭が痛い所だと思います。最近、習近平が日本に柔軟というか、硬軟織り交ぜて対応しているのを疑いの目で見ているんですけどね」

「疑いの目か……何かやらかすと思っているのか？」

「実は今、白澤さんに調査を依頼しているんです」

「またハッカーか？」

「そうです」

「ターゲットは？」

「Ｗｅｂ会議システムを提供しているＺ社です」

「そこは中国政府とつながっているんだろう？」

「すでに警視庁では全職員にプライベートを含めてＺ社のＷｅｂ会議システムの使用を禁止しているのですが、家族や子弟が使っていることが判明しました。さらには道府県警の中には、署長会議に同システムを使っている所もあることがわかり、警察庁も再度使用禁止の通告を行ったようなんです」

「程度が低いな……」

「本来ならば警察庁が内部用のＷｅｂ会議システムを構築していなければならなかったのですが、新型コロナウイルス感染症対策に追われて、肝心なところに手を付けていなかった……ということなんです」

「そう言えば俺の大学の同窓会からもネット飲み会をやろうというお誘いがあって、それもＺ社のシステムを使うということだったので、『お前は中国の手先か』と言ってやったんだ。本当にこの国はどうなっているのか、実に嘆かわしい。タダほど高いものはない、という事実を本当に知らない……というか、使っている本人には全く関係のない世界のことなのかもしれないな」

「Z社のシステムに関しては複数の国会議員や省庁でも使っているようで、実に情けないことです」

「阿呆な国会議員が多いのはよく知っているが、最低限度の危機管理意識だけは持ってもらいたいものだな。中国共産党というよりも、独裁者・習近平との関係をどうするか……だろうな」

「その中で、中国の各機関もいろいろ動き始めたようですよ」

片野坂が相変わらずポーカーフェイスで言ったため、香川は思わず聞き返した。

「中国の各機関というのは諜報組織も含めて……ということか？」

「そのようですね」

「またどこぞを爆破しようというんじゃないだろうな」

「強硬策はしばらくお預けのようですね。その代わりに徹底した情報戦を仕掛けてきているようです」

「まさかそこにZ社のシステムが使われている……なんてことはないだろうな」

「Z社のシステムを窓口としたハッキングが強烈なようです」

香川が大きなため息をついて言った。

「そうなると俺たちの出番じゃないな」

「そうであればいいんですが……」

片野坂は言葉を止めた。

第八章　片野坂の暗躍

片野坂は、香川が上海浦東国際空港で引き起こした発砲事件の事後処理を、警察庁と在日本中国大使館の間で行っていた。在日本中国大使館の正式名称は「中華人民共和国駐日本国大使館」である。

片野坂の肩書は「警察庁長官官房事務官兼警視庁総務部調査官」という、一見、警察官ではない事務方のような名称だった。片野坂は長官官房総務課長の補佐役的立場ながら、当事者である香川から背後関係を聞いているだけに、中国サイドが主張する虚の部分もよく理解できていた。

協議を重ねる中で、片野坂は警察庁警備局長の了承を得て、中国当局の関係者と個人的な接点を持つようになっていた。当然ながら、この事後処理については香川には何も知らされていなかった。

片野坂に接近してくる中国大使館幹部の中には武官参事官を筆頭に、中国共産党の情報部門に携わる者も多かった。彼らにとって片野坂の存在は、不明というよりも不気味であったに違いない。

中国大使館はあらゆるルートを通じて、警察庁と警視庁に関する情報収集を行っていたが、警察庁警備局と刑事局組織犯罪対策部、事務官、さらには警視庁公安部の内情についての情報は、皆無と言ってよかった。

「片野坂さんはどうして事務官として警察庁に入ったのですか？」

「事務方というのは、どこの省庁でも生きていくことができます。そうかと言って、国家公務員として警察庁に入庁することは、全員警察官として採用されることでもあります。ですから、私も一応は警察官としての階級を持ってはいるのですが、私のわがままを組織が聞いてくれて、海外留学もさせていただきながら警察組織のあり方を今でも学んでいるのです」

「警察庁の年次別採用者リストから消えているのは、そういうことだったのですか？」

「えっ、私の名前は消えていましたか？」

片野坂が驚いた顔つきで訊ねると、在日本中国大使館の政治部公使参事官が笑って答えた。

「はい。人事課付の警部までは名前が載っていましたが、その後は名前がありませんでしたので、中国大使館として、片野坂さんは何らかの事情でお辞めになったものと思っていました」

「それは私も知りませんでした。誰も教えてくれませんでしたし、内部の者は誰も名簿を見ることはありませんからね」

「そういうものでしょうね。ところで、片野坂さんはどこに留学されていたのですか？」

「私はイェールとジョージタウンで、国際関係論を学びました。ジョージタウンは貴国の外相、王毅（おうき）さんと一緒です」

「王毅同志は李克強（りこつきょう）同志同様、日本が大好きなだけに、国内では微妙な立場にあることは確かですけどね」

「そうでしょうね。知日派と親日派の違いもあるでしょうからね。お二人とも、日本を外からの目でじっくり見てこられているだけに、日本を知り過ぎている。その結果として、日本の政治、経済、民間企業、新たな文化……その良し悪しもよくご存じでいらっしゃる」

「それは正しいと思います。ところで片野坂さん、キャリア警察官僚でありながら階級を捨てるというのは、非常にもったいない気がするのですが……」

「別に捨てた……と意識したことはありません。ただ、階級を前面に押し出して仕事をする必要性がないポジションに就いていると、気が楽なだけなんですね」

「それでも、今回の国際問題のような極めてナイーブかつ大事な案件の処理を行っておられるのは、警察庁幹部の信頼が厚い証拠です。私も片野坂さんの発言……といっても、滅多に発言されませんが、その内容が極めて重要かつ分析されたものであることを理解しております」

「そう言っていただくと、恥ずかしい思いもしますが、ありがたいです」

片野坂の言葉に公使参事官が訊ねた。

「片野坂さんは警視庁総務部付ということですが、総務部と言えば警視総監の直轄のようなポジションですよね。東京都議会との付き合いもあるのですか？」

「都議会には総務部企画課というセクションから担当者を出していますが、何か？」

「日本の地方議会はアメリカの地方議会とは異なり、姉妹都市提携をしている都市以外とは、海外の議会との付き合いがほとんどないですよね。東京は東洋一の国際都市でありながら、それはもったいないと思います」

「確かにそうだとは思いますが、東京都は過去にはアメリカのニューヨークとフランスのパリに事務所を開設していたことはあったのです。その際には、当地の議会関係者との交流はあったようですが、その必要性に疑問が出てきたのでしょう」

かつて東京都は、ニューヨークとパリに海外事務所を設けていた。二〇〇〇年三月をもって閉鎖されたが、年間にニューヨークは一億円、パリは七千万円のコストがかかっていたという。

「政治的交流があったかどうかについては、疑問ですね」

「まあ、当時の都議会議員に政治家としての資質があったのか……ということもありますが、そもそも、日本の国政と地方政治の最大の違いは外交、防衛の有無という点があるからです」

「なるほど……確かに外交、防衛以外のセクションは地方自治体にも存在しますからね……」

「海外の地方自治体や地方議会と何らかのルートを開拓したところで、それが政治に活かされることは稀だからでしょう。国家の体制や機構が全く違えば、なおのことです。それはアメリカやフランスの資本主義国同士でもそうなのですからね」

「なるほど、いわんや共産主義国家の中国においてをや……ということですね。北京市は、世界の五十の主要都市と積極的な二都市間都市外交を展開しているのですよ。世界の主要都市は、みなそうしています」

「東京都も日常的に在京大使館・代表部との連絡を密にし、人脈の形成、関係強化を図り、都主催事業やイベント等に、在京大使館・代表部を積極的に招待しながらコンタクトをとろうとしていますが、今のところ、それらの全ての前提になっているのが『二〇二〇年オリンピック東京大会成功と世界一の都市を実現する都市外交』なんです」

「二〇二一年に延期されたオリンピック東京大会が、現実に実施されると考えているのは、残念ながら日本のほんの一部の人たちだけではないかと思いますが、片野坂さんはどう考えていらっしゃいますか？」

「正直なところ、私も開催は難しいと思っています。年内に世界で新型コロナウイルス感染症が終息するとは考えられませんからね。もちろん、日本国内でもですけどね」

「やはり常識ある人は同じ考えなのでしょうね。ただ、どのタイミングで日本国民にそれを告げるのか……でしょうね」

「そう思います。新型コロナウイルス感染症という未曾有の災難をどうやって食い止めればいいのか、これは日本だけのことではありません。本当に厄介なものを創ったものだと思いますよ」

　片野坂の言葉に、公使参事官が喰いついた。

「片野坂さん。あなたは新型コロナウイルスを中国が創った……とでも言いたげですが、その証拠はあるのですか？」

「いずれわかることでしょう。ＳＡＲＳの時と同じ間違いをしないようにしてもらいたいものです」

「あれは研究の過程で表に出てしまったもので、ＳＡＲＳもまた決して人が創ったものではなかった」

「そうでしょうか？　ＳＡＲＳが完成品だったということは、北京の中国疾病予防管理センター関係者が認めたはずですよ」

「その学者は自己批判して、自らの意見を撤回しています」

「日本の出来の悪い政治家のように、一度口にしたことを容易に撤回することで、何もなかったことにしようとするのは、いかがなものかと思いますよ」

「それは厳しいお言葉ですね。しかし、中国は今、国を挙げて新型コロナウイルスに対応する新薬とワクチンの製造に取り組んでいるんです」

「それは世界の人々の生命を守るためですか？」

片野坂の問いに、公使参事官は即答することができなかった。これを見た片野坂は笑いながら訊ねた。

「世界中の先進国が競っているワクチン開発で、中国は先頭を走りたいのですね」

「何事も先発は大事です。特許を取ることによって、世界のリーダーになることができますからね」

「それは結果として金儲けにつながる……ということですか？」

「それはあくまでも結果であって、中国は世界から感謝されたいのです」

「なんだかマッチポンプのようですね」

「そういう言い方は止めておいた方がいいと思いますよ。最初に発生が確認され、世界に流行させてしまった中国として、最初にウイルスの実態を研究した立場からいち早くワクチン開発に着手した結果に過ぎません」

「なるほど……その割には、ブラジルで人体実験を行おうとしているのは解せませんけどね」

「人体実験？　その言葉には悪意がありますね。治験と言ってもらいたいものです」

多くの患者の治療に薬が使われるようになるためには、「薬の候補」となる物質を選び出し、動物やヒトで作用、効果、安全性などを調べる必要がある。このうち健康な成人や患者に「薬の候補」を使用して、効果、安全性、適正な投与量、投与方法などの治療法を確認する目的で行われる「臨床試験」のことを「治験」という。日本の製薬会社は「治験」の結果をもって厚生労働省に申請し、薬として承認されてはじめて、多くの患者に安心して使われるようになる。

「中国国内だけでなく、ブラジルで治験を行おうとしている理由は何なのですか？」

「ブラジルは様々な人種の坩堝だからです。中国人だけのデータでは、世界にワクチンが行き届くまでに時間がかかり過ぎます。今回の治験はブラジル政府と中国政府の相互理解に基づいたものなのです」

「ブラジル大統領は、新型コロナウイルスの本質を理解していませんけどね。まあＢＲ

ＩＣＳの中で、上手くやってもらうしかないですね」

「ロシアは十分な治験を行うことなく、自前のワクチン投与を行うようです」

「あの国は特殊な国ですからね。あれこそまさに独裁国家。議会というものが成り立っていませんからね。ＢＲＩＣＳの中でも特殊な国家形態と言っても、決して過言ではないでしょう」

片野坂は言うべきことを伝えて公使参事官と別れた。

公使参事官はその後もたびたび片野坂の携帯に電話を入れてきた。ある時、公使参事官は「困り事相談」という形で面談を求めてきた。二人は麻布にある和食店でランチを共にしながら話をした。

「最近、中国人を名乗る不良外国人が、都内で売春店をやっているようなんです」

「不良外国人……中国人ではないのですね？」

「中国人がやっていた健全なマッサージ店を居抜きで買い取って、違う仕事をしているというのです」

「それを警察が取り締まればいいのですか？」

「新型コロナウイルス問題でインバウンドは当分の間、期待することができません。このため、健全な仕事をしていた中国人が店を手放したのです」

「中国人が来日外国人相手に健全なマッサージ店をやっていた……というのはちょっと

考えにくいですね」

「いえいえ、中国人の富裕層はマッサージが好きなんです。北京、上海、深圳……どこに行ってもマッサージ店はたくさんあります。もちろん、外国人相手の店もありますが。富裕層の海外旅行は原則として二週間以上の長期滞在ですが、日本のホテルのマッサージでは満足できないのです。ですから、富裕層相手のマッサージは男女を問わず求められているのです」

片野坂は初めて聞く話ではあったが、納得がいく説明だった。

「すると売春の相手は日本人……ということになりますね」

「そうです。それも日本の富裕層だというのです」

「ちなみに場所はどこですか？」

「池袋です」

「池袋？　日本の富裕層がわざわざ池袋くんだりまで足を延ばすとは思えないんですが……」

「六本木では目立ちます。新宿、渋谷は逆に監視の目がありますよね」

「だからと言って……池袋も東口は案外目立ちますよ」

「はい、彼らの多くの店は西口と北口に集中しているのです」

片野坂は、公使参事官がどのような目的で警察を利用しようとしているのかを考えながら、話の矛盾を聞き洩らさないよう慎重に訊ねた。

「私はもともと警視庁の人間ではありませんし、残念ながら捜査の現場をよく知りません。売春を行っている不良外国人は、何の目的をもって貴国の国民を名乗っているのでしょう」

「それは商品価値を高めるためではないかと思います」

「失礼ながら、中国人女性は商品価値が高いのですか？」

「東洋人の中では、全身を整形手術している韓国人以外では質は高いかと思います。一口に中国人と言っても幅広いのです。東北系、モンゴル系、中でも上海は多くの血が入り混じっているエキゾチックさが売り物のようです」

「確かに、中国人女性の中には美脚でプロポーションのいい人が多いことは認めます。中国映画に出てくる女優さんは実に綺麗ですからね……でも、売春を行っている女性は中国人ではないのでしょう？」

「いえ、管理売春を行っている組織の人間が中国人ではないだけで、売春をさせられている女性の中には、中国で騙された留学生や技能実習生も混じっているようなのです」

「一部のマスコミで伝えられているチャイニーズマフィア……とかは関係ないのですか？」

「チャイニーズマフィア……その実態は、私もよく知りません。中国では黒社会と言われていますね。香港、福建、上海、東北等があったようですが、現在のことはよくわからないのです。そしてそれらが、日本のどこのヤクザや半グレとつながっているのかも、全くわからなくなっているんです。もし、日本の警察がわかっていることがあれば教えてもらいたいくらいです」

「ヤクザのことならば少しはわかると思いますが、半グレというのは非常にわかりにくい団体のようですね。ヤクザのように全国組織になっているのではないようですから」

片野坂は、まだ公使参事官の真意を摑みかねていた。すると公使参事官がポツリと言った。

「最近は台湾黒社会の動きも気になっているんです。特に江湖(ごうこ)出身の連中は、中国本土の黒社会ともつながりが強いようですから」

江湖とは中国本土の江西省と湖南省のことで、両省の出身者が台湾の黒社会を形成しているとも言われている。

この時、ようやく片野坂は公使参事官の目的の一つがわかったような気がした。

「参事官、もしかして中国人を名乗る不良外国人というのは台湾黒社会の者のことなのですか？」

「いえ、そこまではわかりません。今はコリアンマフィアの連中がどこの黒社会とつながっているのかもわかりませんし、逆にコリアンマフィアが完全にどこかの傘下に入っているのかどうかもわからないのです」

「なるほど……そうなると、日本の富裕層の姿がおぼろげに見えてくるような気がします」

片野坂は公使参事官の誘いに乗ったふりをしてみるのも面白いかもしれないと思い始めていた。


公使参事官と別れた片野坂は、デスクに戻るとFBI勤務時代の仲間に電話を入れた。

「ハイ、ジャック、最近中国国内で動いているチャイニーズマフィアのことを知りたいんだが」

「チャイニーズマフィアはいろいろな形に姿を変えているんだ。中でも最近は、上海の青幇(ちんぱん)、紅幇(ほんぱん)などが知られている」

中国の秘密結社「青幇」は上海を支配し、アヘン、賭博、売春を主な資金源とした黒社会の一つである。青幇の元トップ・杜月笙(とげつしょう)と結びつきをもつ周恩来(しゅうおんらい)の部下が、電気通信大手「華為技術(ファーウェイ、Huawei)」の創業者一族と近い関係にあったと言われている。そのファーウェイの副会長兼CFO孟晩舟(もうばんしゅう)は米国での罪によりカナダで逮捕された際に八通の偽名パスポートを保持していた。カナダ・ブリティッシュ・コロンビア州上級裁判所は、孟晩舟の米国への身柄引き渡し事案において、「双罰性は成立する」

との判決を下している。

「そこにつながってくるのか……」

電話を終えると、片野坂の頭がめまぐるしく回ってきた。

ファーウェイや台湾のホンハイ（鴻海精密工業）には、青幇が多数入り込んでいるとされている。

「奥が深くなってきたな……売春どころではなくなってきた……」

パソコンでビッグデータを確認しながら呟いた片野坂は、次の一手を考え始めていた。

ビッグデータを確認するうち、片野坂はコンピューター関連とは全く異なる情報を見つけた。

「ほう。ここから攻める手法もあるな……」

片野坂は時計を見て、卓上の受話器を取った。

「そちらはどうですか？」

「この辺りもコロナが広がりそうな気配がしています。ドイツに逃げた方がいいのかもしれません」

電話の向こうの白澤が、情けなさそうな声で答えた。

「今はベルギーにこだわる必要はありません。最も安全なところに移って下さい。予算は何とでもなりますから」

「ありがとうございます。今回の新型コロナウイルスに関して、こちらでは中国が生物化学兵器として独自に開発したウイルスなのではないか……という噂がでていますが、部付はどうお考えですか？」

「まんざら嘘ではないと思いますよ。中国発の新型コロナウイルスは、今回が初めてではありませんから」

片野坂のあまりに正直な答えに、白澤が驚いて訊ねた。

「ＥＵ内でも、イタリア以外は中国を疑いの目で見るようになっている感じがします」

「そりゃそうでしょうね。もうドイツでも感染者は六万人近いでしょう？」

「はい。フランスでも四万人を超えましたし、イタリアは十万人に迫る勢いで、死者は一万七千人近くに上ります。それなのにイタリアは中国を信用するしかないのです。ところで部付、今日は何か用件があったのではないですか？」

「実はまたハッキングをお願いしたいんです」

「対象の国は、先日と同じ中国ですか？」

「はい。中国国内で日本の畜産物を扱っている、商社と農場のデータが欲しいんです」

「牛、豚ですね？」

「そのとおりです。これは取っ掛かりの案件ですから、できる限り詳細なデータが欲しいのです。それから、もう一つが本命なのですが、上海に青幇という秘密結社があります。その系列企業のここ三年間の決済と、金の流れを知りたいのです」

「それは海外に資産を流出させている……と考えてよろしいのでしょうか？」

「日本国内の中国系企業の多くが、いまだに続けているかつての地下銀行スタイルの銀行法違反状態のチェックと、マネロンを念頭にお願いします」

「地下銀行というのは、どういう状態なのですか？」

「実際に金を中国本国に移動させるのではなく、スマホを使って中国国内にある口座から相手の中国国内の口座に移す手口なのです」

「承知いたしました。ところで部付、望月さんはどうなっているのですか？」

「来週、晴れて警視庁に入りますが、当初の警視庁公安部採用ではなく、警察庁採用の警視庁公安部派遣という形になりました」

「キャリアですから仕方ないですよね。でも、また一緒に仕事ができるんですね」

「彼も三か月間は国内ですが、すぐに海外に行ってもらおうと思っています」

「どこに行かれる予定なのですか？」

「ロンドンを中心に動いてもらいたいのですが、あそこもコロナが一旦収まらないと、行かせづらいですね」

「確かにイギリスもアメリカ同様、庶民はなかなか病院に行くことができません」

「ギルド制度という悪しき伝統が未だに息づいていますからね」

「あの国のどこが民主主義なんだろうと思ってしまうことがよくあります」

ギルド（Guild）は、中世から近世にかけて西欧諸都市において商工業者の間で結成された各種の職業別組合のことで、一般的には封建制における産物とされている。イギリスには、今でも「鍛冶屋の子は鍛冶屋に……」という風習が残っていると言われている。

「いまだに封建制の産物と言っていいような貴族制度が残っている国ですからね。その中でも、特にロンドンの一等地を握る英国貴族四つの名家は有名です」

「ですよね。議会にも『貴族院』という名前が残っているくらいですからね」

電話を切ると、片野坂はもう一度ビッグデータの検索を始めた。

翌朝、片野坂は香川のデスクに自身が作成したメモを持って行った。

「どうした？」

「実は先日の話の続きなんですが……このメモに目を通していただけますか」

香川は、Ａ４の紙一枚にぎっしり書かれた文字を速読して言った。

「池袋の売春屋か……奴らもインバウンドの客がなくて大変なんだろうな。中国人の富裕層が来なくなった隙を狙って日本の金持ち連中が行っている？　しかも、都内だけでなく、札幌、名古屋、大阪、福岡にも拠点が設定されて、拠点同士でＷｅｂ会議も行われているのか……何の目的でＷｅｂ会議をしているんだ？」

「池袋地区の富裕層相手の売春店が、出撃拠点になっているようなんです」

「出撃拠点？　どういうことだ？」

　香川は続きを読みながら呟いていた。

「主要都市で売春以外の指示命令が出ているんですが、そこが重要なんです」

「土地の取引か……名古屋、大阪はわからんでもないが、地価が安い札幌、福岡では何を狙っているんだ？」

「山林ですね。山林ブームで、広大な土地が取引されています」

「確かに山が売れているという話は聞いているが、そこを中国人が買って何をしようというんだ？」

「種ですよ」

「種？」

「植物だけでなく、〝動物の種〟がターゲットなんです」

「牛や豚が盗まれているようだが、それか？」

「富裕層向けの安全な食料調達ですね。公安部が視察を続けている極左系の農事企業がありましたが、この会社が形を変えながら中国に進出したまではよかったんですが、案の定というか、今では中国の手先になってしまっているんですよ。品種という知的財産は今やなきに等しい状況になっています。その諸悪の根源になりつつあるのが、農業分野ではまさにこの会社なんです」

「あの連中か……農事組合法人から集団農場をやりはじめた時に潰しておけばよかったんだ。ところで片野坂、お前、どこからこの情報を引っ張ってきたんだ？」

「中国国内のライバル会社からの情報です。どうやら権力闘争に巻き込まれているらしい」

「その裏を取って潰してもらいたい……ということなんだな……しかし、なんか面白くないな……。まあ、日本の農家や農業試験所の努力を無にする連中をぶっ潰すと思ってやってやるか……」

片野坂は香川が言わんとすることはよくわかっていたが、この秋に大きく変動するであろう、日米中韓四か国の関係の中で、日本は対中国問題を重視していた。

「日本の総理も、何となく替わりそうな気がするんだよな」

「その可能性は高いかもしれませんね。昨年の桜を見る会関連のミスは案外大きいかも知れません。顔色も悪いですしね。新型コロナウイルスへの対応もあるでしょうが、これによって来年に延期された東京オリンピック等の中止は、世界の感染状況を考えるとやむを得ないと思う国民の方が多くなっている背景もありますからね。ただ、最近、中国の妙な動きが気になるんですよ」

「中国の動き？」

「来年の東京オリンピックを中止にしてしまうと、その半年後に行われる予定の北京冬季オリンピックの開催も危ぶまれるからです」

「なるほど……新型コロナウイルスの諸悪の根源が生き残ることに、世界中の非難が向けられる可能性もあるわけだ」

二〇二二年北京オリンピックは、二月四日から二月二十日までの十七日間、中華人民共和国の首都北京市と、隣接する河北省張家口市を会場として開催される予定のオリンピック冬季競技大会である。二〇〇八年の夏季五輪でも開催都市となった北京は、オリンピック史上初めて夏季・冬季両大会を開催する都市となり、中国では初めての冬季オリンピック開催地となる。

「中国としても威信をかけた大会ですから、その半年前の東京オリンピックは何としても開催してもらわなければ困るわけです」

「そういうこともあるだろうな……どちらも開催国だから仕方がない問題だろうが、世界のアスリートも、今回の東京オリンピックに関しては、ほとんどあきらめの境地にあるんじゃないか？」

「ですから、中国は東京オリンピックの開催に関して、最大限のバックアップをしたいところなのです」

「日本政府にとってはありがたいような、迷惑なような……というところか？」

「総理の健康問題がどうなるか……ですが、総理の進退はオリンピックの開催にも大きく影響を与える可能性があります」

「総理の進退か……もし、引退することになると、次は官房長官の繰り上がりしかないだろうな」

「顔ぶれをみると、そうなるしかないでしょうね。そうすると外務、防衛が重要なポイントになってしまうでしょうが、その中で最も注視しなければならないのがアメリカです」

「トランプも十一月で終わりだろう？　次の大統領がどう方針を変えてくるのかだな」

「米中だけでなく米日をどう考えるか……ですけれど、アメリカの知日派の中に親日家が少ないのもまた事実ですからね」

「そうなのか？」

「そこを日本の外務省がきちんと把握していないのが、あの省のダメなところなんです。知日派とは、日本の社会・文化などに対して深い理解を持つ言動をとる外国人を指す言葉です。この中には、もちろん、日本文化を愛好する『親日家』も含まれますが、特に国際政治に関しては、日本政府の手法を知り尽くした政権スタッフやタフ・ネゴシエーター、ジャパンハンドラーを指すことが多いのです」

「手強（てごわ）い交渉人ならともかく、ジャパンハンドラー……日本を飼い馴らした人物……か、嫌な言葉だな。環境問題に熱心な、昔の副大統領のような奴だな。奴の名前も嫌いだ」

「それは、漫画の悪役と同じだからでしょう」

片野坂が笑って言うと、香川が真顔で答えた。

「奴は、かつて日本で環境問題に関する国際会議への出席を求められた時、一日につき億単位の金と、往復のプライベートジェットの燃料費、さらに羽田空港から現地までの往復のヘリコプターまで求めてきたんだぜ。ろくな野郎じゃない」

「そんなことがあったのですか……」

片野坂は、香川の情報力に頭が下がる思いだった。


四月に入り、ようやく望月健介が警察庁警視を拝命して警視庁へ出向し、警視庁公安部付の辞令を受けた。

「望月さん、よろしくお願いします」

「片野坂さん。こちらこそよろしくお願いします」

片野坂に挨拶をしながらも、望月は部付の部屋を見回していた。

「狭いでしょう。一応、私は四畳半ほどの個室を与えられていて、瞬間調光ガラスで囲まれてはいるものの、通常は丸見えです」

「しかし、出入り口のセキュリティーは、一般の在外公館にはない厳重さですよ」

「機密の宝庫のようなところですからね……といっても、重要機密は個々の頭の中にしか入っていませんけれど」

「この部署は片野坂さん以下、私を含めて四人しかいないのですね」

「はい。ですから、あくまでも公安部付なのです。ただし、公安部長付ではなく公安部付という、人ではなく組織に付いている……という特殊なポジションでもあります」

「すると、組織上の報告ルートはどうなっているのですか？」

「私の判断ということになりますね。情報は知るべき人に伝えるものですから、たとえ日本警察の最高階級である警視総監であっても、知らなくていいこともあるわけです」

「一般的な公務員の世界ではありえないことですが、情報というものはそういうものなのでしょうね」

「アメリカだって、トップの大統領が知らない国家機密は山のようにあります。必要な時に知らせればいいだけのことなんです。ところで、今は席を外していますが、ここに香川という警部補がおります。彼は警視庁公安部の中でも情報分野のスペシャリストです。私が警察庁に入って初めて現場で見習をした時の指導担当だったのです」

「指導担当で警部補……ですか？」

「私が警部補の時、彼は巡査でした。警察では指導巡査という言い方をしますが、警察職務全般に精通している大卒の、見習よりも年上の巡査から選ばれるのです」

「なるほど……警部補を巡査が指導する……警察というところはなかなか難しい組織ですね」

「まあ、スタートは謙虚に学ぶ姿勢がなければならないのです。この段階で指導巡査を怒らせるようなことになると、キャリアといえども管理能力が疑われてしまいます」

「謙虚さを失ってはならないという、ある意味での躾教育も含まれているのですね」

「そうですね。私も香川さんからいろいろなことを学びました。今でもそうですけどね。ですから、ここでは香川さんは私に対して対等な話し方をされますが、気になさらないで下さい。それから、望月さんもご存じのヨーロッパ担当の白澤さんに対しても、時折、きつい言い方をすることがありますが、これは人間関係が構築されているうえでのことですから、ご承知おきください」

「相当変わった方なのでしょうね」

「はい。十分に変わっていると思いますが、付き合ってみると実に懐が深い方です」

「そういう人がどうして、いつまで経っても警部補のままなのですか？」

望月が素朴な疑問を投げかけてきた。

「本当は私も、香川さんにはもう少し上に行って、組織全体を見て欲しかったのですが、そうなるためにはある程度、実務から離れなければなりません。それを組織だけでなく、ご本人も許せなかったのでしょう。警察だけでなく、あらゆる組織が円滑に動くためには、『人、モノ、金』の三つが揃わなければなりません。警察社会でそれを動かすことができるようになるには、特に警視庁の場合、最低でも本部勤務の管理官級警視で所属の筆頭にならなければなりません。しかも、その地位にあって、キャリア幹部とのパイプを持っていなければ、人も、モノも、金も持ってくることはできないのです」

「それは厳しいですね……いくら早く階級が上がっても、キャリア人脈を作る必要があるわけですね」

「そこは運しかありません。それもいいキャリアに当たらなければ、身を亡ぼすことになりかねませんから」

片野坂が笑いながら言うと、望月は真顔で頷きながら答えた。

「香川さんと言う人は、そこを早い時期に感じ取られたのでしょうね。それで今なお、自分の能力を十分に活用できるポジションで、世界中を飛び回っているのですね」

「まあ、そんな人です」

片野坂が、今度は声を出して笑った。そこへ香川が帰ってきた。

「香川さん、ちょうどよかった。ご紹介します。今度、外務省から身分替えになった望月健介さんです」

香川は、気を付けをして体を三十度曲げる、屋内の敬礼をして言った。

「香川潔です。よろしくお願いいたします」

「望月健介です。香川さんのお話は、片野坂さんから伺っております」

「どうせろくな話じゃないだろうけど、望月さんはＩＳＩＬに潜入しながらヒズボラと戦闘してきた強者だからなあ。俺が極左暴力集団の公然組織に潜入したのとは、えらい違いだ。まさに、尊敬に値する人だと思っているよ」

「いえ、ただのドン・キホーテでした。そして風車が止まったことを知った時に、片野坂さんとお会いすることができたのです」

「文学的だなあ。好きだなあ、そういうの。これからもよろしくお願いしますよ。今夜、一緒に一杯どう？　コロナの最中だけど、俺たちは雨にも負けず、風にも負けず、コロナにも負けない酒飲みだからさ」

「ではお付き合いいたします」

香川はニコリと笑って、望月と握手をして言った。

「呼び名は『バドル（アラビア語で満月）君』でいいのかな？」

イスラム過激派組織ＩＳＩＬの戦士時代のコードネームで呼ばれ、これには望月も笑うしかなかった。

　香川は自分のデスクに戻ると、直ちに警察庁のビッグデータに片野坂の名前とアクセスコードに加え、片野坂の虹彩をコピーしたコンタクトレンズをパソコンのカメラに示してアクセスした。

「捜査第三課関連の特殊窃盗事件から、検索を始めるか……」

香川は事件資料と公判資料を並べて、交互に確認しながら解析を始めた。

「この一年だけでも、結構な数が発生しているんだな……」

香川は、発生場所と被害品の種類の多さに驚いていた。しかも、そのほとんどが農林水産分野での知的財産権の対象に該当するものだった。

「和牛の受精卵と精液が中国に不正輸出された事件か……しかし、これは農水省の構造的な怠慢によるものだな」

香川はパソコン画面を確認しながら、片野坂のデスクに電話を入れた。

「片野坂、農水省の食料産業局知的財産課と生産局畜産部畜産企画課に接点が欲しいんだが……」

「知的所有権の貿易関連の側面捜査ですか？」

「まあ、そういうことだな。昔の農水省は外交交渉も外務省より上手だと言われていたんだが、いつの間にかおんぼろ省になってしまったんだと思うと、情けなくなってな。二十年ほど前に組織改編があったにもかかわらず、未だに昔の構造改善局の悪しき体質が残ったままだ」

「ずいぶん古い話ですね。省庁再編は私がまだ学生の頃の話ですよ」

「その頃の農水省は、ワルもいたが優秀な人材も多かったんだよ。結果的に省庁再編の頃からおかしくなってしまったんだ」

「私が入庁した当時は、すでに農水省のランクはそんなに高くはなかったですね」

「警察庁のランクが上がり過ぎたんだ。一時期、財務省よりも上位になったことがあっただろう？」

「それもまた、財務省の中に大蔵省の悪しき伝統が残っていた時代のことでしょう。大蔵省という名称は飛鳥時代の大宝律令から明治維新を経て二〇〇〇年まで、千三百年の長きにわたって存続していたわけですからね」

「長い歴史か……今でも内閣府と十一省二庁権力ランキングではS・財務省、A・警察庁、外務省、経産省と言われているようだからな」

「権力……という言葉は微妙ではありますが、交流人事で警察庁に来た他省庁の人が古巣に帰りたくない、というケースが多いのは事実ですね。警察庁には、職名の他に階級という絶対的な強みがあるからでしょうか？」

「キャリアに階級はいらないんだよ。それがあるばかりに、出来の悪いキャリアが余計にふんぞり返って、組織を潰してしまうんだ」

「その件に関しては、あえて否定は致しません」

「そうだろうな。俺がこれまで、どれだけ迷惑を被ってきたか……」

「それはそれとして、農水省には何人か友人がいます。畜産とすると牛、豚ですか?」

「そうだな。特に豚かな。牛……といっても食肉和牛なんだが、これがまた実質的には不祥事と言ってもいいくらいの農水省の無策によって、日本の生産者たちの努力を無にしてきた経緯がある」

「不祥事に無策……ですか。頼みにくいな」

「日本の産業技術をすでに盗り尽くした中国が、最後に狙うのが日本の食なんだ。これを盗られて、メイドインチャイナにされてはならないんだよ。奴らはアングロサクソン同盟のファイブ・アイズ以上に、支配下にあるアフリカ諸国を利用してメイドインチャイナの正当性を主張するに決まってるんだ」

ファイブ・アイズとは、米英などアングロサクソン系の英語圏五か国によるUKUSA協定に基づく、機密情報共有の枠組みの呼称である。米英が立ち上げ、カナダ、オーストラリア、ニュージーランドが加わっている。

「ファイブ・アイズは、エシュロン(軍事目的の通信傍受システム)等による機密情報の共有が第一の目的ですが、それと農業がどうつながるのですか?」

「和牛だよ。アメリカン・ビーフは一時期BSE(牛海綿状脳症)問題で信用を失ったが、その代わりに出てきたのが、オージー・ビーフ(Aussie Beef)だったわけだ。電話じゃ面倒だ、そっちに行くよ」

オージー・ビーフはオーストラリア産の牛肉の通称である。日本では輸入牛肉の大半をオージー・ビーフとアメリカン・ビーフが占めている。

片野坂のデスクに行くと、片野坂はパソコンでオージー・ビーフを検索していた。

「一時期から急にオージー・ビーフはコマーシャルを始めましたからね。最近はこれにニュージーランド牛も加わって、大手ハンバーガーのパテとして使われているようですね」

「そう。そのオージーやニュージーの肉を生産している農場の多くが、和牛を育てている。その中でもオーストラリア最大の和牛農場を営む『ブラックモア』は和牛の胚を米国から取り寄せて事業を開始して以来、近年では八千エーカー規模の五つの農場で四千頭近い和牛を育てているんだ」

「ブラックモア、ですか……。金持ちになったら『リッチー・ブラックモア』ですね」

「ディープ・パープルじゃないんだよ」

香川がムッとした顔つきで片野坂を睨むと、片野坂が両肩をヒョイと上げて笑いながら答えた。

「確かに和牛の受精卵が密輸出されたこと、また、約二百頭の生体の純血種の和牛、雄、雌両方が米国に輸出され、その後、米国で検疫手続を終えた和牛の精液、受精卵、それから生体の和牛がオーストラリアに輸出されたことは事実です。しかし、日本も、欧米から数々の知的財産を盗用してきたわけですし、『日本のスコッチ』をスコットランドの人が手放しで喜べない現実もあるわけですからね」

「まあな。しかし、スコッチと生の動物をいっしょくたにするのはどうかな。しかも片方は、実際に盗んでいるんだからな」

「最近の牛泥棒や豚泥棒は許しがたい行為ですけどね」

「そう。俺も、本当に怒っているのはそこなんだ。単なる泥棒だからな」

「しかし、実際に盗まれている牛や豚は、いずれも子どもですよね。子牛や子豚から精子や受精卵を得るようになるには、相当な時間がかかるのではないですか？　そのための隠し牧場を造るとなると、大変な労力だと思うのですが……」

「それは俺も考えているところなんだが、こうして見ると、敵の拠点として不思議に思っていた福岡というところは、農林水産物でも凄いところだったんだな……と思うんだ」

香川は片野坂のパソコンを勝手に操作しながら、目的の画面を開いた。

「なるほど……確かに農業、林業、酒、水産養殖……多岐にわたっているな……この農業情報科学（ＡＩシステム）を活用した学習支援システムの開発というのも面白いものだ」

「福岡は、隣に但馬牛を素牛（もとうし）としている佐賀牛が育っているしな」

素牛とは、肥育開始前、または繁殖牛として育成する前の子牛のことである。

「佐賀牛もそうですが、長崎県ではありながら福岡圏にある壱岐の壱岐牛もまた、子牛受託施設（キャトルセンター）および繁殖牛受託施設で育てられているのですよ」

香川が声のした方向を見ると、そこに望月が笑いながら立っていた。

「あら、バドル君、牛も詳しいの？」

「以前、長崎市に苦情を申し入れに行ったことがあるんです。牛ではなく、豚の関係でしたけど……」

「長崎市で豚？　何？　それ」

「長崎市のソウルフードらしき食べ物に『トルコライス』というものがあるんです」

「ああ、大人のお子様ランチね」

「さすがによくご存じで……」

「しかし、あの食べ物のおかげで、純粋なトルコ人は長崎市を忌み嫌っているんです。トルコはムスリム国家で、長崎市はキリシタンの街でもありますからね」

「まあ確かにそうだね。宗教戦争の背景はあるだろうけど、大人のお子様ランチがどうしてトルコ人にとってダメだったの？　ん、もしかしてトンカツか？」

「そのとおり。かつて日本中にあった風俗の『トルコ風呂』と同様、トルコ人にとって、豚肉は宗教上食べるのはおろか、見るのも嫌なものなんです」

「なるほどなあ。わかるなあ。長崎市民は原爆投下の被害意識を前面に出して世界に核廃絶を訴えるならば、その前提としてもう少し他国の心理を考えなければならないな。かつてトルコ風呂問題を取り上げたジャーナリストが、今や東京都知事だからな」

トルコライス騒動は、二〇一三年に起きた「トルコライス」の呼称をめぐる騒動である。全日本司厨士（しちゅうし）協会の訪問団が、駐日トルコ大使館から親善目的での招待を受けてトルコを訪れた際、同協会の長崎県本部会長がトルコ料理人・シェフ連盟との会食の席でトルコライスを披露した。しかし連盟の会長から、トルコでは豚肉料理は食べないこと、また、米とスパゲッティという複数の炭水化物を同じ皿に載せることはない、などの指摘を受け、強い難色を示された。

これが報じられるとインターネットを中心に話題となり、急遽、長崎市長が東京の大使館を訪問する事態となった。

トルコ大使館サイドは長崎市長に、エルトゥールル号事件の遭難者を悼む聖なる日を「トルコライスの日」とした趣旨を質問し、「そのような神聖な日をトルコにとって禁忌である豚肉を使った料理のPRに利用するのは、遭難者とその遺族に対する侮辱であり、友好にとっては逆効果ではないか」と厳しく指摘した。大使館は長崎独自の食文化であるトルコライスを否定するつもりはない、としながらも、トルコライスはトルコ料理とは全く無関係であり、大きな誤解を招くのではないか、との懸念も示した。これを受け、長崎市は「トルコライスの日」制定を断念した……という経緯があった。

「海外に行って酷い『和食』に出会うことは多いし、アメリカの寿司屋のほとんどが韓国人経営というような実態を知ってしまうと、トルコ人の気持ちがよくわかるな」

「香川さんのご意見、賢明だとは思いますが、たとえば、名古屋には『台湾ラーメン』というものがあります。あれは台湾料理店の台湾人店主が、台南名物の担仔麺を元に賄い料理として作ったのが起源ですから、決して台湾のラーメンではありません。でも、なんとなく意図はわかるし、台湾から苦情が来るものではないと思います」

「いいねぇ。バドル君。台湾ラーメンは俺も好きなんだ。そういえば先ほど長崎県の壱岐の話が出ていたけど、実は俺たちも昨年、対馬に行ってきたんだよ。まだ新型コロナウイルスに見舞われてはいなかったので韓国人の島のような状態だったけど、対馬と壱岐は全くちがうそうだね」

「そうなんです。日本の島の特徴というか、例えば九州だと屋久島と種子島、北海道だと利尻島と礼文島のように、地理的に対になっているような島は、片方が山なのに対して他方は平地なんですね。屋久島と種子島を地元の焼酎で言うと、屋久島は三岳、種子島は金兵衛が有名です。でも、屋久島が宮之浦岳から直に降りてくる水であるのに対して、平地の種子島には伏流水があって、三岳よりも金兵衛の方が柔らかい酒になっています」

「さらにいいねぇ。バドル君。酒も好きなのかい？」

「好きですね。嫌いな酒は全くありません。話を壱岐に戻すと、壱岐は麦焼酎発祥の地として有名ですが、ここでは今『よこやま』という日本で一番新しいと言われる酒蔵の日本酒が頑張っているんです」

「ほう。壱岐に日本酒があるのか？　知らなかった」

「若い杜氏（とうじ）ですが、いい酒を造っています」

「そりゃ一度行ってみる価値がありそうだな」

「壱岐に行ってみると、三国志の中の魏志に出てくる倭人伝の解釈の誤りが、よく理解できますよ」

「ほう。俗にいう魏志倭人伝だな。邪馬台国が出てくるやつだ」

「そのとおりです。現代に伝わっている魏志は何度も書き写されているために、文字の間違いも多いのです。おまけに邪馬台国論争も明治政府の尊皇主義が背景にあって、どうしても大和朝廷が早い時期に存在していたことを強調したいがために強引な解釈も多かったと思います」

「そうだろうね。魏志に書かれているのは『邪馬壹國』であって『臺』ではないのだからな。つまり『台』ではなく『壱』、邪馬壱国になる。ところで、どうして壱岐に行くと倭人伝の章の解釈の誤りがわかるんだ？」

「いえ、今の香川さんの知識だけで十分のような気がしました。倭人伝に記されている壱岐は『一大國』となっているのです。これも明らかに発音による記載ミスと考えられます」

「今の中国語でも北京語や広東語があるように、当時の中国の発音だって、全ての地域が一緒のはずはないんだ。日本の学者もそれくらいのことは当然わかっているはずなんだよな。まあ、最近は一時期のような邪馬台国論争はすっかり影をひそめてしまっているようだが、魏志そのものが軍記だということを忘れないことだな。軍記であれば、誰が船に乗っても目的地に着かなければならない。勝手な解釈はできないはずなんだ」

「さすがですね。香川さんの解説は説得力があります。博識ですね」

「俺のは、薄識だよ」

香川が笑って答えながら、パソコンを操作し始めた。

「ほう、長崎県は面白いことをやっているな……高校生の離島留学制度というのがある」

「離島留学制度……島に転校ではなく留学ですか？」

「壱岐高校では中国語専攻というのがあって、『中国人講師による授業を通して中国語の会話力を伸ばし、将来日中の架け橋となる人材の育成を図る』というんだな。夏休みは中国四大外語大のひとつ『上海外国語大学』語学研修にコース全員が参加して、しかも、上海外国語大学の国際文化交流学院中国語学科と国際経済貿易学科への推薦枠があるんだ」

「実際に留学はしているのですか？」

「そうらしいな。毎年、何人か行っているようだな」

「中国とのパイプがあるのですね……」

「上海市光明中学という学校が姉妹校になっているそうだ」

「面白いですね。本当の国際交流に繋がればいいですね」

片野坂の言葉に香川が頷きながら答えた。

「教育現場に中国共産党の法治が入り込まなければいいんだがな……」

「現在の中国でも『中国は社会主義の初期段階にあり……』という段階ですからね。いつになったら安定期になるのか……最近の習近平の焦りとも思える中国共産党内の締め付けが気になりますね」

「香港の現状を見るとそう思うな……そう考えると改めて壱岐というところが気になってきたな」

「僕も、急に壱岐には何かありそうな気がしてきました」

「またしても片野坂のファーストインスピレーションか？　そうなると、本気で壱岐にも行ってみたい気になってきたな。壱岐の食い物は美味いの？　対馬の食い物は、俺には合わなかったんだよな」

「壱岐は美味いです。魚も肉も、そして米も美味いんです」

「そうか……『イキ』というくらいだから『行き』だな。片野坂、行ってみないか？」

「主たる目的はなんですか？」

「壱岐には壱岐牛という和牛があるようじゃないか。その種がどうなっているのかの調査だ。おまけに米も美味いとなれば、どうやって種の保存、保護をやっているのか見てみるのもいいんじゃないか？」

　香川が検索を続けた。

「ほう……『壱岐で生まれた子牛は全国でも人気が高く、但馬牛・松阪牛などの名だたるブランドの肥育農家が子牛を買い付けに来る』という記事があるな。ほう、壱岐牛は、和牛ブランドとして上海でも有名だそうだ」

「それはどういうことですか？」

「但馬牛・松阪牛ともに雌牛に関しては血統の規定がないんだな……」

「すると神戸牛の母親が壱岐牛……ということもありうる……のですか？」

「そうなるな……確かに和牛の精子は売っているが、卵子は売っていないからな……盲点だったたな」

「九州の和牛と言えば、アメリカで行われるアカデミー賞の授賞式パーティーにおいて、三年連続で提供された宮崎牛が有名になっていますが……」

「その宮崎牛もまた、全国各地の銘柄牛肉の素牛にもなっているようだな」

香川がパソコンのディスプレイを見ながら答えると、片野坂が言った。

「ただし、壱岐は対馬同様、福岡圏と言われるほど利便性がいいですよね。しかも、海産物や米作にも恵まれているのです」

「そうは言っても、島となれば、家畜の運搬手段は海路、つまり福岡しかないということか……米の籾種（もみだね）は空路で直接長崎に運ぶこともできるけどな」

香川と望月の話を聞いていた片野坂がポツリと言った。

「気になるんですよね……対馬の時と同様に……私はこちらで仕事が残っていますから、香川さんと望月さん二人で行ってみて下さい。ついでに福岡に博多ラーメンの美味しい店があるようなので香川さんの舌で確かめてきて下さい」

「博多ラーメンか……豚骨だろう。結構好き嫌いはあるよな。その店は誰の紹介なんだ？」

「長官官房に福岡県警から出向してきている植山補佐です」

「植山補佐か……総務課にいるのがもったいない人材だよな。どうして警備局に戻ってこなかったのか不思議な人事だと思っていたんだ。彼の言うことなら信用できそうだな……」

「警部で来ていた頃をご存じなんですか？」

「チヨダの九州管区担当だったからな。キレキレの人材だったことをよく覚えているよ。あの当時は、九州出張が多かったんだ」

「福岡県警も将来の上級幹部として育てたいのでしょう」

「上級幹部ねえ……まあ、若いうちに警視にまでなれば、最後は人事だからな……人事を動かすことができる地位に就かなければ、意味がないということか……」

「どんな組織でも人それぞれですよ」

片野坂が話を軽くまとめた。すると香川が訊ねた。

「それはそうと、池袋の売春屋はどれくらい捜査が進んでいるんだ？」

「田島課長が粛々と進めてくれているようです。外二を使わずにやっているので、公総三担の特殊犯の遊軍が動いてくれています」

「三担か……面白いところが動いているな……まあ、歴史的にあのセクションは何でも屋的なところがあるからな。ＩＳのスタートもあそこからだったな」

「ＩＳ？」

「ＩＳを知らないのか？　まあ無理もないが、今の官房副長官が警備局長の時に発案して全国組織になった部署で、チヨダの重要な情報源の一つになったポジションだ。植山補佐もＩＳ分析官だったんだ」

「ＩＳＩＬとは当然のことながら関係ないですよね」

片野坂が笑いながら訊ねた。

「Integrated Support（統合した支援をすること）という意味だな」

「そうなると、相当な情報収集能力とその分析能力のある人が上にいなければなりませんね。担当管理官も大変ですね」

「ＩＳ担当者はある時は警備局長の直轄、チヨダの理事官の直轄、公安総務課長の直轄になるんだな。知らなくていい幹部に、知らなくていい情報を伝える必要はない……ということだ」

「そうなるとＩＳ担当者の立場は、組織内で微妙になるわけですね」

「そうだろうな。よほど根性が座っている奴じゃなければ、阿呆な上司に潰されかねない。それ以前に、それだけの情報収集能力を身に付けることができるかどうかが一番なんだけどな」

「実際にそういう人物はどれくらいいるのですか？」

「五年に一人くらいじゃないか？　ただ、それを理解できるチヨダの理事官が出てこない可能性もあるからな」

「警察庁も人材不足……ということですか？」

「頭でっかちが増えたのと、忖度野郎が増え始めた……というところだな。忖度という言葉を使うとまるで組織のことを考えているように聞こえるが、結果的にてめえの損得しか考えていない……ということだ。それを官邸がどう裁くか、だが……」

「結果的に警察も政治に抑えられている……ということですか？」

「その傾向が出始めていることは否めないだろう？」

香川の言葉に、望月が驚いたような顔つきで、囁くように言った。

「香川さん、そこまで言っていいんですか？」

「片野坂部付も気付いているはずだから、あえて口にしたまでのことだ」

「香川さんのような人は、警察組織の中では珍しいのでしょうね？」

「そんなことはないだろうけど、少ないかもしれないな」

「根性があるんですね？」

「まあな」

香川も思わず笑って答えた。これを見て片野坂も笑いながら言った。

「今、池袋で頑張ってくれている田島課長もまた、なかなか根性のある人ですよ」

「田島か……あいつは根性というよりも気合だな」

その頃、池袋署に設置されている極秘捜査本部の捜査は、佳境に入っていた。

「津田係長、画像分析の結果はどうですか？」

「課長、明日にはうちの分析班から回答がくると思います。なにせ、今回の捜査は極秘になっているものですから、目立たないように少しずつやっているんです」

津田係長は公安総務課第三担当の警部で、今回の捜査の本部側の捜査主任官だった。津田は公安捜査のプロフェッショナルの一人だった。公安捜査は刑事部や生活安全部等の他の部署とは違い、今、どこで誰がどんな捜査を行っているのかの調査を、同じ第三担当の仲間にも感づかせることなく、しかも通常業務のように、粛々と行うのだった。しかも、津田の捜査には必ずと言っていいほど大量検挙という実績が付いて回るのが常だった。このことは、日頃から本部と情報交換を行っている田島もよく知っていた。

「課長、そろそろ取調官の人選を始めた方がいいと思います。外事系が三人、詐欺捜査ができるのが三人、一般が五人……というところでしょうか」

「被疑者は今のところ十一人なの？」

「初日に挙げるホシの数です。初日は本部から二十人くらい応援を呼びます」

「ありがたいですね……うちは係長を五人、取調官に出します。外事系は二人です」

「主任で何人か、昇任に向けて経験を積ませるべき人材はいませんか？」

「これも三人います」

所轄で係長は警部補、主任は巡査部長の階級にあるものをいう。本部では警部補が主任、巡査部長には特に職名はなく「○○長さん」で終わる。所轄で「○○長さん」と呼ばれるのは、周囲に親しまれていることを示す愛称である。

「そうすると、本部からは三人出せばいいわけですね」

「第二段は、一勾を終わった段階で捕りましょう」

一勾とは第一勾留のことを言う。容疑者を逮捕した後、四十八時間以内に検察官に対して容疑者から被疑者の身分になった犯人を送検し、その後裁判所から十日間の勾留が認められた時、これを第一勾留という。裁判所からさらに十日間の勾留が認められれば第二勾留として被疑者を勾留することができ、第二勾留が終わった段階で被疑者を起訴するか、不起訴にするかを検察官が判断することになる。そして起訴された段階で被疑者の身分は被告人に変わる。被告人の刑が確定され、拘置所や刑務所に収監された段階で、被告人は受刑者の身分に変わる。

「二勾後は被疑者が増えますね……」

「大量検挙の際、現場に負担はかかりますが、この事件の本命は最後の最後に捕ることになります。その際、本命が飛ばないようにするのが本部員の仕事です」

「証拠隠滅の問題は大丈夫ですか？」

「その際は、多少無理をしてでも本命のホシは先に捕ることになりますが、その判断は課長がして下さい」

「本部の管理官の判断は仰がなくていいのかな……」

「そこは片野坂部付に相談してもいいかもしれませんが、うちの管理官は全くノータッチですので、課長の判断にお任せします」

「そうか……トップの片野坂さんの判断を仰ぐのは気が引けるな……」

田島はパソコンを開きながら、事件の全容を見直していた。

今回の事件の本命には、一流ではなかったが与党国会議員の存在があった。

「これは中国の国家がらみなのか……ここが重要なポイントですね。中国本国の情報が欲しいところなんだが……」

田島が津田にデータを見せながら言った。

「中国企業の実態を日本国内で調べることは、不可能に近いでしょう。そうかと言って中国国内の法人登記を一般人が閲覧することはできないようですしね」

「何か手立てはないのかな」

「こういう問題は、片野坂部付に聞いた方がいいと思いますよ。私には想像もできないくらいの情報網を持っていらっしゃるようですからね」

「それはどこの情報なんだ？」

「チヨダの理事官が、ＳＲの報告会の時に言っておられました」

「係長はタマを運営しているんですね」

「それが仕事ですから……」

ＳＲとはSeason Reportの略称で、都道府県警の公安情報担当者が季節ごとにチヨダに対して、協力者の運営状況を報告することを言う。かつては年に四回行われていたが、現在は年に三回の開催となっている。ＳＲの結果はそのまま都道府県警の評価につながり、これが予算にも連動してくるため、都道府県警公安部門のトップは最重要項目として準備を行っている。

田島は直ちに片野坂に連絡を取り、データを送った。

「田島課長はいい仕事をしていますね。早速、白澤さんに調査を依頼してみましょう」

「ハッキングですか？」

「それしか調べようがないでしょう。違法収集証拠は法的には使い物になりませんが、実態調査としては最高の結果を示してくれますからね」

「まあな。それができないと公安捜査なんてできないからな」

これを聞いた望月が、驚いたように訊ねた。

「公安は捜査情報収集のためにハッキングもするのですか？」

香川が呆れた顔つきになって、望月に言った。

「あんたが今更何を言ってるんだ。ＩＳＩＬにもぐりこんだのは何のためだったんだ？」

「あれはちょっと目的が違っていましたが……」

「俺たちはコンピューターでコチョコチョやるだけだが、あんたはロケット弾や自動小銃でドンパチやってたんじゃないか？　それに比べりゃ俺たちなんか可愛いもんだ」

香川の言葉に、望月も笑ってごまかすしかなかった。

片野坂はすぐに白澤宛にメールを送った。

「メールで大丈夫なんですか？」

「トリプルの仮想ディスクとプロテクトをかけていますから、これがどこかの機関に解読されるまでには数か月を要するでしょう。しかも、メールは途中、十か所以上のサーバーを経由させていますから、この場所を突き止めるまでに、さらに数週間を要します。サーバーポイントは毎週変えていますし、変更したサーバーのIPアドレス等の情報は全てフェイクです。結果的にメールそのものを摑むことができない仕組みなんです」

「そんなに金をかけているんですか？」

「ここまでするのはアメリカと日本くらいのものでしょう。あの中国でさえ、イタリア以外に良好な友好国を持っていませんから、最終アクセスポイントを確認すれば、数時間で発信元がわかるのです。アメリカの強さの源はそこにあるのですが、今の大統領がそれを知らないだけなんです」

「しかし、最強の側近であるポンペオ国務長官は、元はCIA長官だったのではないですか？」

「国務長官、ＣＩＡ長官とはいえ、所詮は役人でしょう。データの転送技術なんて何も知りませんよ。だからスノーデンのような技術者が出てきたときに、慌てふためくわけです」

「なるほど……。でも、どうしてアメリカの国家機密ともいえそうなシステムを、警察庁が組むことができるのですか？」

「警察庁が組んでいるわけではありませんよ。この部屋だけが組んでいるんです」

「えっ」

あまりにも平然と告げた片野坂の言葉に、望月は自分の背中に流れる汗を感じていた。

間もなく白澤から電話が入った。

「部付、中国国内企業に関してなんですが、もう一つ、私も狙っているところがありますので、一緒にやってみたいと思うのですが……」

「そこはＥＵのどこかが狙っているのですか？」

「ＥＵはドイツだけなのですが、イギリスとロシアも同じ案件です」

「ドイツ、イギリス、ロシアが同じ案件で中国を？……それは新型コロナウイルスの特効薬もしくはワクチン関連ですか？」

「はい、そのとおりです」

「なるほどね……アメリカの他、ドイツ、イギリスでも製薬会社が中国からの強烈なサイバー攻撃を受けているようですからね。その関連でしょう。ただ、ロシアはわからないな」

「サイバー攻撃の関係はそのようです。ロシアは逆に中国が手に入れようとしているデータを狙っていると思われます」

「おやおや、ロシアが漁夫の利を狙うところまで落ちてしまった……ということですね。そう言えば、もともとロシアの医学技術の程度は中国と似たりよったり……と言う向きもなくはない……」

「中国医学は最近、進化がめざましいと聞いていますが……」

「確かに臓器移植の分野では日本以上に進んでいるようですが、それは誰しも数をこなせばそれなりに巧くなるのと同じです。また、製薬分野やハイエンド医療機器分野の開発も進んでいるようですが、そのほとんどが中国得意のパクリ技術によるものですから、特許権問題を含めて、どこまで信用できるか……ですね」

「ハイエンド医療機器に関しては、日本の病院も導入しているようですから、そこまでひどくはないのではないですか？」

「今回の新型コロナウイルス感染症の治療現場をテレビで見ました。エクモを含めて、使われている医療機器のほとんどが外見からして欧米製のようでしたね。商品名だけは中国語に書き換えられていましたけど」

「でもほんとうに、新型コロナウイルスは中国が作ったものなのでしょうか？」

「そう考える人も確かにいます。出所は中国科学院武漢国家バイオセイフティラボのようですから」

「でも、CIAは新型コロナウイルス感染症発生当初は、自然発生であるようなことを言っていましたが」

「アメリカが武漢の研究所に資金援助していたことが発覚しないようにしていただけのことだろうと思いますよ。アメリカが新型コロナウイルスの発生源とされる中国・武漢の研究所に、三百七十万ドルの寄付をしていたのは事実ですから」

「そういう背景があったのですか……でも最初にお金や人を出したのはフランスでしたよね」

「よくご存じですね。中国は新型コロナウイルスの感染拡大が顕在化する以前は、実験施設を対外的にアピールしていました。二〇一七年二月二十三日の武漢P4ラボの落成式では、当時のフランス首相ベルナール・カズヌーヴと、マリソル・トゥーレーヌ厚生大臣がテープカットを行い、内部を視察したと報じられているのです。フランス国立保健医学研究機構、認定委員会、外務省など、中仏のプロジェクト関係者ら百人以上が参加して、共同研究計画を打ち出すことを約束していますからね。その後、二〇一八年一月にアジア初のＰ４実験室として稼働を開始しました。いわば、中仏両国の、科学研究と健康の分野における協力関係のシンボル的存在でした」

「工事の着工は、いつだったのですか？」

「武漢Ｐ４ラボの着工までは調べていないのですが、完成は二〇一五年一月です。この前提として、二〇〇四年にすでにジャック・シラク大統領が訪中し、当時の胡錦濤国家主席と『新感染症の予防・制御に関する協力合意』を締結して建設計画が産声を上げたのですね」

「そんなに前から、フランスと中国は協力関係にあったのですか？」

「フランス国内では、計画の妥当性に疑問の声が上がってはいたようです。中でも、外務省、国防省、首相府の国防国家安全保障事務総局の担当閣僚や、生物兵器研究の専門家たちは、透明性が担保できないと態度を保留していたようですね」

「それでも進めてしまった……ということなんですね」

「二〇〇八年にはフランスのバイオ企業の創業者と陳竺氏が実行委員会の共同委員長に就任したことにより、この計画は二〇一〇年に本格始動したようです」

「それで、今回、フランスはあまり中国批判を行わないのですね」

「国家としては批判はしていませんが、コロナ禍の発端を作ったのは中国だ、と考えているフランス人は少なくありません。コロナ以前はフランスにも多くの中国人観光客が来ていましたが、『彼らがウイルスを持ち込んだ』と言う人も多いようですよ」

「なるほどね……そのうちフランス国民も中国の本質に気付く時が来ることでしょう。それでは早急に課題のチェックをお願いします」

　電話を切ると、望月が片野坂に訊ねた。

「彼女がハッカーだったのですか？　私との交信をしてくれたのも彼女だったわけですね」

「彼女は警視庁唯一……というよりも日本で唯一の、女性でＯＳＣＰ資格をもつ人なんですよ」

「ＯＳＣＰ……彼女が……。それでメールも世界中の十か所以上ものアクセスポイントを経由していたのですね」

「コンピューターというよりも、ハッキングに際しての最低限度の準備ですね」

「この組織、というよりもチームは、たった四人で、世界中を相手に大変なことをやっているのですね」

「最低限度の情報活動ですよ」

「最低限度……ですか」

　望月が嬉しそうな顔つきで言った。

白澤はブリュッセルの事務所を閉じ、ドイツのケルンに仮事務所を設置していた。

これはベルギーで新型コロナウイルスの感染が広がったためだった。

パソコンを立ち上げると、白澤はこの年の一月二十六日に米紙ワシントン・タイムズ電子版が報じた記事を見直していた。この記事には、武漢P４ウイルス研究所について、「この施設は中国の生物兵器計画に関係しており、『ここから新型コロナウイルスが流出した可能性がある』というイスラエル軍元関係者の分析」を伝えていた。中国メディアによると、インドの研究者も「人がウイルスをつくった」という推論をネット上に投稿した。中国内でも「施設の実験用動物の管理はずさん」と批判されていた。

「あの時、この内容をもっと真剣に確認しておくべきだった……」

呟きながら、白澤はこの時検索していた中国軍機関紙・解放軍報の記事にも目を通した。そこには「中国軍の生物化学兵器防衛の最高責任者である陳薇（ちんび）少将が、最近、武漢のP４ウイルス研究所の責任者を引き継いで、湖北省武漢市に入り、市の新型コロナウイルスによる肺炎の防疫対策に当たっている」と報道されていた。またその一週間後、ポータルサイト微博豆瓣（ウェイボードウバン）では、「陳薇少将は十日以上武漢に滞在している。陳少将は、中国の生物化学兵器防衛の第一人者で、軍事医学科学院生物工学研究所の所長である」と報じられたことも確認した。

「みんな中国がやったとしたら……許せない……」

白澤の指は、彼女の体内に湧き出た大量のアドレナリンのせいか、普段以上に速くかつ正確にキーボードを打ち続けた。

三日後、白澤から片野坂のデスクに電話が入った。望月、香川もデスクで作業を行っていたため、三人同時にスピーカーで会話をした。

「部付、解析が終わりました」

この時白澤が片野坂から受けた下命は、大きく二つあった。

一つ目は日本国内の不法残留者に関する国別、組織別の拠点と、そこから交信された指示データの解析である。

二つ目は中国が国家的に行っているサイバーテロのうち、ＥＵ諸国内の製薬会社で、新型コロナウイルス対策としての新薬やワクチンの開発を行っているところに対するものの解析だった。

「早かったですね。今ここに香川さんと望月さんもいますから、一緒に報告を聞いてもいいですか？」

「もちろんです。望月さん、お久しぶりです。なかなか日本に帰してもらえないので、ヨーロッパを流浪（るろう）しています」

「お久しぶりです。その節は本当にお世話になりました」

「とんでもない。どうですか、新しい職場は？」

「実に新鮮で、これから学ぶことが多すぎて心配です」

「大丈夫ですよ。部付も香川さんも、実力もあるし、いい方ですから」

「その点は実に助かっています。そういえば、ベルギーからケルンに行かれたそうですね」

「ベルギー、特にブリュッセルで新型コロナウイルス感染が広がっているんです」

「ベルギーは意外に貧しい国という見方もできますからね。それなのに背伸びをし過ぎるんですよね。特に北部は……」

「さすが、よくご存じですね。南北格差が激しくて、特にブリュッセルは市内でも格差がひどくて……」

「ＥＵ職員は、相変わらず派手な生活をしているんでしょう？」

「そうなんです。彼らが諸悪の根源と言っても決して過言ではないのですが、ベルギー政府は何も言えない。彼らのおかげで経済が持っているのですから……」

白澤の答えに香川が訊ねた。

「おう、姉ちゃん。元気か？　ＢＭＷはどうした？」

「Ｋ１６００ＧＴもドイツに里帰りして、元気にエンジン音を響かせていますよ」

「アウトバーンをすっ飛ばしているんだろうな」

香川の挨拶もそこそこに、片野坂が白澤に訊ねた。

「さて、本題に入ります。まず、日本国内の不法残留者に関する解析から教えて下さい」

「ベトナム人コミュニティー間の連絡は、ほとんどがSNSで行われています。使用している携帯電話の番号のリストと契約者も判明していますので、データとして添付致します。ただし当然ながら利用者は替わっています。殺害されたチャン・クンは、ベトナム人コミュニティーの関東グループのトップのようで、ギャング集団のリーダーでした。家畜泥棒を始め、様々な窃盗を中心とした組織を束ねていましたが、彼は元々、香港系チャイニーズマフィアの傘下にいたようです」

「香港系……ですか」

「ただ、香港の民主化運動の影響で、香港系チャイニーズマフィアもまた弱体化しているようです。おそらく、この影響で、チャン・クンは一旦、上海系チャイニーズマフィアの傘下に入った後に、独立したのではないかと思います」

「チャン・クンが発信していたSNSには、池袋にあるチャイニーズマフィアの拠点と思われるところから、何度もアクセスが試みられていました」

「池袋？　それはIPアドレスからの解析ですか？」

「いえ、彼らが使用しているパソコンのほとんどは、ドバイあたりのジャンクショップから買ったもののようで、IPアドレスからは判明しませんでした。ただ、このパソコンの使用と並行して行われていた携帯電話の通話記録の発信位置が、池袋北口から北西に三百メートル位の場所なのです」

「そこまで調べたのですか?」

「ファーウェイであろうがシャオミであろうが、BeiDouナビゲーションシステムを解析すれば、位置情報はGPSよりも確実に拾うことができます」

BeiDouとは、中国が独自に展開している衛星測位システム、北斗衛星測位システムのことである。

「中国本国からとったのですか?」

「そこまでの危険は冒せません。ただ、北斗システムには、中国とアラブ連盟が共同運営している『中国アラブ北斗/GNSSセンター』があり、アラブ情報通信技術機関の本部所在地であるチュニジアの首都チュニスに設置されているので、そこから入手しました」

アラブ連盟は、アラブ世界の政治的な地域協力機構で、第二次世界大戦末期に創設され、二十一か国と一機構が加盟している。

「世界中を敵に回すような動きですね」

「犯罪捜査ですから仕方ありません」

「すると、内容はほぼ解明できたのですね？」

「この上海系チャイニーズマフィアと思われる組織の拠点ですが、池袋の他に麻布、そして大阪、福岡にもあるようです。住所等もデータに添付しています」

「福岡は大型クルーズ船が入らなくなったためか、交信回数は減っていますが定期的に指示を出しています」

「なるほど……早急にデータを送ってください」

片野坂の話が終わると、香川が言った。

「中国国内企業情報はどうした？」

「はい。部付から挙げて頂いた企業には三つの顔がありました。まず一つは、マカオを中心とした統合型リゾート、いわゆるＩＲ関連事業ですね。次がカジノマネーの収益をマネーロンダリングする事業、そして、最も怪しいのが海外の企業買収資金としてのタックス・ヘイヴンを使った投資なんです」

タックス・ヘイヴン（tax haven）とは、一定の課税が著しく軽減、ないしは完全に免除される国や地域のことであり、租税回避地と呼ばれている。

「そうなると、なかなか大掛かりな企業ということになりますが、共産党幹部との関係はどうなっていましたか？」

片野坂の質問に、望月が驚いたように身を乗り出して小声で訊ねた。

「彼女なら、そこまで考えて調べてくれていると思いますよ」

「共産党幹部は中国外交統括担当委員とかいう、聞いたことがない共産党政治局員の名前が出ています」

「中国外交統括担当……ですか……。おそらくその人物は王毅外相よりも党内序列が上の政治局員だと思いますよ。西欧の大学で経済学を専攻していた変わり種です。最近、王毅外相に任せることができない時に出てきますが……」

片野坂が答えると、横で聞いていた望月と香川は、感心したような顔つきでお互いの顔を見合わせていた。

「外交統括担当というのは、外相よりも上の立場なのですか？」

「そうです。外相とはいうものの、中国での正式な名称は外交部長ですからね。習近平はまだ王毅を信用していないのでしょう。ところで、その投資先はわかりますか？」

「今年の一月後半から三月上旬にかけて、日本円にして一千億円単位でeコマース関連会社に資金投入されています」

「一月後半から……というのが、すでに全世界へのパンデミックを見越した投資……ということになりますね」

「もう一つ気になるのが、日本国内の医療器具メーカーと手洗い用の石鹸等を製造している大手化学メーカー、それにドラッグストアが狙われていることです。この間に入っているのが、ＩＲ関連事業に名前がでてくる民自党の国会議員とそのグループなのです」

「いい狙い目ですね。コロナ特需を見越した先行投資……というところでしょうか」

「ｅコマース」とは「Electronic Commerce」のことで、インターネット上での売買、決済、サービスの契約などを行う「電子商取引」を意味する。この商取引の中にインターネットバンキングやコンテンツ配信サービスなどを含める場合もある。一般的に「ｅコマース」と大文字の「Ｅ」ではなく小文字の「ｅ」を用いるのは、科学において電子は通常「ｅ」と小文字で表現することが由来となっている。

「しかし、あまりにも露骨なやり方だとは思いませんか？　投資の原資が、マカオのカジノの売上なんですよ」

「カジノの胴元が中国共産党なのだから、それも仕方ないことでしょう。今やカジノはコンピューター制御の時代ですからね。その点で言えば、中国のコンピューター技術はカジノの胴元となるのに十分な能力を持っている、ということです。胴元が負ける博打場なんて、丁半賭博の頃から決してない、ということを忘れてはいけませんよ」

「博打場の胴元……ですか……」

白澤ががっかりしたような声を出した。これを聞いて香川が口を挟んだ。

「世界中のカジノが潰れた……なんて話を聞いたことがあるかい？　ラスベガスなんて拡大の一途だろう。初めから砂漠の真ん中に博打場を作ったアメリカという国の政治力には、本当に頭が下がる思いだ。それに反し、カジノの本場のように言われているモンテカルロは、土地柄、あれ以上大きくなることはないからな」

「モナコ公国はあれで十分なのです。おまけにモナコはタックス・ヘイヴンですから、住民の八十パーセント以上が外国籍で、モナコ国籍者は十五パーセント位しかいないのです」

「そういうことか……金がある国はいいよな……自国民は無税なんだろうからな」

「でも、その分、物価は高いですよ。と言ってもモナコ国民の一人あたり国民総所得はトップクラスと言われていますけど」

「日本人でも、大金持ちしかモナコの市民権は与えられないようだからな」

「そうですね。お金にあくせくする住民が皆無の国と言っていいでしょうね。まるで香川さんのような人ばかり……ということです」

白澤が畳みかけるように言うと、香川がフンと鼻で笑うように答えた。

「何を言っているんだ。俺なんか、熱海の市民権だってもらえないよ」

電話の向こうで白澤が声を出して笑っていた。それを聞いて香川が訊ねた。

「それよりも姉ちゃん、新型コロナウイルスの特効薬やワクチン関連製薬会社等に対する中国のサイバー攻撃はどうなっているんだ？」

「はい。かなり積極的に攻撃を行っています。新型コロナウイルスを研究する米国企業を筆頭に、製造、鉄鋼、ビデオゲーム、太陽光エネルギー、教育ソフトに至るまで、実に多岐にわたってターゲットになっていました。これは中国国内の三大ハッカーグループが競うように行っています」

「どういう手口なんだ？」

「過去のアドビを例に取りましょう。アドビはアプリケーションフレームワーク『Cold Fusion』に重大なバグがあると明らかにしていましたが、その直後、ハッカーはそのバグを悪用して、アメリカのメリーランド州にある政府のバイオケミカル研究機関のネットワークにウェブシェル（遠隔でのコマンド実行を可能にする裏口〈バックドア〉の一種）をインストールしています。そして認証情報を盗み出すソフトウェアを併用して、その裏口からユーザーネームとパスワードを手に入れていたのです」

「あとは企業側に気付かれるまで、盗み放題……ということか？」

「そういうことになります。狙われているのはアメリカ企業だけではありませんが、特にアメリカ政府は中国のことを、サイバー犯罪者と結託しているほかの国々と同列に見なしたと公言しました。中国の精鋭ハッカー集団『APT10』がアメリカで起訴された事件がありましたが、諜報機関の支援を受けたハッキング活動は、世界中が直面している最も大きな脅威の一つといえます」

「諜報機関の支援を受けたハッカーたちは数知れない……というんだな」

「彼らは世界中どこからでも攻撃してきますし、依頼を受けたハッキング行為とは違う独自の動きをしたりもします。過去にはアメリカのある州で、ハッカーがソフトウェア会社の従業員数人に、ソースコードの流出を示唆するメールを送りつけ、一万五千ドルを支払うよう要求した事例があります」

「なるほど……最近日本で流行っている、闇サイトを使って様々な犯罪の実行行為者を募っているのと、規模は違えど同じようなものか」

「いいたとえだと思います。中国はありとあらゆる手段を使って、ハッカーを動かしているのです」

「日本企業はターゲットになっていないのか？」

「いえ、アメリカやイギリスほどではありませんが、薬品会社と電気機器業界が主にターゲットにされています」

「さて、それをどう食い止めるか……だな」

香川の言葉に白澤が答えた。

「大元(おおもと)を止めるか、途中の拠点を止めるか……ですが、途中の拠点は星の数ほどありますからね。百や二百潰したところで、何の意味もありません」

「そうすると大元か……俺が行くわけにはいかないからな」

「今度は捕まってしまいますよ」

「捕まる……ということは、俺の場合、即死刑を意味するからな。そんな危険を冒してまで戦う相手ではないな」

片野坂も腕組みをしていた。これをみた望月が言った。

「なんなら、私が行きましょうか？　中国語は北京語も広東語もできますから」

「えっ？」

片野坂が思わず望月の顔を見た。望月は笑顔を見せながら答えた。

「初仕事ですから、慎重に行います」

これを聞いた片野坂が、白澤に言った。

「お聞きのとおり、現地には望月さんに向かってもらいます。おそらく上海になるかと思いますが、新型コロナウイルスの影響で通常の出国手続では入ることができませんので、何らかの対応をとりたいと思います」

「何らかの対応って、密入国でもするのですか？」

「こういう時は案外外国人の入国チェックは甘いものなのですよ。出国の方はたやすいですしね」

「たやすい……って、どうするのですか？」

「グリーンを使えばいいだけです」

「外交特権ですか……でも、入国審査を経ていないのではないですか？」

「そんなのはどうにでもなるでしょう、白澤さんなら」

「えっ。そこまでやるのですか？」

「無理は申しません。何かのついでにチャチャッとやっていただけると助かります」

「部付って、怖いことをサラッとおっしゃるんですね」

白澤が電話の向こうで笑った。

電話を切ると、香川が望月に向かって言った。

「さて、福岡と壱岐にでも出張に行くか」

すると片野坂が香川の肩をポンと叩いて言った。

「やはり、私もご一緒致しましょう」

第九章　収穫

　五月四日、博多港のベイサイドプレイス博多にある壱岐行きのジェットフォイル乗り場に片野坂以下、三人の姿があった。

「ゴールデンウイークの間隙を縫って壱岐行きか……」

　香川が笑いながら言った。

「昨日までは低気圧による風の影響で欠航していたようですから、実に運がいいですよね。まあ、私は先天性晴れ男と言われていましたから」

「確かにお前と一緒に海外を含めてあちこち動いていたが、一度も雨に遭ったことはないな」

「そうでしょう？　雨季の東南アジアに行っても晴れていたくらいですから」

　片野坂が表情を変えずに答えた。

ジェットフォイルは時速四十ノット（時速約八十キロメートル）で揺れが少なく、高速での走行が魅力である。博多から壱岐までの所要時間は、一時間十分である。

ジェットフォイルは壱岐市の中心、郷ノ浦町ではなく、芦辺町に到着した。

芦辺港からレンタカーで、県道一七二号線、県道二三号線を経て約十五分、周囲を山に囲まれたところにある、壱岐市の肥育センターに向かった。想像以上に広く、木製の柱に支えられ、清潔なコンクリートで築かれた、明るく風通しのよい牛舎には、通路の両側に真っ黒な肉牛たちが整然と並んでいる。三人は、畜産部門での先駆的な取り組みである子牛受託施設（キャトルセンター）および繁殖牛受託施設を見学した。

「畜産団地か……母牛に十分な飼料を与えてくれるため、栄養不足の牛が回復するには格好の場になっているのか……なるほどな。壱岐牛はエサも『一支國』という配合飼料を使うことが義務付けられているそうだからな」

「すこし元気になった母牛は自分の牧場で放牧すればいいわけで、潮風にあたりながら自然の草を食べてすくすくと育つのですね」

畜産農家の中には日頃はキャトルセンターに預けず自分で飼養していながら、牛舎スペースの不足時に、キャトルセンターで預かってもらっていた自家保留用の雌子牛を、そのままセンターに残して育成、授精してもらうパターンもあるという。

そこで例の話が出た。キャトルセンター関係者ではなく、牛を預けている畜産農家と牛の卸業者からだった。

「壱岐牛は島内での一貫した生産という条件があり、決して他の地方では肥育されていません。壱岐で生まれた子牛は、その肉質の良さから全国でも人気が高く、但馬牛・松阪牛などの名だたるブランドの肥育農家がこぞって子牛を買い付けにきます」

香川は出張前に調べたことをもう一度確認した。

「神戸肉や但馬牛の呼称で流通する牛肉となる牛の定義は、決まっている。壱岐牛が他の産地で生まれた子牛を買い付けしないのは地理的問題があるから仕方ないとして、但馬牛は最低でも出生地が兵庫県内で、繁殖から出荷まで『神戸肉流通推進協議会』の登録会員が肥育することになっているんだよ。確かに血統において、兵庫県の県有種オス牛の精子を用いて歴代に亘り交配した牛が必要で、メス牛の規定はないんだが、そのメス牛が壱岐牛だとするとやはり問題だな……」

香川の言葉に、片野坂がうなずく。

「先ほど業者の方が言ったとおり、但馬牛はメスに関しては規定はないものの、地理的表示で出生地が兵庫県内となっており、しかもメスでは未経産牛が条件となっていることを考えると、母親になる牛として壱岐牛を買って、兵庫県に連れて帰り、そこで但馬牛と交配させればいいということですね」

「そうなると国内は別として、海外への種の流出はここでは問題がない……ということか？」

「業者の言葉に何かのヒントがあると思います。壱岐の肥育農家は壱岐で生まれ、壱岐で育ち、愛情をこめて育てられた肥育牛を『壱岐牛』として年間、約千頭出荷していると言っています。しかし、その多くは食肉としてではなく、子牛で生きたまま出荷されているのです。壱岐で生まれた子牛は、島を出て各産地のブランド牛として育てられ、出荷されるときはその土地の名がブランド牛の名前として付けられます。たとえば有名な松阪牛も、壱岐で生まれ、壱岐の市場で買い付けた子牛を松阪牛として育てている、ということも珍しくはないのです」

「そうか……壱岐牛の子牛を松阪牛と偽称して育てることも可能……ということか……そして、その偽の名前をもらった牛はオスなら精子を、メスなら卵子を受精卵として出荷できる……ということか。そうなると獣医を含むそれなりの組織が存在しているということだな」

「そうなりますね。どういうルートかは判明しませんが、壱岐牛の子牛がどこかでインターセプトされる可能性もあります。どこかに隠し牧場が存在しているかもしれませんね」

「隠し牧場か……」

三人は顔を見合わせながら、それぞれ何かを考えている様子だった。

　その後、三人は壱岐の実態を知るべく、壱岐市立一支国博物館に向かった。「一支」が何故「壱岐」に当たるのか……。三国志に出てくる壱岐は「一支」となっている。確かに「壱」は「一」であり、「支」は「岐」の減筆であると考えられる。三国志は、その当時の発音で記されていた可能性が高いと思われる。

　博物館にある展望台に上ると、国指定特別史跡の原の辻遺跡を見下ろすことができる。島の盆地のような場所であるため、決して広大といえる広さではないが、長崎県内では、〝ギロチン〟で有名になった国営諫早湾干拓事業による干拓地を除けば、最も広い、人工的に造られた平地である。

　壱岐においては、弥生時代の原の辻遺跡からも家畜牛の骨が出土しており、牛がその存在を示している。鎌倉時代の国産の牛を解説した国牛十図にも、『筑紫牛』の名前で壱岐産の牛が紹介されており、昔から壱岐島が牛の産地であることが明らかになっている。

「壱岐は地形的には比較的平坦で、最も標高が高い地点でも二百十三メートルほどにすぎないのですよ。平地が多いため、耕地率も二十八パーセント強で、長崎県や全国の平均の、だいたい十二パーセントを大幅に上回るのです」

「数字の神様みたいな奴だな」

「数字は基本です。数字のマジックという言葉がありますが、詐欺的な数字にダマされるというのは、表面上の情報だけで判断して考えることを忘れた結果ですね。つまり駆け引きに負けたのと同じです」

「詐欺的な数字か……その一方で詐欺的な言葉も、平気で溢れている世界だけどな」

「まだ牛のことを考えているのですか？」

「まあな。それよりも、壱岐は対馬とは違った意味で重要な場所だったんだな……」

「邪馬台国論争にも影響を及ぼす地でもあるわけですからね」

「そういえば、諫早湾干拓事業のおかげで、有明海の名物だった平貝が消滅したらしいな」

　香川が急に変えた話題に望月が反応した。

「えっ。こちらではタイラギと呼ばれる平貝が、ですか？　あの粕漬を土産に買おうと思っていたのですが……」

「売ってはいるだろうが、平貝は愛知県産になっているはずだ。政治家が悪いのか、農水省が悪いのかわからないが、最低最悪の干拓事業だったことは間違いないだろうな」

「そうなんですか……そんなことよりも平貝が……」

　二人の会話を聞いていた片野坂が言った。

「平貝の漁獲高の激減が諫早湾干拓事業と因果関係があるのかどうかは、不明だということですよ。農水省も『有明海のうち、諫早湾及びその近傍部を除く海域については、本事業と環境変化の関係を認めることができない』と言っているようです。まあ、どこまで本当かはわかりませんし、有明海と言えば海苔の生産が日本一のようですが、その海苔産業が海苔養殖の際に使用する、クエン酸等を原料とする酸処理剤が原因の自然破壊もあると報告されています」

「相変わらず、マニアックなことは何でもよく知ってるな」

香川が笑って言うと片野坂が答えた。

「日本の農林水産業はもう一度考え直す時期に来ているのかもしれません。食生活も大きく変わってきていますし、求められる食材の種類も質も大きく変化してきましたからね」

「小さな島だが日本の食文化の縮図のようなところだな」

「弥生時代から存在するところですし、元寇の文永の役、弘安の役によって、対馬同様、壱岐でも島民はことごとく殺害されたとはいえ、その後直ちに復興して、今日に至っているわけですからね」

「元寇で元や高麗は何の文化ももたらさなかったどころか、島民を惨殺までしたが、豊臣秀吉は明攻めの過程で加藤清正が朝鮮出兵した際に、朝鮮半島に唐辛子を伝えたんだからな。キムチが韓国にあるのは、韓国人が大嫌いな加藤清正のおかげなんだけどな」

香川が言うと、望月も後を続けるように言った。

「今、日本中に広がっている、唐辛子で作る柚子胡椒をそう呼ぶのは、十六世紀末には唐辛子と胡椒は名称としては区別されていなかったからだと言われています。そうそう、対馬のものは香りがいいそうですよ」

「唐辛子の日本伝来については、文献では、一五五二年にポルトガル人宣教師が大分の大友義鎮(よししげ)(宗麟(そうりん))に種を献上したと記されています。元々は南蛮胡椒と言われていたのが、その後唐辛子に名前を変えたようですね。ちなみに、西インド諸島でこれを発見してスペインに持ち帰ったコロンブスも、胡椒と唐辛子の区別がついていなかった、と言われていますよ」

片野坂の解説に香川が呆れた顔をして言った。

「それで唐辛子がレッドペッパーになっているのか……本当に余計なことをよく知っているな」

その後三人は壱岐牛の積出港のデータを受理すると、壱岐米の生産農家、壱岐名物の赤ウニ漁師と面談して、郷ノ浦港近くの宿に向かった。

夕食までの一時間、ホテルのレンタル釣竿を使ってホテル前の堤防で釣りを始めた三人は、童心に返ったようにコマセを撒きながら夕餉(ゆうげ)のおかずを狙った。小一時間で十匹を釣り上げると、ホテルのオーナーが釣った魚を受け取りながら、

「この時間から鯵が上がってくるんですけどね」

と言った。釣りより食事前の入浴を選んだ三人は、後ろ髪を引かれる思いで海を振り返りながらホテルに入った。

夕食のメニューには「磯遊び懐石おしながき」と記されていた。

料理が進み、三人が釣ったメジナ、クロダイ、鯵が素揚げで運ばれてきた。

「なるほど……磯遊びが出てきたわけだ。こうやって見るとでかいな」

香川が、片野坂の釣った一番大きなクロダイを片野坂に勧めながら言った。

それぞれが釣った魚を口に入れる。

「こりゃいいや。壱岐は食だな……板長の腕もいいな」

小型の水槽にいた大型の赤ウニが殻ごと生で、生きている大ぶりな岩ガキ、クルマエビ、サザエは炭焼きで供される。さらにお品書きにはなかった壱岐牛が、ステーキで運ばれてきた。

「これは……確かに美味しいですね」

珍しく片野坂が一番に口を開いた。

「ステーキ好きなお前が言うんだから、間違いないな。参りました……に尽きる」

香川に続いて、二口目の肉を口に運んだ望月が言った。

「肉の甘さ……というのはこういうものを言うのですね……私の中ではこれはベストで

す」

「確かにこういう肉は中国だけでなく、世界中で欲しがるでしょうね。最近の農林水産業は日本が何歩もリードしていますからね」

「日本がターゲットになってしまう新たな分野があった……ということか……。これは本気で守らなければならないな」

翌日、福岡に戻った三人は、博多港からそのまま福岡県警本部に向かった。

「植山補佐から話を聞いております。博多港に入った壱岐牛の出荷ルートの確認はできております」

望月は壱岐の業者から入手していたデータと、県警のデータを突き合わせた。

「昨年はトータルで十頭が福岡でルート変更していますね。三年前に設立された、新しい農事組合法人霊峰(れいほう)という団体です」

「場所は？」

「それが、地図上では山林なんですよ。ここの登記簿謄本を確認する必要がありますね」

「流行りの山林売買の先駆けか……広さは？」

「約三ヘクタール、九千坪ですね」

「いくらくらいなんだ？」

「二百五十万円です」

「ヘクタール百万しないのか……相当な山の中か？」

「田川郡というところですが、二〇一七年の九州北部豪雨で被災し不通が続く、ＪＲ日田彦山線の沿線だったことで、大幅な価格ダウンになったようです」

「復旧しないのか？」

「ここは今年、ＪＲ九州と沿線自治体の間で、ＢＲＴ（バス高速輸送システム）で復旧することが検討されているようですから、正式合意されれば同区間の鉄道路線は廃止となります」

「畜産はどっちみち道路があればいいんだから、結果オーライ……ということか」

「現地確認に行きますか？」

「これは県警さんに頼んだ方がよさそうだな……他所もんがうろつくと警戒されてしまうからな。ドローン画像も欲しいものだな」

「購入者の詳細が欲しいですね。東京に戻ったらビッグデータを確認しましょう。それから福岡は、農産物の登録商標や農業情報科学も有名で、果物、お茶だけでなく最近はラーメン専用麦の『ラー麦』を生み出しています。これらの種の保存や、科学の力で技能を継承するシステムの流出阻止の方策を確認しておく必要があると思います」

「『ラー麦』か……実需等のニーズに対応して、新品種・技術の開発から保護・普及までを一貫して実施しているんだな……たいしたもんだ。そういえば、福岡は県として東京にアンテナショップを出していない、数少ない県の一つなんだよな。その強気な姿勢が何とも言えないな……金も人もあるのに、あえて出さないんだもんな。都内のラーメン屋の三分の一は豚骨スープじゃないのか……というくらい、福岡を中心とした豚骨ブームも収まらないからな。そういえば、美味いラーメン屋があるんだろう？」

「明日行きましょう」

「明日は大雨だろう？」

「今回の雨は、たいしたことないと思いますよ」

「そうか……じゃあ今夜は中洲の味噌汁屋か？」

「いいですね……ただ、緊急事態宣言で店の営業がどうなっているのか確認しなければなりませんよ」

片野坂の反応に、望月が訊ねた。

「味噌汁屋……ですか？」

「美味い店があるんだよ」

「味噌汁しか出さない店なのですか？」

「そんなところに行くわけがないだろう。つまみも美味いんだよ。今回の出張は栄養出張のようなものだからな。外務省では経験できなかっただろう？」

「確かに外務省では国内出張は稀で、たまに地方にある海外の領事館からお呼びがかかった時くらいのものです。しかも先方と一緒に食事をする機会もなければ、地方には外務省の出先機関もありませんから、寂しいものでしたよ」

「そうか……そのかわりに、海外では美味しい思いをするんだろう？」

「美味しいというわけではありませんが、海外にある日本の在外公館には、どこもワインと日本酒はふんだんに準備されています」

「料理人だっているんだろう？」

「その恩恵にあずかることができるのは、大使か総領事の公館の主だけですよ」

「そんなもんか……じゃあ、望月氏は美味しい思いをする前に辞めてしまった……ということか？」

「まあ、結果的にそうなりますね」

　この時、望月のスマホが鳴った。

「早いですね。昨日送った壱岐牛の購入者リストのビッグデータ分析が終わったそうです」

「私のパソに送ってもらってください」

　片野坂がショルダーバッグからパソコンを取り出しながら言った。

「千頭もの流れがすぐにわかるものなのですね……」

「結構、行方不明というのもあるのですね。福岡の十頭も不明としてカウントされています。港の荷受人に当たっていたのでわかりましたが、不明の理由の中に『健康状態不良』というものまであり、どうも、この辺りに問題が潜んでいそうですね。引き取り業者のバックグラウンドが一緒なんですから」

「バックグラウンドがあるのか？」

「はい。関西の中堅畜産会社です」

「中堅畜産か……関西の闇の部分だな……黒いものも白にしてしまう『人権マフィア』の連中が関わっているんだろうな」

この時、片野坂が福岡県警の担当者に小さな会議室を利用できないか訊ねると、直ちに三畳ほどの会議室を用意してくれた。

会議室に移った時に、香川が望月に言った。

「福岡県警も、人権マフィアに関しては敏感なんだよ」

「その人権マフィア……というのは何ですか？」

「一言で言えば、似非(えせ)同和……だな。人権をかざして国や企業から金をむしり取ったり、税金を逃れたりする連中のことだ。歴史的に畜産系の一部に深く食い込んでいるとされているんだ」

香川の説明に頷きながら、望月が片野坂に訊ねた。

「人権マフィアには、そんなに大きなバックグラウンドがついているのですか？」

「そのようです。政治家からヤクザまでびっしり名前が出てきています」

「いわゆる興行の世界にもしっかり関わっているだろう？」

「今に始まったことじゃありませんけどね。単なる『タニマチ』ではない利権関係ですからね」

　片野坂と香川のまるでキャッチボールでもしているような会話の応酬に、望月が首を傾げながら訊ねた。

「どうして、そんな団体がポンポン出てくるのですか？」

「一般教養というよりも、公安では常識なんだよ。望月ちゃんも、日本国内の闇の部分に関しては早めに知っておいた方がいいな」

「国内の闇……確かに外交分野でも、裏から口を挟む連中が多かったですね。特に似非右翼を名乗る連中や宗教関係者です。皆、税金を支払っていないという共通点がありました」

「今話題に出た畜産会社の代表も同じだよ。国税も見て見ぬふりをしていたからな」

「政治家がついていたのですか？」

「大した議員じゃなかったんだが、その背後には国内最大の反社会的勢力や海外の闇がついていたからな」

「海外の闇……いろいろな国のマフィアですね。私が知っている最悪のマフィアは、ロシアンマフィアでした」

「ロシアンマフィアか……まさに、この畜産会社のバックにいたのもロシアンマフィアだったよ」

「そうなんですか？」

「チャイニーズマフィアが組織化されて日本との関係に出てくるのは、その後の話だ。香港では古くからあったんだが、イギリスが見て見ぬふりをしていたんだな」

「イスラエル建国の時のシオニズム運動もそうですが、イギリスは言い出しっぺでありながら、都合が悪くなると逃げてしまうんですよね」

「そういう傾向はありますね……戦争を重ねるたびに没落していく貴族のような国家になってしまいました。王室も……ですけどね」

「さすがに海外情勢には詳しいな。現在の国際情勢で最も気になるところはどこだい？」

　香川の問いに望月が即答した。

「トルコでしょう」

「ヨーロッパとアジアの間にある爆薬庫……というところかな」

「まさにそのとおりですね。私が拉致された時も、実はトルコの内情調査の最中だったのです」

「そうだったのか……」

　香川が頷くのを見て、片野坂も静かに頷いて訊ねた。

「望月さんが見るトルコの危険性は、どこにありますか？」

「トルコと中国の接近が気になります。トルコが日本の友好国であることに、日本は甘えてはいけないと思います。今、トルコはアジアとヨーロッパの間でも微妙な立場にあります。そしてイスラム回帰を進めるエルドアン大統領は、キリスト教とイスラム教の『共存の象徴』である世界遺産のアヤソフィアを、モスクへ戻すことを検討しています。さらにトルコ政府は、今年二月末には、『シリア難民に国境を開放する』とEUに対し再三警告してきた言葉を、実行に移したのです」

「そういえば、ついにトルコが『難民を使った脅し』を実行した、とも言われていますよね」

「新型コロナウイルスの脅威に世界が直面しているさなかに起きた、もう一つの危機とも言われています。そんな世界の情勢の中で、トルコという国家の動きが、EUだけでなく中東にも影響を及ぼそうとしている時に中国と接近するのは、今後の中東の地図を塗り替えるような大きな案件であると考えています」

　望月の分析を聞いて、香川が訊ねた。

「トルコは、中国とどれくらい深い付き合いになっているんだ？」

「トルコからみて中国は、ロシア、ドイツを凌ぐ第一位の貿易相手国にまで成長しています。さらには、新型コロナウイルス感染症拡大後の中国によるヘルス（健康）・シルクロードを通じた支援も、トルコのエルドアン大統領にとってはありがたい行動と評価されているのです」

ヘルス・シルクロードとは、新型コロナウイルス感染症の拡大を防ぐために、中国がイタリアなどの一帯一路関連各国に対して採っている、国際協力・衛生支援の施策のことを言う。

「まさにマッチポンプだな」

「中国は、トルコに対して三月以降、医療支援やマスクなどの無償提供を行うのみならず、医療専門家同士のビデオカンファレンスを通じて知識の共有をはかっています。さらにエルドアン大統領は四月、中国の習近平国家主席と電話で協議し、新型コロナウイルス対策や両国の関係について前向きに意見交換し、さらなる支援を受け入れる意思を示しています」

「エルドアンは何を考えているのだろうな」

「おそらくエルドアンはトルコのエネルギー政策を一変させようとしているのではないかと思います。一昨年、トルコ南岸のアックユ原子力発電所を起工したのに続き、ロシアから黒海海底を横断する新たな天然ガスパイプライン『トルコストリーム』が完成しています。これを祝う式典には、プーチン大統領がイスタンブールまでやってきてエルドアン大統領とともに出席しています」

「エネルギーを握る者が最後の勝者、ということか……」

「石油・天然ガスについては黒海で開発を進めていましたが、近年石油は百億バレル、ガスは一兆五千億立方メートルという莫大な埋蔵量であることが確認されました」

「それは、一口に言ってどれくらいの量なんだ？」

「トルコ国内で今後四十年間にわたって、国内消費分を賄うことができる量と言われています」

「それに原子力発電を加えれば、石油と天然ガスの輸出国になる可能性がある、ということか」

「ロシアの天然ガスをトルコと欧州に運ぶ天然ガスパイプライン『トルコストリーム』ですが、それが逆に使われる可能性も出てきた、ということです」

「ロシアがトルコの天然ガスを買うのか？」

「トルコは、トルコストリームを利用して南欧向けの天然ガス・エネルギー回廊となることを国策としていたのですが、今後はこれに自国産の天然ガスを加えて供給できるようになったわけです」

「南欧か……聞こえはいいが貧しい国ばかりだからな……現存する世界最古の共和国の

サンマリノなんかは、国の収入の半分が観光という、十和田湖くらいの面積しかない国だが、新型コロナウイルスの影響をもろに受けているんじゃないかな」

「一口に南欧と言っても、定義は定まっていませんが、トルコがターゲットにしているのは、もっぱらバルカン半島の国々ですね」

「最近では東南ヨーロッパと言われている、南欧の中でもさらに貧しい国々じゃないか」

「いわゆるバルカン半島に国土の全てがある国家は六つ、さらに一部がある国家が七つといっていいでしょう」

「通称バルカン諸国か……トルコは商売になるのかな？」

「金はＥＵからもらえばいいんですよ」

望月の即答に、香川が笑いながら言った。

「さすがにトルコからＩＳＩＬの戦士になっただけのことはあるな。いっそのこと、もう一度トルコに行ってみるか？」

「その話はもうやめて下さい。トルコ政府が断りますよ」

望月が笑って答えた。すると片野坂が言った。

「望月さんが中国、香川さんがトルコに行けば、まるで交換留学のようでいいですね。香川さんは白澤さんと連絡を取り合って下さい」

「えっ、本当に俺をトルコに行かせる気なんだ？」

「今年はコロナ、コロナで終わるはずです。その中で年末にアメリカ大統領選挙という大イベントがありますが、その後で一年延期になった東京オリンピックの開催と中国のＩＯＣ対策があります」

「中国？　ああ、中国がどうしてもやりたいという冬季オリンピックのことか……東京オリンピックの誘致の際にうやむやにされてしまった裏金のことか？」

「オリンピックが金まみれになってしまったのは、ＩＯＣ会長にサマランチが就任し、二十年以上もその地位に就いていたからですからね」

一九八〇年から二〇〇一年にかけて、アベリー・ブランデージ、キラニン卿の後継者としてＩＯＣ会長を務めたサマランチは、アマチュア精神の維持に心血を注いだブランデージの方針を大幅に転換し、プロ選手の解禁が漸進的に行われる結果となった。ただし五輪の商業化、拡大化、権威の低下等を招いたという批判は、オリンピック招致に際して不正や疑惑が付きまとう現状に鑑みれば、今なお払拭されていない。

「サマランチか……息子は現在ＩＯＣのメンバーになっているんだろう。私物化だな」

「ＩＯＣはＵＮ総会オブザーバー資格を得たため、国際機関の一つのように思われがちですが、所詮、非政府組織（ＮＧＯ）の非営利団体（ＮＰＯ）であり、その運営資金は、主に放映権料とスポンサーシップ収入によっているのですからね」

「二〇二〇東京オリンピックの誘致問題も、まだ片が付いたわけではありませんよね」

望月が訊ねると、香川が代わりに答えた。

「『サメの脳みそ、蚤の心臓』と言われた男のところにも億以上の金が流れているなんて話が出るくらいだからな……まだまだ火を噴く時が来るだろうな」

片野坂が笑い出すと、望月が真顔で訊ねた。

「誰のことなのですか？」

「まあ、ネットで調べればわかりますよ。それよりも、サマランチの他の業績としては、一九九二年夏季のオリンピックを自身の故郷であるバルセロナに誘致したことでしょう。さらには退任前に、誘致を目指していた中国での二〇〇八年北京オリンピックの開催決定にも成功。中国はその功績に感謝して北京オリンピック公園に銅像を建てたほどですからね。どれだけオリンピック開催に力を入れていたか……ですね」

「そうなると、再来年の冬季オリンピックの誘致にも相当な金をつぎ込んでいるのでしようね」

「それが中止になるとなれば、大金をドブに捨てたことになってしまう……おまけに、損をすることが一番嫌いな習近平だ。何としてもオリンピックを開催しなければ、自分の面子が潰れてしまう、と思うだろうな。そうなれば……派手に金が飛び交うな……」

「そこで大事なのが、アメリカ大統領選挙ですね。ＩＯＣの運営資金は、主に放映権料とスポンサーシップ収入、ですよね。放映権は、全てアメリカの主要テレビ局が握っているわけです。スポンサーシップ収入を仕切るのもほぼ同じ構図で、そこに大手広告代理店が登場してきます」

片野坂が先ほどの言葉を反芻するように言うと、香川が頷きながら言った。

「日本のテレビ業界も同じだ。強大な広告代理店の存在がある。今回の東京オリンピックの誘致に際しても、広告代理店関係者が大金を動かしていたからな。バブル期にはホテル・リゾート開発事業を中心に総資産一兆円を超える企業グループを構築し、環太平洋のリゾート王と称された刑事被告人の実兄が、その広告代理店の顧問として動いていたんだ」

「組織委やＩＯＣの幹部が『再延期はない』『二年後なら中止』との考えを示していますし、大会中止を懸念したスポンサー企業は、延期による追加協賛金の負担に二の足を踏む状況ですから、これが中国にも飛び火する可能性があります」

望月が大きなため息をついて言った。

「金まみれの体質は変わらないのでしょうね」

「オリンピックを平和の祭典なんて、誰も思っちゃいないさ」

会話が一段落ついたところで、三人は福岡県警担当者に礼を述べて県警を後にした。

ホテルにチェックインしたのち、午後八時に三人は中洲に向かった。新型コロナウイルスの影響で、九州一の歓楽街中洲は閑散としていた。人形小路(にんぎょうしょうじ)の味噌汁屋の前に行くと、緊急事態宣言に伴う休業の張り紙があった。

「博多の楽しみがなくなったな……明日のラーメン屋も同じだろうな」

香川がガックリした顔つきで言った。その時突然、店の扉が中から開いて、主人がひょっこり顔を出した。

「おや、珍しい。ごめんね。今は新型コロナウイルスの影響で店が開けられんとよ」

「それは重々承知しています。昨日から出張でこちらに来たものですから、ちょっと様子を見に来ただけです」

「そうね。悪い時期やったね。そういや、昨日、藤中(ふじなか)さんからも電話があったとよ」

「藤中さんですか……まさかこちらにいたわけじゃないですよね」

「いや、ゴールデンウイークはこっちで仕事やったらしい。二日間、大風で飛行機が飛ばんやったけん、昨日帰るって電話やったとよ」

「ゴールデンウイークに福岡で仕事……何か狙ってるな……」

香川の言葉に望月が訊ねた。

「藤中さん……というのはどなたですか？」

「警察庁長官官房の藤中分析官のことで、その前は警視庁捜査一課の暴れん坊と呼ばれた優れ者だよ」

「暴れん坊で優れ者なのですか？」

「捜査一課は殺し、叩き、火付け、突っ込みが担当なんだが、藤中さんは岡広組の影のドンと呼ばれた清水組組長清水保を協力者にして、反社会的勢力をもバシバシ叩いたんだ」

「ヤクザを協力者にして、ヤクザを叩いた……そんなことがありえますか？　対立抗争に使われただけじゃないのですか？」

「そこが不思議だったんだ。清水保を引退させたのも、藤中さんだったという話だ」

これを聞いていた味噌汁屋の主人が、笑いながら言った。

「清水さんと藤中さんがこの店で初めて会った時、清水さんが『儂はもうその道の者ではない……』というようなことを言ってね、それからすっかり二人は意気投合したとよ」

「この店で初めて会ったんですか？」

「そう。それから青山さんも清水さんから話を聞きに来とんしゃったね」

「公安のエース、青山望理事官か……。聞けば聞くほど怖い店だよな」

「それより、せっかく来たっちゃけん、少し飲んでいくね？　もちろん営業じゃなかけん、お金はいらんよ。なあもつまみはなかばってん。自家製の辛子明太子と竹輪ならあるよ」

「それじゃあ、少しだけ、お言葉に甘えさせていただきます」

三人はカウンターに座った。主人が純米酒をグラスに入れ、自家製明太子を各々に小皿で出した。

「美味しいですね……この辛子明太子」

片野坂がしみじみと言って、日本酒を口に含んだ。これを見た主人が、大ぶりの竹輪を切って差し出しながら言った。

「これは長崎の島原半島にある、多比良港名物の竹輪なんよ」

「多比良港という港があるのですか？」

片野坂が訊ねていると、香川が声を上げた。

「この食感といい、味と言い、絶品だなあ。こんな美味い竹輪は初めてだ」

「美味かろう？　多比良は島原半島の付け根近くの有明海に面しとって、そこから熊本でも福岡に近い長洲というところまでフェリーが出とうとですよ」

「なるほど……有明海の新鮮な魚を使っているんですね」

片野坂と香川の会話を聞いていた望月が、口を挟んだ。

「マスター、一つ伺いたいのですが、有明海のタイラギは本当になくなってしまったのですか？」

「うーん。絶滅したのかどうかは知らんけど、この五、六年は市場でも見かけんね。諫早の干拓でおらんごとなった……という話は聞いたことがあるばってん、原因はわからんね。タイラギだけやのうて、アゲマキも採れんごとなっとうもんね」

これを聞いた香川が望月に言った。

「望月ちゃん。俺の言うことを全く信用していないのかな？」

「いや、そういうわけじゃないんですが、どうしても本物の有明海産のタイラギを食べたかったんですよ」

「残念だな」

日本酒を二合ずつご馳走になり、三人はホテルに戻ると、大型低気圧の接近もあって、翌朝の便で出張を切り上げた。

第十章　海外出張

六月に入って、望月は与那国島から海路、台湾の宜蘭（ぎらん）市に密入国した。パスポートは一般とグリーンの両方を所持していた。宜蘭から台鉄で台北に行くと、台北市内にある松山空港から金門島に飛んだ。金門島は中華人民共和国福建省厦門（アモイ）の沖合にある島で、中国大陸に近接する大金門島などを領域とする。台湾海峡対岸の台湾つまり中華民国の、「福建省政府」が置かれている。中華人民共和国は行政区分上、福建省泉州市の管轄としているが、未だに実効支配できていない。

金門島からは、厦門の国際定期船中心埠頭に毎日十八往復している定期便で渡った。海路の入国は、実に簡単だった。一般パスポートを示すと、出入国記録のあまりの多さに驚いたように入国審査官が広東語で訊ねてきた。

「你好（ニィハオ）　中国にもよく来ているんだね」

「厦門は大好きさ。今回もブットビを食べて上海に行くんだ」

「佛跳牆（ぶっちょうしょう）なら悦華酒店だね」

「悦（えつ）婆ちゃんは古い付き合いさ」

「いい旅を」

「謝謝（シェイシェイ）　再見（ツァイチエン）」

望月のほぼネイティブな会話に、入国審査官も笑顔でパスポートにスタンプを押した。

佛跳牆は、様々な高級食材を数日かけて調理する、福建料理の伝統的な高級スープの名である。「あまりに美味しそうな香りに、修行僧ですらお寺の塀を飛び越えて来る」というのが料理の名前の由来と言われており、日本語の「ブットビ」でも現地で十分に通用する。

中国国内に一旦入ってしまえば、望月の思うがままである。銀聯（ぎんれん）カードも所持しているし、中国四大商業銀行の一つで、総資産および営業収益上、世界最大の銀行である中国工商銀行股份（こふん）有限公司（ＩＣＢＣ：Industrial and Commercial Bank of China Limited）にも、日本円で百万単位の残金がある口座を持っていた。

望月は周囲をゆっくりと確認してタクシーに乗ると、コロンス島に渡るフェリー乗り場に向かった。

これは特に観光目的というわけではなく、公安による尾行の確認を行うためだった。

コロンス島へ行く楽しみの一つは、フェリー乗船だった。頻繁に往復しているためか、操船が実に巧みで、中でも着岸時にエンジンを切ってドリフト走行のように惰性で船体を半回転させて着岸するテクニックは、見ているだけでも楽しいが、乗ってみるとさらに面白いのだった。

島へのアクセスはフェリーのみで、島内には車やバイクも走っておらず、ゆったりとした時間が流れているため、公安も尾行を諦めざるを得ない利点があった。小一時間コロンス島を散策して、再び厦門に戻った望月は、入国審査官に伝えたとおり、悦華酒店にタクシーで向かい、目当ての佛跳牆を食べて空港に向かった。

厦門から上海虹橋(ホンチヤオ)国際空港までは、空路一時間五十分である。中国国内の国内線チケット購入は容易であるが、安いというわけではない。しかも、機内は決して清潔ではない。

上海の宿泊ホテルは、ウォルドーフアストリア上海オンザバンドである。チェックイン時、望月は職業を、あえて「ジャーナリスト（元外務省外交官）」と記載していた。これに公安が喰いついてくるのを待つ作戦だった。外資系ホテルであろうと、中国共産党は海外のジャーナリストには注意を払うことを、望月はよく知っていた。

翌日の午前十時、部屋の電話が鳴った。ホテルの真裏にある公安当局の担当者からだった。

「望月さん。一度お会いして取材目的を伺いたい」

流暢な日本語に対して、望月は流暢な北京語で答えた。

「取材プランがありますので、お見せ致しましょう。許可が必要なところはないと思いますが、予め確認していただいた方が、あらぬ疑いをかけられるよりも、私もありがたい」

三十分後に、三人の公安担当者が望月の部屋を訪ねてきた。

面談時間は約一時間だった。その間、望月が日本の外務省からジョンズ・ホプキンズ大学に留学したことを話した時、彼らの態度が変わった。新型コロナウイルスの世界の統計を取っているのが同大学だったからだ。さらに、在日本中国大使館の外交官とも面識があることの確認も取られた。

「あなたの取材に対して、できる限りの協力を惜しまない。北京のオリンピック施設も確認してもらいたい。我々はすでに、万全の準備を整えている。香港は見なくていいのか？」

「申し出に感謝する。北京では冬季オリンピック施設も見たいものだ。北京市は日本の四国と同じ位の広さがあるので、夏冬両方のオリンピックが立派に開催されることを希望している。現在の香港に、私はなんの興味もない。むしろ、最近のマカオのカジノを見たいものだ」

「マカオに行くのなら、厦門から直接行った方がよかったのに……」

「最初にマカオに行って、一文無しになっては困るからね」

この言葉で公安担当者は一気に気を許したようで、公安にしては珍しく十五分以上世間話をして帰っていった。

その後、望月がホテルを出た際には、何の尾行もなかった。もちろん、上海市内だけでなく、中国国内のほとんどの場所には監視カメラが設置されているため、監視カメラで望月の動きを追跡するのは容易なことだった。

二日の間、望月は公安に手渡した取材プランのとおりに動いた。その間、数十人の様々な職種の現地人に取材を行った。

三日目、望月は取材プランにはない動きをした。というよりも、それは当初からの計画だった。望月は、在上海日本国総領事館に立ち寄った後、中国版新幹線CRH駅から蘇州市に向かった。

蘇州には、北京と杭州を結ぶ京杭大運河が通っており、水運によく利用されている。運河による水運は旧市街地をも網羅しており、周辺の水郷地帯を含めて「東洋のヴェニス」と呼ばれるが、実はヴェニスよりも歴史は古い。

蘇州市に入った望月は、蘇州日商倶楽部に向かった。蘇州の市内総生産は一兆九千二百億人民元で、中国の都市では第六位であり、省都南京を大きく上回り、華東では上海に次ぐ第二位の規模である。

蘇州日商倶楽部は、蘇州地区に投資する日系企業有志により、日系企業同士の情報交換、交流を図るため設立された「蘇州日本人会」が名称を変えたもので、現在法人会員は六百三十社に上っている。隣の無錫市には、無錫日商倶楽部がある。こちらも無錫日本人会が名称を変えたものであるが、上海総領事館との情報窓口となっており、海外生活における安全（危機）管理、企業活動に関する情報交換等において、重要な役割を担っている。同様のクラブは中国主要都市に広がっており、合肥日商倶楽部、南京日本商工クラブ、杭州商工クラブ、武漢日本商工会、広州日本商工会、深圳日本商工会等がある。

望月が蘇州に向かったのは、長江の水質チェックの目的を兼ねていた。蘇州日商倶楽部に入会希望を出している、日本国内の大手化学製品会社の一次下請け企業が、蘇州に進出していたからだった。長江最下流地域にあり、海水が混じらない蘇州で水質検査を行えば、全長六千三百八十キロメートル、中華人民共和国およびアジアで最長、世界でも第三位の長江の、正確な水質検査結果が出るはずだった。

「どうですか、現時点の水質は？」

「どれだけ逆浸透膜濾過装置を使っても、日本では、飲料水には到底ならない状態ですね」

「日本では……ですか？　中国と日本では飲料水に関する安全基準が全く違います。蘇州はまだ大都市ですからそれなりの人はミネラルウォーターを飲みますが、そうでない人は水道水を一旦沸騰させて使用しています」

「水道水を蛇口から生水として飲むことができるところの方が、世界では珍しいのですね」

「車で一時間以上離れた農家に行けば、まだまだ井戸水を飲んでいます」

「健康を考えずに……ということですか？」

「そういう人の方が依然として多いのが、現在の中国なんです。李克強首相が五月二十八日に、第十三期全国人民代表大会（全人代）第三回会議後の記者会見で『中国は多くの人口を抱える発展途上国であり、中国の一人あたりの年収は三万元（約四十五万円）、六億人は月収一千元（約一万五千円）』という主旨のことを述べて、中国メディアでも話題となっています」

中国は「昨年、一人あたり国内総生産（ＧＤＰ）が中所得国の水準とされる一万ドル（約百八万円）を初めて超えた」と発表した。事実、北京や上海など大都市では先進国並みの生活も可能だが、農村部を中心に貧困人口が少なくないのである。李克強首相が言及した「六億人」は、子どもや高齢者など非労働人口も含むとみられるが、ＧＤＰの計算方法から考えると、これは当然の帰結である。

「この所得に関する数字は、過去に中国共産党が宣伝した統計とは大きく異なるわけですよね。党の宣伝してきた貧困削減率が偽りであった可能性が高いとして、多くの国民を驚かせたのではないですか？」

「私の会社に勤めている現地の人たちも、『私の実家も田舎に親戚がいて、出稼ぎに行かないと月一千元を稼ぐのは不可能です。李克強首相の勇気に感激している』と言っていました」

「李克強首相の勇気……ということは習近平国家主席に反旗を翻した……ということですか？」

「中華人民共和国の指導者になろうとする政治家には権力闘争がつきものですから、本来の姿ではあるのですが、現在の習近平はある意味で独裁者となっていることを、中国共産党員だけでなく、一般国民の多くも知るところとなっている……ということです。香港メディアは、両氏の不仲説も伝えているようですけどね」

「習近平と李克強とは、もともとの出自も違いますからね」

「太子党と共青団のことですか？」

太子党は、中国共産党の高級幹部の子弟等で、特権的地位にいる者たちの総称である。「太子」は中国語で王子、プリンスを意味する。世襲的に受け継いだ特権と人脈を使うことで、中国の政財界や社交界に強大な影響力を持っている。中でも「紅二代」と呼ばれる毛沢東と一緒に革命に参加した党幹部の子弟はエリート中のエリートである。その代表的な人物が習近平であり、父親の習仲勲は、中華人民共和国の建国に多大な貢献をし、全人代常務委員会副委員長を務めていた。他方、共青団は中国共産主義青年団の略称で、中国共産党による指導のもとに結成された青年組織で、十四歳から二十八歳の若手エリート団員で構成される。李克強がこれに属している。

しかし近年、習近平は共青団の予算を大幅に減らす方向に動いている。また、「反腐敗」を進める党中央の組織から「貴族化や娯楽化」の懸念があるとして、中央の共青団の幹部を減らし、地方に人材を左遷するなど、「改革」と称して露骨に共青団の力を削ぐ圧力を強めている。

「そうですね。他国の内政を批判しても仕方ないのですが、結果的に世界への拡大路線を取り、その影響が日本固有の領土である尖閣諸島の国境問題に及んでいるとなれば、黙って見ているわけにもいかなくなります」

「ただ、うちの会社もそうなのですが、今、中国では日本企業の積極的な誘致が国家的な戦略のように行われている背景があるのです」

「国家的な戦略……ですか？」

「はい。専らターゲットとなっているのはＩＴ関連企業なのですが、うちのような環境関連、さらには、フィルム農法を用いた野菜工場などの誘致も目指しているのです」

「フィルム農法ですか……私も先日、長崎県の壱岐に行き、フィルム農法で作られたという、実に高糖度のフルティカトマト『ママなかせ』というのを食べて、その甘さにびっくりしたばかりです」

「フィルム農法は世界中で特許を取得しているはずなのですが、なにせ知的財産権を無視するのが得意な中国ですから、この技術を盗んで、またアフリカで商売を始めそうな気がしています。現に、うちの会社が持っている逆浸透膜の技術を盗もうと、相当なサイバー攻撃を行っているようですから……」

「笑顔の裏で攻撃を仕掛ける、中国共産党らしい、資本主義潰しの手口ですね」

「資本主義潰し……ですか？」

「共産主義というのは、資本主義を否定するところから始まるわけです。資本主義の知的財産など、共産主義にとっては単なるターゲットでしかないわけです。それが共産主義の基本なのですから、技術を持っている企業は勘違いしないようにしなければなりません」

「そういう思想教育を一般の日本人は受けていませんからね……中国が共産主義国家であることはわかっていても、実体経済は何となく資本主義と変わらないような気がしてしまうのですよね」

「自動車産業を見てもわかるとおり、世界中の自動車企業を誘致しておいて、最終的には企業ごと買収して技術も手に入れてしまう……中国の企業は国家企業ですから、一企業が国家を相手にして勝てるわけがないことは、自明の理なんですよ」

「なるほど……『庇を貸して母屋を取られる』……ですね」

「庇を貸して……」とは、軒先だけを貸したつもりが、いつの間にか家全体を取られることから、うっかり一部を貸したために、主要なところまで取られてしまうことをいい、恩を仇で返される喩えである。

「これまで日本の製鉄や造船を始めとして、多くの業界が中国にやられてきた経緯があるわけです」

望月は外務省時代からアンチチャイナスクールだっただけに、中国の共産主義に対して厳しい物言いをしていた。

「そうだったのですか……やはり気を付けなければなりませんね。長江の河川汚染に話を戻すと、今年は梅雨の降水量が普段の倍以上になっています。このままでは観測史上三指に入るような大水害が起こる可能性がある。その時の水質検査を行えば、中国の土壌と水の危なさが明らかになると思われます」

「なるほど……梅雨明けの調査が一番ということなのですね。ただ今年は偏西風が異常で、台風の発生が少ないからいいようなものの、台風の進路が右ドッグレッグせずに、直進してくる傾向があるのです。その時は恐ろしい結果が出てしまいます」

望月の話を聞いて、蘇州工場長の顔はやや引きつっていた。それを見て望月が訊ねた。

「そういえば先ほど、工場長は日本企業の積極的な誘致が国家的な戦略のように行われている旨を伝えて下さいましたが、貴社はどのルートから誘いがあったのですか？」

「実は、弊社の蘇州進出は二〇〇九年に遡るのです。当時、日本の景気はバブル崩壊の余韻が残る中、中国の産業ハイテクパーク蘇州国家高新区が、東京で日本企業誘致を謳い、ハイテク関連企業約四百社に声をかけていたのです」

「そんなに前のことだったのですか？」

「はい。恥ずかしながら、当時、弊社は新たな技術は開発していたものの、国内での生産拠点ができていなかったのです。そこに中国が目をつけてきたのですね……」

「新たな技術に関しては、報道発表されていたのですか？」

「業界紙では大きく取り上げられ、特許も世界百か国以上で申請をしていました。もちろん、中国でも申請を終えていました」

「なるほど……中国の自然破壊や内陸部の砂漠化が世界から叩かれ始めた頃ですね？PM2・5が問題視された頃でもありますね」

「そうです。中国は極めて下手に出てきたのです。たとえば、『日本人に親しみやすい文化、交通の利便性とともに、完備したバリューチェーンがある。生産コストが安いだけでなく、調達コストも安く、進出企業は発展できる』とサプライチェーンに強みがあることを強調していたのです」

「完備したバリューチェーンとサプライチェーン……ですか。『企業の全てを盗み取りますよ』……と言っているようなものですね」

「恥ずかしながら……当時、弊社ではそれらを全く構築できていなかったのです」

バリューチェーンとは、事業活動を機能ごとに分類し、どの部分（機能）で付加価値が生み出されているか、競合と比較してどの部分に強み・弱みがあるかなど、すべての活動を価値の連鎖として捉える考えによって分析し、事業戦略の有効性や改善の方向を探ることをいう。他方サプライチェーンとは、製品や食品などのもととなる原材料から製造、販売、消費まで、つまり、ユーザーに届くまでの一連の流れを示す言葉で、日本語に直訳すると「供給連鎖」となる。

「いえ、おそらくそれは御社だけでなく、日本中の優良中小企業が抱えていた問題だと思います。本来ならば、経済産業省が細かく目配りしていなければならなかった案件だったはずです」

「経済産業省どころか、日経連もなんの手助けもしてくれませんでしたよ」

工場長はため息交じりに答えた。望月が訊ねた。

「中国側の最大の殺し文句は何だったのか、覚えていらっしゃいますか？」

「当時中国では蘇州だけでなく、上海や寧波（ニンポー）でも、同じように『中日地方発展協力模範エリア』というものを作っていたのですが、蘇州は模範エリアの設置を機に、日系企業の投資誘致を強化し、模範エリアがある蘇州市相城区全域をカバーすることを強く訴えていました。さらに、アメリカの有名経済誌フォーチュンが発表する、世界五百社に入る日系企業の中国本部や地域本部を中心に誘致する、とまで言っていたのです」

「なるほどね……中国は国家的な戦略もありますが、地方も懸命に日本企業を狙っていたのです。それはまさに中国共産党の幹部同士の強烈な覇権争い、つまり、先ほども言った太子党と共青団の権力闘争だけでなく、太子党内の勢力争いでもあった。その中で技術を持つ日本企業を誘致するのが中国の国家戦略になっていたのです」

　望月の説明に工場長は頷きながら言った。

「広大なモデル区を設定し、日本企業を引き寄せるのが彼らの手法でした。会社も甘い言葉に誘われましたが、現地の従業員のトップとなる私も同様でした」

「例えば、どういう甘言があったのですか？」

「まず、住宅です。会社の幹部には、こちらでも一億円を超えると言われていたマンションを、無償で提供してくれるのです」

「幹部……工場長、あなたの分ですね？」

「そ、そういうことです。また所得税も三年間免除、法人税も三年間減額されるということでした」

「まさに甘い汁……ですね。それで実際に蘇州で会社が動き始めたのは数年前ですよね」

「はい、三年前から稼働しています。約束もきちんと守ってくれていますよ。ただ、来年からどうなるのかわからない……という心配はあります」

工場長が、まだ心の底から中国を信用していない様子が窺えた。

「住宅の近くには、だいたいのものが揃っているのですか？」

「住宅から工場までは、車で十五分です。片道三車線の道路ですが、この地区だけは日本車ばかりで、中国にいるという実感が薄れるくらいです。ショッピングセンターもアメリカの郊外にあるそれと遜色ない規模と広さですが、食品に限ると生野菜が少ないのが特徴でしょうか。野菜は別の日本企業が野菜工場を作っており、そこの宅配サービスを使う人が多いからです」

「野菜工場、ですか……すると大根、ニンジンといった根菜は少ないのでしょう？」

「そこは我慢ですね。そうそう、我慢と言えば、カジノもあるのですよ」

「えっ？」

望月が驚きの声を上げた。

「中国政府の役人は、日本人の遊びと言えばパチンコだと思っているようなのです。しかし、中国でパチンコは禁止されています、その代わりに、特区には小規模ながらカジノがあるのです。ただし、中国人は利用できません。博打好きの中国人ですが、マカオに行って本気でギャンブルをする富裕層は稀で、その多くはマネーロンダリングが目的だと言われています」

中国本土では、オンラインカジノを含めすべてのギャンブルが禁止されている。例外は国営の宝くじと、中国の特別行政区であるマカオにあるカジノだけである。

「利用する人は多いのですか？」

「案外多いようですよ。私は一度行ったきり、もう行きませんけどね」

工場長が笑って答えたので、望月がさらに訊ねた。

「カジノの職員は国家公務員ですよね」

「経済特区の特例ですから、当然そうなりますね。外貨収入に貢献している日本人も多いようですが、あの雰囲気を味わいたい……という人もいるようです。本格的なトレーニングを受けたカジノディーラーのようですし、チップを買うとドリンクがフリーですから、飲み代を考えると、若くてしかも綺麗な脚を出した女性のサービスは唯一の気晴らしになるのかもしれません」

「カジノにはまる人も出てくるのではないですか？」

「まあ狭い世界ですから、本格的にカジノを楽しみたい人はマカオへどうぞ……という戦略なのかもしれませんね」

「なるほど……蘇州への企業誘致に関して、日本政府の動きはなにかありますか？」

「現在でも上海総領事は極めて積極的で、中日蘇州地方発展協力模範エリア担当責任者とは深い関係にあるようです」

「総領事ですか……かつて私の上司だったサンフランシスコ総領事は、サミットの最中に仕事を放り出して当時のスチュワーデスを必死でナンパしていましたからね。その程度の外交官もたくさんいるのが外務省ですよ。最近では他省庁を追い出されて名誉職として小国の大使に就任する輩までいますが、だいたい何らかの問題を引き起こして中途退職していますけどね」

「そうなんですか……いい人に見えるんですけどね」

「私も名簿を見ればだいたいのことはわかります。それはそうと、ここは産業ハイテクパークですが、農業関係ではどこか入っている企業はありますか？」

「農事組合法人のヤマテの会が私たちと同じ二〇〇九年に進出しています。彼らは有機・減農薬穀物等の生産を目指していたようですが、やはり土壌汚染の実態を知って、養豚事業に転化していったようです」

「養豚……ですか……」

　望月の目がひそかに輝いた。

「中国では、ウ冠に月ヘンがない豚を書いて『家』ですから、稲作が始まった数千年前から豚は、ある意味で人間以上に大事な存在だったようです」

「人間以上はないでしょうが……」

「奴隷以上……ということですよ」

「なるほど……中国では養鶏、養豚はよく聞きますが食用牛肉の生産はどうなっているのでしょう」

「第一に農業政策上の支援の重点が穀物の安定生産に置かれてきたことがあるでしょうね。さらに国産牛肉よりも割安な輸入牛肉が急増したことも大きいと思いますが、一人あたりの消費量は、豚に比べればはるかに少ないのが実情ですね」

「和牛はどうなのですか？」

「和牛は高価ですが、富裕層には人気があります。中国としては日本からではなくオーストラリア等から和牛を仕入れたいところでしょう」

「自国内で生産することはなさそうですか？」

「富裕層向けの和牛は大手企業が、この蘇州の外れで大々的にやっていますよ。おそらく食肉牛飼育センターがあるのは、中国国内ではここだけなのではないかと思います」

「中国国内でここだけ……すると相当な利益があるのでしょうね」

「中国国内での富裕層の定義は、年々レベルアップしています」

「セグメンテーションのグレードアップ化……ということですね」

「十年前までは年収二百万元（約三千九百万円）以上と言われていたのが、現在では人民元の価値も変わり、年収は同じ二百万元（約三千三百万円）以上でも、これに投資可能な資産が一千万元（約一億六千六百万円）以上ある者……となっています。これに該当するのが四百万人、しかもこれが、年々増加しているようです」

「不動産と株ですよね」

「そうですね。中国の長者番付四十傑をみると、上位を不動産関係者が多く占めていますし、彼らはまた合法的に財を蓄積しています。国家もこうした人民の財産を保護する『物権法』を採択して『先富論』を実践できる環境を整えています」

「先富論ですか……勝ち組が勝ち続けるシステム……ということでしょうね。すると牛肉……というよりも和牛の需要も確実に増えてきますね」

「まちがいありません。これもまた、本来の意味の先富論ですね」

中国で言う「先富論」は、専門知識や技術の習得、ベンチャービジネスの起業等、新たな機会を大胆に先取りして「豊かさ」を手にすることを奨励する理論である。

「最近、日本では子豚や子牛が大量に盗まれているんですよ」

「えっ。生きたまま盗まれている……ということですか？」

「そうなんです。盗まれた家畜が日本国内で流通することは難しいはずなんです」

「すると、海外に出されるか、どこかで飼育されるしかないわけですね」

「そう思います。日本の豚は三元豚を中心に食肉としては高級ですからね。中国の豚と言えば梅山豚や金華豚が有名ですが……牛は『和牛』というだけで種類を問わず高級食材です」

梅山豚は、中国太湖豚系の原種豚であり、『西遊記』に登場する「猪八戒」のモデルになったとも言われる多産系の豚である。金華豚は、中国浙江省金華地区原産で世界三大ハムの一つに数えられる金華ハムの原料豚として知られている。

「金華ハムは高級食材としてよく知っていますが、梅山豚は知りません」

「梅山豚は、一九七二年の日中国交正常化の際にジャイアントパンダに続いて、十頭が寄贈されており、世界一の多産系豚として遺伝資源的に大変重要な豚なのだそうです。日本でもその固有種が未だに育てられているのだとか」

「そうなのですか……ヤマテの会の友人に聞いてみましょうか？」

「ご存じの方はいらっしゃるのですか？」

「ヤマテの会の方々は、弊社の中国進出スタート時から一緒ですから、何人かの幹部の方々とは、蘇州日商倶楽部や、地域の日本人会でも一緒ですよ」

「日本人会はまだ残っているのですか？」

「蘇州日商倶楽部はあくまでも企業の会で、日本人会は個人の会です」

「なるほど……芸術家や個人事業主のように個人的に来られている方もいらっしゃるで

しょうからね」

「蘇州は美しい街ですから、日本人のファンも多いのですよ」

「ところで、蘇州の中日地方発展協力模範エリアという地域は完成しているのですか？」

「いえいえ、まだまだ発展途上のようです。ただ、弊社もそうですが、新型コロナウイルスの影響で、ここ半年、日本からは全く主要原料が入ってこないのです。そこで中国政府も様々な働きかけをしていると聞いています」

「政治的な動き……ということですか？」

「そうですね。おまけに米中関係が最悪になっていますし、同様に日韓関係も最悪の状況でしょう。中国としては韓国からもプリント基板等の原材料が入ってこない。何とか日本を動かすしかないのです」

「それにしては、尖閣諸島で中国公船が連日侵犯を繰り返していますよ。日本人の対中反感は募るばかりです」

「中国政府にとって日本の国民感情なんてどうでもいいのです。日韓関係があそこまで悪くなっても、日本では韓流ブームが続いていますし、韓国料理屋も影響を受けていません。日本人の気質を中国政府はある意味、舐めた態度で見ています。また、尖閣諸島の国境問題でも、韓国が島根県の竹島を武力制圧しても何もできない日本政府を馬鹿にしているのです」

「なるほどね。日本国民の中でも政府の不甲斐なさを情けなく思っている人は多いのが実情ですけどね。ただし、もし、韓国がアメリカとの関係を反故にするようなことになれば、日本は固有の領土を守るための積極的な行動にでることになると思いますよ」

「日本政府にそんなことができますかね。領土問題は全て負けているとしか思えませんけどね。国内でも沖縄に負けっぱなしでしょう？　戦争で被害を受けたのは沖縄だけではありません。広島や長崎は原爆という狂気の凶器で壊されましたが、東京だって大空襲を受けて十万人以上が亡くなっているのです」

東京は一九四四年（昭和十九年）十一月二十四日以降、約百三十回の空襲を受け、特に一九四五年（昭和二十年）三月十日、四月十三日、四月十五日、五月二十四日、五月二十五日から二十六日にかけての五回は大規模で、東京大空襲と呼ばれている。これらの空襲による被害は死者十万五千人以上、負傷者は約十五万人、損害家屋は約七十万戸となった。

「確かに、日本のほぼ全土が空襲を受けていますが、沖縄はその後、アメリカの占領下にありましたからね」

「その後、政府もどれだけのお金をつぎ込んできたか……私から見れば、現在の沖縄県民は日本政府を舐めていると思いますよ。いつまで『島人（しまんちゅ）』に『大和人（やまとんちゅ）』なんて言っているんですか？　中国人観光客が大量にくれば『日本人お断り』の看板を出すような県民が実在しているのですからね」

　工場長の過激な言葉に、望月も半ば呆れながら訊ねた。

「工場長のご出身はどちらなのですか？」

「東京です。祖父母は空襲で亡くなっています。大空襲で焼け野原になったにも拘わらず、東京では知事にあたる東京都長官と警視総監が連名で『空襲を恐れるな』と告諭したそうです。日本の政治家はあの時から、目の前の現実を直視せず狂ったままなのです」

「空襲は怖くない。逃げずに火を消せ」と言い続けた日本政府にも呆れるが、空襲の直後、西尾壽造・東京都長官に坂信弥・警視総監までもが、都民にむけた告諭で「罹災者の救護には万全を期している。都民は空襲を恐れることなく、ますます一致団結して奮って皇都庇護の大任を全うせよ」と言ったのだ。

　望月は二度頷いて答えた。

「戦争は狂気なのです。特に全体主義の中のそれは余計顕著になります。今の中国は、まさにその狂気に近いものがあると思います」

「望月さん、あなたはいい人ですね。先ほどおたずねのこの地域の拡大の関係なのですが、今、蘇州市の中日地方発展協力模範エリア担当責任者は日本の上海総領事だけでなく、日本のメガバンクの幹部とともに、日本企業に対して新たな優遇策を講じ、蘇州市周辺地域に分散していた工場を発展協力模範エリアに集約しようとしています。現にこれに協力する企業もあるのです」

「サプライチェーンを一括管理するつもりなのでしょうか……」

「模範エリア担当責任者が、向こう三年間総括会社を設置するようです。これは明らかに日本企業の中国戦略のミスですね。生産された工業製品が、中国の人民のための地産地消ならいいのですが、結果的にこれを買わされる羽目になってしまう。こんな日本人のためにならない中国進出を企業はどう判断するのか……弊社のようにこっそり撤退を考えているところもあるのが実情です」

「しかし、中国の購買力の魅力には勝てないのでしょうね」

「そうです。何と言っても人口が違います。六億人は極めて貧しくても、それが共産主義の常識だと思えばそれはそれで仕方がない。共産党員以外でも七億人がそれなりの生活ができればいいのですから」

工場長がため息交じりに言うと、望月は周囲をゆっくり眺めて呟くように答えた。

「ここにいると、地平線のかなたまで工業団地のような錯覚を覚えてしまいますね」

翌日、工場長が農事組合法人の幹部に引き合わせてくれた。

「ヤマテの会の蘇州支部長の工藤健太郎と申します。私たちの活動にご興味をお寄せ頂きありがたく思っております」

「ヤマテの会の活動は、皆さんが作った牛乳を加工したソフトクリームを名古屋駅近くにある貴会が運営している売店で食べた時から興味を持っていました」

「ありがとうございます。日本国内では植物だけでなく牛、豚、鶏、ニジマス等、様々な生き物を育てています。私たちの活動は一部ではカルトであるとか、極左集団の残党だとか言われているのはよく知っています。確かに集団生活を行っている農場もありますし、会の創始者が極左出身で逮捕歴があり、革命の闘士同士で獄中結婚したことも一時期は話題になっていましたからね」

「戦後の混乱や、その後の高度経済成長によって、日本という国家が大きく変容した結果、様々な思想が芽生え、その中から極左暴力集団が生まれた経緯は、私自身もほんの一時期でしたが経験しています。大学時代にもその残党は数多く残っていましたからね」

「そういう時代の最中にいた私も、やはり極左暴力集団と呼ばれた団体の一つに身を置いていたことは事実ですが、決して暴力の道には入りませんでした。極左理論の矛盾というか、マルクス、レーニンが唱えた主義には大きな誤りがあることに気付いたのです」

「大きな誤り……それは共産党一党独裁のことですか？」

「よくご存じですね。国民の全員が共産党に入党できるわけではない……という現実を知ったからです。何のための共産主義なのか……生まれながら平等ではないという現実は、資本主義よりも酷いものだとわかったのです」

「共産党という政権が実践する共産主義で、全ての国民が平等というのは妄想に過ぎません。これは旧ソビエト社会主義共和国連邦だけでなく、その同胞であった、全ての東欧諸国や現在の北朝鮮にも共通したものですからね」

「そうですよね。しかし、その常識が私たちにはわからなかったのです。マルクス、レーニン主義という学問的な思想を何の疑いもなく取り入れてきた結果ですね。この影響によって、私は今でも公安警察からマークされているそうで、子どもが警察官を希望しても、私の存在が邪魔をして彼の希望を叶えることができませんでした」

「なるほど……過去の払拭というのは難しいものなのでしょうね」

「おまけに、今もまだ中国で農業指導や中国人のための農産物の生産をしているわけですから、息子の希望とは真逆なところにいるのかもしれません」

工藤支部長が自嘲気味に笑って言った。

「私はジャーナリストという身の上ですが、その前は外務省の職員として戦闘地域に派遣されたこともありました。そういう場所でも多くの日本人が命がけで農業支援をしている姿を見てきました。これは単なる人道主義というものではなくて、結果的に日本の様々な技術や物事に取り組む姿勢が、その地の人々の心に残るのだと思います」

「そのような評価を受けたのは初めてです。私たちは中国の人々の食を安定させることが、ひいては世界の食文化を支えることにもなると思っています」

「確かに中国の食品の輸出というのは全体の数パーセント位のもので、そのほとんどが加工品なのです。中国には一部の有機農産物を除いて穀物を輸出するだけの余力はないのが実情なのでしょう」

「それは国民を養うためには仕方がないことだと思います。それに少しでも協力しようとした創業者の思い入れは強いものでした」

「それは革命家としての感覚もあったのでしょうね」

「いえ、創業者は満期で出所した後、夫婦でそれまでの活動を自己批判して、農業に打ち込むようになったのです。自己批判という言葉自体が革命家のようですが……それでも、一時期は成田の活動家が入り込んでいた時期もありましたが、創業者のあまりの変貌をさんざん罵って出て行きましたよ」

「そういう過去があったのですか……ところで、ヤマテの会は今、どのような農業に取り組んでいるのですか？」

望月が本筋に切り込んだ。

「最初は日本で行っているような、有機・減農薬の米作を実践しようと何年か試してみました。しかし、中国で大掛かりな有機農法は無理だったのです。それ以前に土壌改良をするのに十数年を要することが明らかになったのです」

「十数年……ですか……」

　さすがに望月もあんぐりと口を開いていた。

「二〇〇九年当時でも、中国の農村部にはごみ処理という意識が全くなかったのです。しかも当時の農村部の非識字者率は四十パーセント近かった。現在でも五パーセント近くの人が、自分の名前さえ漢字で書くことができません」

「そうらしいですね……」

「そういう人たちに、原始的で、非生産的な有機・減農薬の農業をいくら伝えても、全く相手にしてもらえなかったのです。しかも、単価が高くなるため、役所も買い取ってくれません。米の味なんて誰も意識していない時代でした。と言っても、いまでも本格的な中華料理屋のご飯は日本でさえ決して美味しくないでしょう？」

「言われてみればそうですね。いわゆる町中華の方が米は美味いです。すると、米作はやめたのですか？」

「はい。五年間、小規模……といっても、二ヘクタールはありましたが、土地改良を行いながらチャレンジしたものの、買い上げてもらえない悔しさを味わい続けました」

　工藤支部長の切々とした語り口に、望月は一度ゆっくりと頷いて訊ねた。

「汚染物質の種類には、どのようなものがあるのですか？」

「汚染には大別して有機化合物のケースと無機化合物のケースがあります。もちろん中国にも生活環境保全のため河川の水質に関する環境基準はあるのですが、これを実質的に管理、規制する機関がないのです」

「環境問題は先進国にやらせる……というのが中国のやり方と聞いたことがありますが、本当なのですか？」

「まあ、本当ですね。中国の一般的な製造業の企業には、環境保全という後ろ向きの事業に金をつぎ込む余裕がまだありません。ですから、中国に進出してくる海外の一流企業に環境対策をやらせることで、中国企業には前向きの事業だけをさせるようにしているのです」

「質問をもとに戻しますが、長江ではどのような汚染物質があるのですか？」

「カドミウム、全シアン、鉛、六価クロム、砒素、総水銀、アルキル水銀が多いですね」

「土壌汚染の物質に似ているのではないですか？」

「工場から流出しているものも多いのですが、長い年月を経て土壌に蓄積した汚染物質が雨や洪水で川に流出している方が多いような気がします。ただ、最近は硝酸塩や硫酸塩、ケイ素やナトリウム、硫黄酸化物なども増えてきています。この意味がわかりますか？」

「PM2・5に含まれる物質と同じですね」

「そのとおりです。大気汚染物質もまた、雨と一緒に川に流れ出ているのです」

望月は工藤支部長のため息交じりの言葉を聞いて、気の毒そうに訊ねた。

「方針転換後、どうされたのですか？」

「養豚です」

これを聞いて、望月は頷いて訊ねた。

「中国は、やはり牛ではなく豚ですか？」

「はい。今でも肉と言えば豚です。日本でもよく食べられる青椒肉絲（チンジャオロウスー）の肉は、豚でしょう？　牛を使うと、青椒牛肉絲（チンジャオニウロウスー）という別の料理になってしまいます」

「養豚業界の景気はどうなのですか？」

「中国の養豚大手の企業が、二万五千人に上る新卒者の採用計画を発表して話題になっています。初任給は月額で約一万人民元（約十五万円）といいます。事業拡大に向けて人員を増強し、将来の幹部候補を育成したい考えのようですが、どれだけの人材が集まるのかは不明です」

「月給一万人民元は、中国国内でもいいほうではないですか？　上海でも年収十三万人民元という若者も多いと聞いています。しかも、ポルシェなんかに乗っているのですからね」

「ああ、それはちょっと違いますね。中国の金持ちの九割は不動産バブルで生きている人たちです。かつての日本の土地バブルが中国都市部、特に北京、上海の都市部で起こっているのです。そして二都市の中でも現在は再開発が行われている都心部に限られており、多くの人が大金を手にするきっかけになったのが『動遷(ドンチエン)』で、これは、住民を立ち退かせることを意味します。この不動産価格の高騰は、行政にとっても重要な収益源になっているのです」

「立ち退き料を得て土地成金になっている、ということですね……いわゆる土地バブル……ですか……確かに北京と上海の再開発はとどまるところを知らないような感じですね。日本のバブルでは反社会的勢力がぼろ儲けしたようですが、中国では地方政府が儲けている……ということですね」

「まさにそのとおりです。現在の中国経済が世界的に信用されていない理由は、共産主義社会における一極集中の土地神話がいつ崩壊するのか……という点に絞られていると言っても決して過言ではないと思われます」

「よくわかります。日本のバブル時代を私は経験していませんが、その後の平成時代という、戦争だけがなかった停滞の時代を生きてきましたから。その結果、東京一極集中というどうしようもない状況は打破されていません。その理由は明らかで、地方分権というものを、地方が望んでいないから仕方ないのです。中国のように中国共産党の幹部が地方のトップになって権力闘争を行っているのとは、全く構造が違います。東京、大阪は別として、北海道や福岡のような地方の有力自治体でさえ、国からの援助を求めざるを得ないのです」

「それは地方公共団体が営利団体ではないからでしょう。国と同じ、単年度会計をやっている限り、無駄な支出はなくなりません。地方自治体には支出の継続性・額の大きさに従って、次年度繰り越しなど若干の例外がもっと認められなければならないと思います」

「単年度主義は少しずつ改められているようですけどね。それにしても中国の地価高騰はいつまで続きそうですか？」

「私が知る限り、地価高騰が起こっているのは北京、上海、香港、深圳、広州、杭州、寧波くらいのものだと思います」

「やはり沿岸都市ばかりですね……蘇州は入らないのですか？」

「すぐ近くに上海がありますからね」

これを聞いて、望月は話題を戻した。

「蘇州の養豚場はどういうものなのですか？」

「かつては郊外の丘陵の自然の中で梅山豚を繁殖させていましたが、最近は中国政府が梅山豚を特定保護種として管理するようになったため、十数頭のメス豚を親にした、日本式の三元豚の生産がメインになってきました」

「生産……ですか？」

「中国の豚肉生産量と消費量は、それぞれ全世界の約半分を占めており、ともに第二位のEUの二倍を超えているのです」

「そんなに多いのですか？」

「はい。ただ、豚肉需要は季節変動するのです。一月は春節による需要が高く、二月以降は春節が終わった後の不需要期に入ります。また、九月ごろに最も価格が高くなるのは、中秋節や国慶節に大量の豚肉が消費されるためです。こういう状況を判断しながら養豚をしていくには、それなりの経験と、大掛かりな保冷施設が求められます。一般消費者のために、『農場から食卓まで』のサプライチェーンを構築することが必要なんです。これを行うには、相応の企業規模が求められますね」

「それで、大手が参入してくるわけですね？」

中国の不動産会社の養豚事業進出は大手四社がすでに実施している。また不動産のほか、インターネット企業も養豚業に参入しており、ポータルサイト大手は食肉や農産物を扱う新会社を設立し、昨年末までに三か所の養豚場を建設している。その他、流通最大手の阿里巴巴までもが「スマート養豚計画」を発表している。

「競争相手が増えるのはいいことだと思います。ただし、素人企業の中には、大資本を盾にしてM&Aを仕掛けてくるところや、サイバー攻撃を行ってくるところもあるのです」

「ノウハウを金やサイバーテロで取り上げよう……ということですね。舐めた連中だ」

「中国ではまだ生きた豚を盗むような事件は起きていませんが、もし、大手がこれを行えば、すぐにクローン豚を造って、そこから新たに大量飼育をはじめることになるかもしれません」

「いかにもありそうな話ですね……ところで、牛肉はどうなのですか？」

「牛肉は、富裕層専門に和牛が飼育されていますが、豚に比べると数は少ないです。ただ、利益は豚に比べて格段に大きいため、大手業者数社が一手に引き受けています」

「一手に引き受ける……牧場は多いのですか？」

「牛肉の牧場には、ここからやや離れたゴルフ場の跡地が使われているようです」

「ゴルフ場……ですか？」

「一時期、中国国内でもゴルフ場が盛んに造られました。しかし、キャディーの評判が悪いところは結構潰れましたね。そこに目を付けたのが大手畜産業者です。特に米中問題の影響でアメリカからの牛肉が入りにくくなったことや、オーストラリアとも最近は関係がよくないため、オーストラリア産の和牛の入手も困難になったからです」

「すると日本から買い付けているのですか？」

「牧畜の方法を学んでいる部分が多いようですね。『壱岐スタイル』という言葉が使われているそうです」

「壱岐とは、長崎県の壱岐島のことですか？」

「日本の優れた牛肉の母牛として壱岐牛が使われていることは、中国の業者の中では有名だそうです」

「生きた牛も運んでくるのですか？」

「そういう闇のルートもあるようですね。長江を遡ったところに専用の桟橋があるそうです」

「そこに日本人は関わっていないのですか？」

望月の問いに工藤支部長がやや口元を歪めるように言った。

「実は、中国に進出したヤマテの会は一枚岩ではなくなったのです」

「内部分裂……ですか？」

「先ほど申しましたように、土壌改良事業で想像以上の損失を出してしまい、農業支援どころか、何の生産もできないような状況に陥ってしまったのです。その時、中国共産党の強い要請を受けていた仲間たちが態度を変えたのです」

「結果を出せない焦りがあったのですか？」

「彼らは本気で革命を目指していた残党の一部だったのです。その仲間は中国共産党の中でも超富裕層の人たちと手を組み、利益を生む事業を目指し始めたのです」

「豚ではダメだった……ということですか？」

「より利益が高い和牛を狙ったのです」

そこまで言って、工藤支部長が唇を嚙んだ。これを見た望月が穏やかな口調で訊ねた。

「すると、和牛を狙った人たちはヤマテの会から去っていったのですか？」

「私たちの初期の目的は農業支援でした。それも有機農法が第一でしたから、何らかの方針転換は必要でしたが、私たちが牛の畜産に取り組むには、さらなる資本が必要だったのです。そこに入ってきたのが怪しげな人たちでした」

「いわゆるチャイニーズマフィアの連中ですね？」

「はい。香港を追われた恐ろしい人たちだという話を後から聞きました。当時から中国共産党が香港の社会主義化を進めることは、私たちでさえ常識として認識していました」

「そうだったのですか？　日本にいる私たちにとっては青天の霹靂でしたが……」

「それは共産主義の原点をご存じないからです。これから本当の香港の赤化が始まることでしょう。すでにその兆候は出始めています」

「赤化の兆候ですか……例えば？」

「今、中国各地の大学で進む『密告の奨励』です。『文化大革命時代に戻るのか』という文化人も多くいますが、習近平の独裁強化を感じる今日この頃です」

「そうでしたか……」

「ですから、私たちもかつての仲間の行動に何も言うことができません。体制側から『反国家的』という烙印を押されてしまえば何もできなくなりますからね」

「そういうことだったのですね。ヤマテの会が真っ当なことをやっていることだけは、正しく日本国内に伝えておきます」

「もう私たちは革命を起こそうなどと考えていませんし、中国にいて社会主義革命の恐ろしさや、その裏にある闇を肌で感じ、身に染みていますから」

「よくわかりました。チャイニーズマフィアと手を組んでいる人たちが、いつか日本の法で裁かれる時がきたら、現在のヤマテの会との関係はきちんと否定できる足場を作っておきますよ」

「ありがとうございます。正直者が損をしないようになってもらいたいものです」

工藤支部長がしみじみと言うと深々と頭を下げた。

望月は、中国が国家的に行っている様々な取り組みの中で、食ほど大事なものはないことを理解していた。「まず国民を食わせること」がなによりも優先されるべきことであるからだ。そしてそのために最も大事なのが土地改良であり、水の浄化、そして優秀な種を持ち込むこと、その全ての面で日本は先進国である。望月は、その存在の大きさに頭を巡らせていた。

「中国が農業分野で日本から学ぼうとしているものはありますか？」

「盗もう……はあっても、学ぼうけないかもしれませんね」

「どういうことですか？」

「今、中国から日本に出稼ぎに行く人の中で、いわゆる技能実習生は日本ではローエンドの仕事に携わることが多いんです」

「技能実習生でもローエンドの仕事しか与えられないのですか？」

　望月が首を傾げながら訊ねた。

「外国人技能実習制度は、発展途上国等の経済や産業の発展を担う人材に対して、わが国の技能、技術、知識を学んでもらい、帰国後、これらを活かして活躍できる、いわば『人づくり』に協力することを目的として始まりました。しかし、これを受け入れる側の日本企業等の中には、同制度の趣旨を理解しない者が多く、国内の人手不足を補う安価な労働力の確保策として同制度を悪用し、その結果、技能実習生が低賃金で酷使されるなど、労働関係法令の違反や人権侵害を生じさせていたのです」

「その話はよく聞きましたし、今なおそれに近い状況のところもあるようですね」

「平成二十九年十一月に『外国人の技能実習の適正な実施及び技能実習生の保護に関す

る法律』（技能実習法）が試行されたことで、改善は行われているようですけどね」

「日本側が大きな問題を抱えていた……ということですね？」

「はい。それでも十年前までは『紡績女工在日本打工三年賺一套房（日本へ行ったアパレル工場の女工が三年の仕事で家を買った）』というニュースがネットで流れたりしていました。大都市ごとに日本への実習生仲介企業が存在することが知られていたのです」

「本当に三年で家を買うことができたのですか？」

「それは事実です。三年の間に四百万円の金を貯めることは十分可能でしたから、それだけの金があれば中国国内の大都市以外では普通の家を建てることは可能だったと思います。しかも、中国人の場合、技能実習生は女性の方が多いんです。しかし、最近の出稼ぎは技能実習生ではなく、また留学生であっても『資格外活動許可』を取得している人が多いようですけどね」

「国内のそこら中にある中国マッサージや中国ヘルスで働く女性のことですね」

「最近日本に帰っていないのでよくわかりませんが、国内の噂を聞く限りではそうかと思います。しかし、私のところで働いている中国人の中には、技能実習生として日本で学び、耕種農業の野菜工場栽培と畜産農業の養豚は、中国の大企業に就職するためのスキルアップと考えている人もいますよ」

「やはり養豚ですか……肉牛はないのですね？」

「日本の技能実習生の求人に関して、農業関係分野では二職種六作業に限られているのです。二職種は耕種農業と畜産農業の二種ですが、畜産農業に関しては、養豚、養鶏、酪農の三作業に限られています」

「酪農か……確かに肉牛は飼えないな……そうするとセレブ相手の和牛飼育に関してヤマテさんとしてはノータッチなのですか？」

「決してノータッチというわけではありません。小規模ですが海に面していない牧場での日本式の放牧の仕方等を、うちのメンバーが指導しています」

「海に面していない……ですか……」

「日本の和牛牧場の多くは宮崎や壱岐など、海風によるミネラル豊富な牧草を与えています。しかし、蘇州の牧場には海風は入りません。そこで、ヤマテが日本国内でも実施している、極めて有機栽培に近い飼料の作り方や、放牧の仕方を指導しているのです。ただ、牧場が元々ゴルフ場だったこともあって、農薬が何層にもなって残留している土地なんです。そこでの集中的な土地改良の方法も併せて指導している……ということです」

「いわゆる、イロハのイから……なのですね」

「牛はデリケートなんですよ。中国の海岸線に牧草地のようなところはありませんからね。国内で海のミネラルを含んだ牧草を集めることもできないのが実情です」

「なるほど……ところで本当に失礼なことをお伺いしてしまいますが、ヤマテさんのところは、そういう和牛を飼育しているところからお金は受け取らないのですか？」

望月の申し訳なさそうな姿勢に、やや戸惑うように工藤支部長が答えた。

「いえ、それはビジネスとしてやっていますよ。先方も早く和牛の飼育方法をマスターして、業務を拡大したくて仕方ないのですから……しかも、大資本が投入されています。もらうところからはもらいますよ」

「それを聞いて安心しました。また、日本の技術だけが盗まれてしまうのではないかと心配したのです」

「確かに中国人は技術を盗むことになんの抵抗もないのは確かですが、相手が生き物であるだけに、育て方のノウハウだけは学ぶしかないのです。彼らが私たちから学ぶ時の姿勢には、『ビジネス、ビジネス……』という金儲けに特化したような勢いさえ感じますよ」

工藤支部長が笑いながら答えた。すると、望月がまた話題を変えた。

「工藤支部長もご存じだと思いますが、日本の畜産には反社会的勢力が入り込んで利権を漁（あさ）っているところが多々見受けられます。中国にはそれはないのですか？」

「牧場を安く買い叩いてくるのは、みな、マフィアですよ。中国の不動産業の背後には必ずマフィアが暗躍しています。ゴーストタウンや、壁が段ボール……というような物件を扱っているのは、全てマフィアが関わっているところと考えた方がいいのです」

「すると、中国の土地バブルの背景にはマフィアがいる……ということですか？」

「北京以外はそう考えた方がいいですね。北京だけは共産党がガチガチに利権を握っていますから」

「なるほど……」

望月は工藤支部長から、マフィアが関わっている中国の農業系企業の名前を聞き出していた。工藤支部長は何の疑いもなく、善意で丁寧に大企業からその下請けまで、チャイニーズマフィアと深いかかわりがある会社を教えてくれた。

「やはり、ヤマテさんもご苦労されていたのですね」

「そういう土地柄ですから仕方ありません。うちは自分たちの土地を持っている訳ではなく、人の土地で仕事をしているだけなので、まだましな方ですが、工場建設の場所を誘致してもらっている企業は、莫大な裏金対策が必要なはずですよ」

工藤支部長が苦笑しながら答えた。望月もまた初期の目的の一端を摑めたことで含み笑いを返した。

さらに望月は畜産業に関して豚だけでなく、牛についてもすでに新規参入を行っている大企業や、これから参入を目指している企業名を聞き取ってデータ化した。

望月が上海に戻るとホテルに公安担当者が待っていた。

「今日はどこに行かれたのですか？」

「今日は急遽、蘇州に行ってきました。東洋のヴェニスと言われるだけあって、歴史を感じることができました。短い時間でしたが高速鉄道にも乗ることができ、有意義な一日でした」

「望月さんは中東でもいい仕事をされていたそうですね。しかし、去年、急にお辞めになった……とか」

公安担当者は、中国の公安によく見られる、「何でも知っている……」という意識を誇示するかのような口の利き方をしていたが、望月はそれを全く意に介さないかのように訊ねた。

「総領事館の者が言っていましたか？」

「情報の入手元は言えません。元外交官のジャーナリストの目から見て、現在の中国はどう見えますか？」

「いつか西安（シーアン）にも行ってみたいと思っていますが、次第に古いものが都会から消えてしまっているような、やや寂しい気がします」

「確かに上海でも古きよきものがなくなっているのは事実ですね。しかし、その結果、市民は裕福になっているのです」

「劫迁（ドンチエン）（動遷）ですね」

「よくそんな業界用語をご存じですね」

「三十歳そこそこの若者がフェラーリやポルシェを乗り回しているのを、不思議に思って聞いてみたんですよ」

「みんな親のおかげなのです。親は一人っ子を甘やかしますからね。手に入れた富によって、市民の生活は僅か十数年で急激に豊かになりました。以前は物質的な欲求ばかりを追い求めていた彼らが、今は心の豊かさを求めるようになっています。嗜好も急速に成熟している……という人もいます」

「なるほど……日本に爆買いに来る中国の人たちをたくさん見てきましたが、中国の経済発展の中で、不動産が彼らに与えた影響は計り知れないのでしょうね」

「同じ上海市内に住んでいても、地区によって勝ち組とそうでない人たちに分かれます。これも運ですね」

「運ですか……大きな差ですね」

「しかし、それも早いか遅いかの差だと思います。上海はまだまだ拡大していますから」

「北京と上海ではもともとの広さが違いますよね。北京の面積は、日本の四国と同じくらいですが、上海は大分県と同じくらいです」

「日本の地理はよくわかりませんが、人口はあまり変わらないと言われています」

「上海と北京の関係はどうなのですか？」

望月の質問に、公安担当者が苦笑いを浮かべて答えた。

「まあ、いいライバル関係ですね。向こうは政治の中心、こちらは経済の中心です」

「日本でも東京と大阪の二大都市はライバル関係にありますが、お互いにけなすことがありますよ」

「日本でもそうですか？　北京はエリートが多い分、上海に比べるとあらゆるセンスが田舎っぽいんです」

「偉そうにしているのですね？」

「そうそう。金は稼いでも使い道がないのが北京ですね。ポルシェが最も似合わない街でしょう」

そう言って、公安担当者は大笑いした。彼は望月を全く疑っている様子はなかった。これも在上海日本国総領事館からの情報があったからに他ならなかった。しかも中華人民共和国への入国は正規のルートだったからだ。

望月は、もう一つ質問をした。

「ところで上海の治安はどうなのですか？」

「一時期、香港からマフィアが流れてきて抗争になったことがありましたが、現在は香港の連中は広州に移った……と聞いています」

「上海は拡大しているとはいえ、やはり狭いですからね。それに治安に関しても国家にとって重要な施設も多くありますから、マフィアも派手な動きができないのでしょう」

望月はゆっくりと二度頷き礼を言って公安担当者と別れた。

部屋に戻った望月はスマホで片野坂に電話を入れた。

「部付、だいたいのことはわかりました。帰国ルートですが、在上海日本国総領事館とこちらの公安当局はズブズブの関係のようなんです」

「今、香港経由は変に疑われてしまう可能性があります。国内線を使って北京経由で帰国して下さい。北京空港で日本大使館の一等書記官と接触して航空チケットを受け取り、グリーンを見せながらＶＩＰ扱いをしてもらって、レッドで搭乗手続を大使館員にしてもらって下さい」

「グリーンを見せてもいいのですか？」

「所持品検査はさせてもいいのですが、レッドには中国への入国記録は残っていても日本の出国記録が残っていないでしょう？　グリーンは入管も遡って渡航歴の出国記録を調べることはしませんから。安全に中国を出国することを第一に考えて下さい。プライベートのマイルを貯めるためにレッドを使いますが、身分はグリーン扱いをしてもらうよう、在中国日本大使館には指示を出しておきます」

「ところで、私のホテルの真裏が公安当局の庁舎で、そこから悪名高き中国政府が支援するサイバー犯罪者組織のハッカー集団『Winnti Group』への連絡が行われているようなのです」

「どうしてそれがわかったのですか？」

「昨年十一月、Winnti Groupが香港の二つの大学に対して攻撃を実行したことをESETが発見しました。この時行われたのはShadowPadバックドアの新種とWinntiマルウェアを悪用した新たな攻撃でした」

ESET（イーセット企業体有限責任会社）は、コンピュータおよびインターネット用のセキュリティー関連製品の開発・販売を行うスロバキアのソフトウェア企業である。

「悪質性が高いですね……その時、ESETはWinnti Groupの拠点を摑んでいたのですか？」

「それがたまたまなのです。私も台湾経由でこちらに来たのですが、Winnti Groupは台湾でも台湾経済の中核産業に深く入り込み、実質的に半導体産業全体を強奪しようとしている実態が浮かび上がってきていたのです」

「台湾では石油元売り大手の台湾中油が、システムを暗号化して解除のために金銭を要求するランサムウェアの被害に遭っていたようですが……その他にもやられていたのですね」

「はい。その情報を得て実はＦＢＩも動いているんです」

「そうなのですか？」

「その情報から、その発信源は上海にあることまでわかっていたので、調べていたのですが、これは上海市浦東新区高橋鎮大同路二〇八号の十二階建てビルに拠点を置く中国サイバー軍、中国人民解放軍総参謀部第三部第二局中国人民解放軍６１３９８部隊とは全く別動隊であることがわかりました。そこで、上海の公安当局に目を付けていたのです」

「なるほど……そこで何かやったのですね？」

　片野坂が笑いながら訊ねた。

「Winnti Groupのセキュリティーは厳しいと思いましたので、公安当局のサーバーにホテルのビジネスセンターから、白澤さんが使っていた十二パターンの拠点をつないだハッキングを行ってみたのです」

「そのことは白澤さんには伝えているのですよね？」

「もちろんです。そうでなければアクセスコードがわかりません。彼女に迷惑が掛かってはいけませんから。やってみたら、本当にたまたまWinnti Groupに辿り着いたのです」

「本当にたまたまなんですか？」

「まあ、その点は中東の仲間にも迷惑が掛かりますから公には致しませんが、ムスリムも現在の中国共産党の姿勢には怒りを覚えている者が多いのです」

「なるほど……望月さんにはそのルートもありましたね」

「それで、諸悪の根源というか、初期の目的の一つにある大元の一つ、Winnti Groupのサーバーの一つにマルウェアを付けてきました。今頃は、大騒ぎになっているかもしれません。ただし、FBIの捜査の邪魔にならないように気をつけました」

「望月さんもだんだんやることが厳しくなりましたね……」

「おかげで楽しい中国出張になりました」

望月が笑うと、片野坂が念を押すように言った。

「帰国するまでは、どうか気を引き締めておいて下さい」

翌朝、ホテルを出ると公安担当者がいつものように待ち構えていた。

「ご帰国ですか？」

「はい。北京の日本大使館に同期がいるようなので、ちょっとだけ挨拶をして帰りますよ」

「外交官経験者は、世界中にお仲間がいて心強いでしょう」

公安担当者はニヤリと笑って言った。

「中途退職者でもお互いに内情をよく知っていますからね。元上司はともかく、同期はありがたいものなのですよ」

「その気持ちはよくわかります。私もいつまでも上海に残っているわけではありませんからね」

「センスの良さを、北京に残っている同期に見せつけてやるといいですよ」

望月が笑顔で言うと、公安担当者もまんざらではない……という顔つきで言った。

「再見」

北京空港で望月を待っていてくれたのは、外務省の入省二年後輩の一等書記官だった。

「望月さんが警察に移っていたことを、先ほど初めて警察から来ている一等書記官から秘匿で聞いてびっくりしました」

「まあ、国際テロ情報収集ユニットでは大チョンボをしてしまったし、上司にも多大な迷惑をかけてしまったことは否めなかったからね。ところで中国、しかも北京は大変だろう？」

「外遊してくる国会議員が多すぎるんですよ。そのほとんどが物見遊山ですからね。そんな中で、中野泰膳（なかのたいぜん）先生だけは別格です」

「中野泰膳か……妖怪とも言われているけど、どう別格なんだ？」

「中国政府要人や中国共産党幹部との会議のセッティングも、ご自分でなさって来中されているんです。おまけに大使館の担当者には、お土産まで持ってきて下さいますしね」

「年に何度くらい来ているんだ？」

「季節に一度……という感じですね」

「彼は以前から宇宙戦争を公言していたんだが、中国ではどうなんだ？」

「確かに中野先生は四川省の涼山(りょうざん)イ族自治州西昌(せいしょう)市から北西に約六十キロメートル離れた峡谷の中にある西昌衛星発射センターや、海南省の海南島の北東海岸に位置する文昌市郊外にある文昌衛星発射場にも足を運んでいらっしゃいます」

「なるほど……本気なんだな……」

「はい。ただ、私が個人的に付き合っている国務院と中央軍事委員会の関係者から、中野先生は危険人物ではないか……との問い合わせがあったのです」

「危険人物？　中国にとって……ということか？」

「いえ、中国にとっては〝好人(ハオレエン)〟なのですが、日本国内で……ということです」

「なぜだ？」

「内密にお願いしたいのですが、中野先生は器が大きすぎるというか、清濁併せ呑む資質というか、元香港マフィアの幹部との付き合いもあるというのです。もちろん、今は、その香港マフィアそのものがなくなっているらしいのですが……」

望月は表情を変えることなく訊ねた。

「何のためにチャイニーズマフィアの幹部と会っているんだろう？」

「はっきりとは教えてくれなかったのですが、北朝鮮の核開発を抑えるために、マフィアを使って何かしているようだ……というのです。そんなことありえますか？」

「確かに中野泰膳ならば、金王朝とのパイプも持っているはずだが……」

望月は頭を巡らしたが、明確な答えは出なかった。

望月は日本の航空会社のビジネスクラスチケットを受け取ると、グリーンとレッドの両方のパスポートを示してVIP待遇でチェックインし、羽田空港に帰国時にはグリーンで帰国申請を行った。

この頃香川は、ドイツのケルンで白澤と情報交換をしていた。香川の服装はまるで初夏のスイスの草原をハイキングするような、ニッカーボッカースタイルで、バックパッカーが使う大きなリュックを背負っていた。

「香川さんも、案外ヨーロッパが似合うのですね」

「どこにでも馴染むのが公安マンだよ」

「でも、その18金の喜平(きへい)ネックレスとブレスレットが目立ちすぎます」

「これはどこでも金に交換することができる、海外旅行の必需品なんだよ」

「なるほど……改めて感心しました。私は留学こそしていましたが、本当の旅行というのはありしていなかったんです。ところで、トルコはどうだったのですか？　今日の合流場所の設定に関しても『裏から逃げることができる場所で、十分消毒して入れ』なんて言うからびっくりしたんです。消毒は新型コロナウイルス対策でちゃんとやっていると言ったら……」

「お前も公安講習を終えているんだろう？　公安で消毒と言えば、尾行をまいてくることに決まっているだろう。一瞬、呆れてものが言えなかったよ」

「いいえ、すぐに『馬鹿野郎』って言っていましたよ」

白澤が情けなさそうな顔をしながらも、一応は抗議してきた。それを見て香川が言った。

「トルコで数人倒してきたからな」

「えっ。倒した……って……」

「殺しちゃいないが、アキレス腱を切ってやった」

「えっ……」

「アキレス腱はナイフなんかなくても簡単に切れるんだ。これでな」

そう言うと香川は、リュックの中からスリングショットと綿棒が入っているプラスチックケースのような円筒形の容器を取り出した。

スリングショットとは、俗に言うパチンコの本格的なもので、腕と手首を固定するリストロックやゴムの跳ね返りを防ぐリストカバーが付いている。

「これって、中国で使ったものですか？」

「あれよりもやや短い距離で使うやつだ。それでも二十メートルくらいの距離なら直径五センチメートルには確実に入るな」

香川が中国の寧波で、チャイニーズマフィアの拠点のアンテナを破壊するために使用したスリングショットは、七十メートルの射程があるものだった。

「そんなに精度が高いものなのですか？」

「弾はこれだよ」

そういうと、円筒形のプラスチック容器から金色と銀色の金属球を取り出した。

「これって……」

「そう。パチンコ玉だよ。パチンコでパチンコ玉を撃つなんて、洒落てるだろう？」

「いつもそんな容器を持ち歩いているんですか？」

「現場では、このスリングショット弾の収納ポーチに分けて入れているんだよ」

香川は胸ポケットから、本革製の小銭入れのような入れ物を取り出して言った。

「これでアキレス腱を狙うのですか？」

「トルコに着いて一週間が過ぎた頃から、妙な連中が複数で尾行してくるのがわかったんだ。だから尾行をまきながら、相手の背後に回ってアキレス腱切りをやってきたんだ」

「よく生き延びましたね」

「向こうも、殺されても仕方ないところを怪我だけで済んでいるんだ。『これ以上邪魔をするな』という警告と受け止めたんだろうな」

「香川さんは、普段、どこでそんな練習をしているのですか？」

「家の近所でカラスを撃っている」

「えっ。そんなことをしていいのですか？」

「スリングショットによる猟は、鳥獣保護法では規定されていないんだよ。狩猟免許を必要としない自由猟具を用いた猟に分類されているんだ。所轄の生活安全課なら誰でも知っていることだ」

「それにしても、カラスはどうなるのですか？」

「ちゃんと黄色いビニール袋に入れて捨てているよ。二、三羽倒すと、しばらくは近づいてこないな」

白澤は呆れた顔つきで香川を見ていた。

香川の今回の二大目的は、トルコとEUにおける独自情報収集だった。

「さて、余談はここまでだ。正直言ってトルコはまずいな……世界中を掻きまわすような動きだ」

白澤は我に返ったように答えた。

「ロシアとも火花を散らし始めたのでしょう？　アゼルバイジャンとアルメニアの因縁の争いが復活しそうですね」

「まちがいないな。貧しい国家同士で永いこと戦争をしているわけだが、そこに民族紛争があるのだから仕方ないんだろうな」

「両国とも国ができて三十年そこそこ、それまではソビエト社会主義共和国連邦が強権をもって抑えていたのが、その抑えが効かなくなったところに第一の原因があります」

「確かに第一の原因だよな。その次の原因は、アゼルバイジャンのバクー油田だ。かつて、中東の石油が見つかるまでは世界最大の油田だったんだが、今やゆっくりと死を迎えつつある、といわれているようだな」

「油井の九割からは、ほとんど水しか出て来ない状況のようです」

「そうなった最大の原因は、バクー油田でぼろ儲けしたソ連だ……ということだな。計画経済という知識がない連中が政治を動かしていたのは、ヨーロッパにおける共産主義の失敗を示しているんだ。その結果、バクー油田の最期を看取らなければならなかったのが、可哀想なことに、ソ連崩壊後のアゼルバイジャンというわけだ」

「政治のミスリードだったわけですか？」

「世界中の多くの水産業や、種の絶滅につながった動物捕獲をしてきた者たちと同じで、だろう」

乱獲の結果だな。日本でさえ、鰊(にしん)長者が乱獲をした結果、資源が枯渇した時期があった

「石油も乱獲という言葉を使っていいのかどうかはわかりませんが、限りある資源という認識がなかったのでしょうね」

「今、姉ちゃん自身が、油井の九割からはほとんど水しか出ていないと言ったが、現在のバクー油田は、その出てきた水を浄化した上で、再注入しているんだ。そうしないと油層の圧力が下がって、原油を汲み出せなくなるんだよ。これが最終ステージを迎えた油田の姿なんだ」

「そうだったのですか……マニアックなことまで、本当によくご存じですね」

「片野坂ほどではないけどな。それにしても、旧ソ連邦諸国はいつまで経っても紛争や国内問題を抱えているな」

「ウクライナ、ベラルーシもそうですからね」

「ベラルーシも酷いよな……ベラルーシはウクライナ同様、一九九〇年独立宣言を行っている。翌年の十二月、ベラルーシ最西部のベロヴェーシの森で、ロシアのボリス・エリツィン、ウクライナのレオニード・クラフチュク、ベラルーシのスタニスラフ・シュシケビッチの三者の間でソビエト連邦の解体を宣言したのだからな」

「よく固有名詞がそこまで出てきますね」

「そんなのは一般教養の範囲だな。ついでに言えば、ベラルーシの首都はミンスクというのだが、ソビエト海軍の航空母艦の名前はそれに由来し、ウラジオストクのソ連海軍太平洋艦隊に配属されていたんだ。こいつが対馬海峡を航行する姿がたびたび報道されたことから、当時の日本における『ソ連脅威論』の拠り所のひとつとなったんだよ」

「立派な一般教養に感心の一言です。ところでトルコはどうなってしまったのですか？」

「お前が話を逸らすからだろう？」

「姉ちゃんとお前はやめて下さい」

「そうだったな。新しい呼び方を忘れてしまったんだよな」

「白澤さん……とか」

白澤が笑って言うと、香川が声を出して笑いながら言った。

「白澤さん。ってか？　『サワ坊』なんてのはどうだ？」

「どうして『坊』なんですか？」

「坊というのは、親しみを意図した接尾語だろう？」

「あざけりも一緒ですけどね」

「それは俺の中にはないな。坊の能力は重々承知しているからな」

「もう少し考えましょうね。ところで、トルコはアゼルバイジャンを支持しているのですよね」

「そうだ。ロシアは自国主導の『集団安全保障条約機構（ＣＳＴＯ）』に加盟するアルメニアの防衛義務を負っているからな。もし、アゼルバイジャンによってアルメニア本国へ攻撃が行われた場合には、ロシアも対応を迫られるわけだ」

「実際に戦争になるのかどうかはわかりませんが、貧しい国家にとって今回の新型コロナウイルスの経済への影響は、ボディーブローのようにきいてくることは間違いありません」

「国民の目を外に逸らす必要か……しかし、トルコも、ロシア連邦で開発された同時多目標交戦能力を持つ超長距離地対空ミサイルシステムのＳ－４００『トリウームフ』を導入して、ＮＡＴＯと一線を引く構えだから、ロシアに敵対するとは考えにくい」

ＮＡＴＯは北大西洋条約機構（North Atlantic Treaty Organization）の略称で、アメリカとカナダおよびヨーロッパ諸国によって結成された軍事同盟である。現在三十か国が加盟しており、非加盟のスウェーデン、フィンランドや日本も協力関係にある。ベルギーの首都ブリュッセルに本部を置いている。

「エルドアン大統領はトルコをどうしたいのでしょうか？」

「エルドアンは、十年以上前、彼がトルコの首相を務めていた頃、ＥＵ加盟交渉の最前線にいた。当時それが行き詰まったことで、ＥＵ加盟国側から示された拒絶感が身に染みているのだろう。そして、奴が大統領になった今なお、ＥＵがトルコを受け入れるなどということは、長期的に現実的な問題になりそうにないと考えているのだろう」

「でも、欧州はトルコを必要としているし、トルコもまた欧州を必要としているはずです」

「そういう状況が十年以上も続き、その間にシリアではＩＳＩＬが登場して数百万人の難民が発生した。トルコはＮＡＴＯの一員として唯一、その最前線にずっと立たされてきた。そんな中で、今回の新型コロナウイルスの感染拡大に見舞われてしまった……というわけだ。しかも、その難民受け入れの窓口にさせられている」

「すると、トルコは過激な全方位外交を取り続けるしかない……ということですか？」

「そう。それも世界を攪乱するような形でな」

「攪乱……ですか？」

「昨年、トルコは国際連合人権理事会で新疆（しんきょう）ウイグル自治区の人権状況に懸念を示した唯一のイスラム教国だったが、同年に訪中したエルドアンは、『新疆の人々は中国で幸福に暮らしている』として、トルコは反中的な勢力に対する安全保障協力を強化すると述べ、態度を一変させてしまった」

「それは新疆ウイグル自治区のイスラム教徒というよりも、イスラム全体に対する裏切り行為と看做されるのではないですか？」

「背に腹は代えられない状況になっているのだろう。エルドアンが裏切った大きな要因として、中国の経済力への期待があることは確かだ。しかも、中国の一帯一路構想にはトルコも含まれている。そのため、インフラ整備などに関する中国のトルコ向け投資は一昨年一年だけで、日本円にして四千億円を超えている。トルコからみて中国は、ロシア、ドイツを凌ぐ第一位の貿易相手国になるほどの関係になってしまっているんだよ」

「中国はどこにでも顔を出すのですね」

「それだけ外交に力を入れている……ということだ」

香川の顔をまじまじと眺めながら、白澤が言った。

「香川さんの情報収集とその分析力は素晴らしいと思います。中国の狙いは一帯一路の実現に集約されている……と言っていいのでしょうね」

「独裁者の夢とはそういうものだ。ただ、そんな時はいかに有能な独裁者であっても、独善的になり、周りが見えなくなってしまうことは、歴史が物語っている。今や、中国もトルコも独裁者に身を委ねている状態だからな」

「独裁者同士の独善性……ですか……『自分が正しい』という考えに固執して、他の人の意見を聞き入れない二人の姿が目に浮かびます。自分の信念や行動が、他者よりも優れているという感覚なんでしょうね」

「そのさなかに起きた、今回の新型コロナウイルスの感染だ。習近平にとってはある程度想定内のことだっただろうが、エルドアンにとっては寝耳に水の事態だったに違いない」

香川が白澤に教え諭すような口調で言った。白澤は生徒が先生に質問するかのように訊ねた。

「どうして習近平にとっては想定内だったのですか？」

「新型コロナウイルスの発生原因は知っているだろう？」

「武漢市のラボから何らかの形で流出したのでしょう？」

「そう。確かに未完成品が流出してしまったんだ」

「未完成品だったのですよね。コウモリ由来の遺伝情報が残っているそうですが」

「コロナウイルスというのは四千年も前からいろいろな形で人間と付き合ってきたんだ。確かに当初のコロナウイルスはコウモリ由来だったようだが、それはあくまでもコロナウイルスの原型だ」

「原型……ですか？」

「そう。かつて中国が造ったＳＡＲＳのコロナウイルスもＲＮＡゲノム配列の解析をすると、そこにはコウモリ由来の遺伝情報が残っていたんだ」

「ＤＮＡ配列ではないのですか？」

「今回の新型コロナウイルスは遺伝情報の格納にＤＮＡではなく、一本鎖のＲＮＡをつからＲＮＡウイルスであることがわかったんだ。そこにもやはり、コウモリ由来の遺伝子情報は当然ながらあったわけだ」

ＤＮＡはデオキシリボ核酸（deoxyribonucleic acid）の略称で、デオキシリボース（五炭糖）とリン酸、塩基から構成される核酸の一種である。ヒトをはじめ地球上の多くの生物が持つ、遺伝情報の継承と発現を担う高分子生体物質であり、二重らせん構造が特徴である。

ＲＮＡはリボ核酸（ribonucleic acid）の略称で、通常一本鎖で連なる核酸である。ＤＮＡとＲＮＡはともに核酸であるが、両者の生体内での役割は明確に異なっている。ＤＮＡは主に核の中で情報の蓄積と保存を担い、ＲＮＡはその情報の一時的な処理を担う、とされている。二つの構造の違いが意味するのは、「ＲＮＡはＤＮＡに比べて不安定である」ということだ。

「そういうことだったのですか」

「新型コロナウイルスの、細胞が持つ遺伝子全体をさす『ゲノム』は、およそ三万塩基からなっているそうだ」

「三万もあるのですか？」

「通常、ヒトゲノムのＤＮＡ配列は三十億文字といわれていることを考えると、解析はしやすかったわけだな」

「どういう手順で解析するのですか？」

「膨大なゲノム情報を読み取る作業のことをシークエンス、読み取り装置をシークエンサーというんだが、最近のＡＩの急速な発展によって、ゲノム配列を迅速に解析したり、新型コロナウイルスのゲノム配列解析結果を網羅的に調べることが、可能になっているんだ」

「その解析の結果、今回の新型コロナウイルスは単なる自然由来のものではないとわかった……ということなのですか？」

「そういうことらしいな。その点でＳＡＲＳは完成品だったため、中国も対処が早かった……ということだ」

「それで、今回の新型コロナウイルスの感染では、中国政府が武漢市を都市封鎖、日本ではロックダウンと言っていましたが、そんな行動になったわけなんですね」

「相当焦ったんだろうし、うやむやにしたかったんだな。最初に新型コロナウイルスの存在を公表した医師を、自己批判させたくらいだからな」

「残念ながら、そのお医者さんも新型コロナウイルスに感染して亡くなってしまったのですよね」

「相変わらず中国ならではの対応だよ」

「でも、その中国はトルコに対してもヘルス・シルクロードを通じた支援を強化しています」

中国政府による「ヘルス・シルクロード」の支援の一部が、既にトルコにも届いている。ただし同時に、阿里巴巴やファーウェイといった民間企業の支援も進行していた。しかし、中国製検査キットの信頼性には疑問も投げかけられており、評価は二分している。

「イタリアのように、露骨に喜んで、中国に敬意さえ払っている国があるくらいだからな。そしてそれには必ず見返りが求められるんだよ」

現に三月末には、トルコ政府系ファンドのトルコ・ウェルスファンドと、中国の公的輸出信用機関（ＥＣＡ）である中国輸出信用保険公司とが、二国間の経済、貿易、投資関係を深めるためのＭｏＵ（共同覚書）を締結していた。これを受けて、中国輸出信用保険公司は、中国の投資家や金融機関に呼びかけてエネルギー、石油化学、鉱業関連のプロジェクトへの出資を募り、最大五十億ドル（約五千五百億円）の保険を提供するという、トルコの主要産業の乗っ取りを画策していたのだった。こうした中国の経済力は、エルドアンが中国になびいた大きな原因といえる。

「エルドアン大統領は、それで何を得ようとしていたのですか？」

「世界を相手に存在感を示すタイミングだな」

「タイミング……ですか？」

「そう。ＥＵ、ロシア、アメリカを敵に回しながらも、相手に完全には拒絶させない存在感を見せたかったんだな」

「どうしてそう言い切れるんですか？」

「そのために、トルコに二週間も入って調べていたんだよ」

香川が真顔で答えた。白澤は香川の顔をジッと見つめていた。

「ところで、サワ坊の方はどうなっとるんだ」

「中国の政財界関係者が盛んにスイスに来ています」

「ローザンヌか？」

「そこでは目立ちすぎます。ジュネーブ、ツェルマットで会っていますね」

「さすがに首都のベルンやチューリッヒでは目立つからな。ＩＯＣ会長のバッハの動きはどうなんだ？　奴は弁護士ながら、一時期シーメンスの取締役を兼ねていたはずだからな」

「本当に何から何までご存じなんですね。そのシーメンスは二〇一八年、一帯一路国際サミットを北京で開催しています。このサミットには三十以上の国・地域から、千人を超す政府、企業、投資家、金融機関、シンクタンクの幹部が参加しています。サミットの場で、シーメンスは中国企業と十件以上のＥＰＣ（設計・調達・建設）プロジェクト合意に至ったことを発表しています」

「まあ、そんなところだろうな。シーメンスの創業者であるエルンスト・ヴェルナー・フォン・ジーメンスは『ドイツにおける電気工学の父』とも言われた人物なんだが、シーメンスは今回の新型コロナウイルスに関しても、抗体検査キットを研究用試薬として受注開始しているし、新型コロナウイルスに対する取り組みと最新CT技術の紹介もしている。中国さまさまのような企業になってしまっているような気がするな。金の動きはどうなっているんだ」

「窓口はドイツ銀行と、ルガノにあるいわゆるスイス銀行が使われています。それとケイマン諸島のオフショア・バンキングに回されているようです」

「相変わらずタックス・ヘイヴンを使っているのか……。ルガノか……俺の好きな街なんだよな……モンテブレの山頂から見るルガノ湖と、その畔に佇むルガノの街が実に美しいんだよな……それと、ドイツ銀行か……ドイツ最大の民間銀行として知られるドイツ銀行だが、長らく経営不振や破綻の危機などのニュースが取り上げられていて、世界中への影響を危惧する声も少なくないんだよな。俺も二〇二三年までドイツ銀行に投資しているんだ。そんなことよりも、口座の持ち主はどうなっているんだ？」

「ドイツ銀行の口座は、第三者だと思われます」

「さすがに本人名義の口座には入れないよな。それにしても、中国は……というよりも習近平は、何としても冬季オリンピックの開催を狙っているんだな……ＥＵ諸国は来年の東京オリンピックの開催に関しては、どういう感覚なんだ？」

「どこの国も新型コロナウイルスが終息しない現状で、それどころではないのが実情ですね。アメリカのプロスポーツだって無観客試合を続けているのですから……」

「そうだよな……それなのにＩＯＣは舞い上がったかのような反応だからな。奴らの本音は、アメリカの放映権を持つＮＢＣから巨額放映権料の一部が入らなくなることへの危機感だけなんだ。もし、中止にでもなれば、ＩＯＣはＮＢＣから受け取ることになっている、約十億ドルが受け取れなくなるからな」

「私も最近になってようやくＩＯＣの内情がわかるようになってきました。そして、東京オリンピックが中止になると、その半年後に開催が決まっている北京冬季オリンピックの開催まで危ぶまれてきますからね。そこにＩＯＣと中国の共通する利害関係があるということですよね」

「やっとわかってくれたか……」

　香川がようやく笑って言うと、白澤が訊ねた。

「ところで、この後香川さんはどこに行かれるのですか？」

「スイスで銃を入手してくる」

「銃って拳銃ですか？」

「他に何があるんだよ」

「スイスではそんなに簡単に銃を入手できるのですか？」

「けっして簡単ではないんだが、ＥＵの新銃規制に適応した改正法導入後も、兵役に服していれば半自動銃の持ち帰りが認められるんだ。民間人は特別な許可が必要だけどな」

「半自動銃……もですか？」

「そう。陸軍の射撃訓練で使われるアサルトライフルも含まれるからな。街中で背中にアサルトライフルを背負っている若者をよく見かけるぜ」

「スイスに知り合いでもいらっしゃるのですか？」

「だから行くんだよ。もちろん、日本に帰る時には返すけどな」

「まさか、ナイフなんかは持っていないですよね？」

「これか？」

香川はバッグからサバイバルキット付アウトドアナイフを取り出した。

「まるで、ランボーみたい」

「まあな。俺も若いころは今のＳＡＴの前身、六機七中にいたからな」

「六機七中？　なんですか？」

「警視庁警備部第六機動隊第七中隊特殊班のことだ。ＳＡＴ（Special Assault Team）は特殊急襲部隊の略称で、その前身が警視庁特科中隊と呼ばれた、特殊部隊だったんだ」

「それで、何でもできるのですね？」

「ああ。近所ではキャンプの神様と呼ばれている」

白澤が呆れた顔で香川を見て訊ねた。

「これからもっと危険なことをするつもりなのですか？」

「ドイツには危ない連中も多いようだからな。念には念を入れよ……だ。ここに来る前に望月にもＳＯＳを出しておいた」

「えっ、望月さんまで巻き込んでしまうのですか？」

「サワ坊、最初は俺たちが望月に巻き込まれたの。彼は即戦力だからな」

「テロリストと間違われたら大変ですよ」

「だからグリーンパスポートを携行しているんだよ。あいつだって、今回、中国には密入国しているはずだからな」

「だんだん怖い組織になってきたような気がします」

「ハッカーさんが何を言っている。サワ坊だって、いつ敵にアジトを襲われるかわからないんだぜ？」

「だから転々としているんです」

「ほう。可愛い顔して、きわどいことを言うようになったものだな」

香川が笑って言った。そして、何かを思い出したように付け加えた。

「そういえば、北朝鮮の裏金を扱っているスイス銀行を特定しておいてくれ。金正恩とその妹の与正が留学していた学校の近くにあるはずなんだ」

「個人銀行の何を調べればいいのですか？」

「マカオ、ケイマン諸島とトルコからの出入金記録だ。全ての口座番号を知りたい。時間が余ったら、全口座の金の出入りも調べておいてくれ。もっとついでに、ＩＯＣ調整委員長のジョン・コーツ副会長がオーストラリアで行った弁護士としての弁護記録と顧問先を確認しておいてくれ」

三日後、香川はスイス・チューリッヒ空港で望月と合流した。

「狙われた場合はどうしますか」

「俺は囮(おとり)になるから、お前さんに調査をしてもらいたいんだ」

「囮……ですか？　後ろから私がやりましょうか？」

「ここは中東じゃないんだ。周りは人だらけ、こういうところは個人プレーの方がやりやすい。ターゲットの近くでサインを出すから、そこからはお前さんが本来業務をやってくれ。ドイツ語もできるんだろう？」

「まあそれなりには……」

「それから銃だが、Ｈ＆Ｋ　ＳＦＰ９は使えるか？」

「もちろんです」

「フィールドストリップしている。自分で組み立ててくれ。弾は9×19㎜パラベラム弾と、このホローポイントを二十発ずつ用意している」

望月は、香川の言葉に冷静に答えた。

「了解」

フィールドストリップとは、銃器を掃除・メンテナンス・修理などのために分解することである。

「今日明日と一日中、ルガノ市内を動くから、俺の後についてきている奴を確認したら画像を送ってもらいたいんだ。奴らの癖も知っておきたい。ホテルはこのメモのとおりだ」

「了解。業務終了後は、どこで落ち合いますか？」

「そうだな。ウィーンなんてどうだ？」

「この時期は白ワインも美味いですよ。シュテファン大聖堂の近くに美味い料理を出す店を知っています」

「夜はラートハウスケラーか？」

「よくご存じで。市庁舎の地下に音楽を聴きながら食事をたのしめる飲み屋があるなんて、ウィーンならではの発想です」

二人はやや距離を置いて、チューリッヒ中央駅に向かった。チューリッヒ中央駅はスイス最大の鉄道駅である。国内の列車と隣接のドイツ、イタリア、フランス、オーストリアとの間で発着する国際列車のターミナルとなっている。

チューリッヒからイタリア・ミラノ行のユーロシティの一等車で、二人はルガノに向かった。

第十一章　ルガノ潜入

片野坂は次々に報告される案件をビッグデータで検証しながら、その裏付け作業を一人で行っていた。

「ハイ、ジャック。大統領選挙の見通しはどうだい」

「ハイ、アキラ。開票結果が出ても、バイデンが就任するまでは何とも言えない状況だと思うな」

片野坂が電話を架けた相手はアメリカ連邦捜査局（ＦＢＩ：Federal Bureau of Investigation）時代の仲間で、現在はＦＢＩの公安警察に当たる、国家保安部（ＮＳＢ：National Security Branch）の特別捜査官、ジャック・アトキンソンだった。

「やはり、選挙でトランプが勝つのは難しいのか……」

「共和党内にも敵が多いのが実情だ。まあ、あれだけ身内を切ってきたからな。中でもマッドドッグことジェームズ・マティスを解任した頃から、その傾向は強くなったんだ」

ジェームズ・マティスはアメリカ合衆国議会上院により、九十八対一でアメリカ合衆国国防長官就任を承認された。国家安全保障法では軍人がアメリカ合衆国国防長官に就任するには、現役を退いてから七年が経過していることを要すると定められている。しかし、マティスが退役してから就任までは四年足らずだった。

「バイデンの健康状態のこともあるのか？」

「それもあるが、何が起こるかわからないからな」

「テカムセの呪いで、暗殺の可能性でもあるというのか？」

「さすがにイェール出身のエリート。なんでもよく知っているな」

テカムセの呪いとは、西暦で二十の倍数の年に選出されたアメリカ合衆国大統領への一連の災難の原因とされる呪いのことである。リンカーン、ケネディをはじめ四人が暗殺され、レーガンも暗殺未遂に遭っている。

「仮にバイデンが無事に大統領に就任したとしても、早い時期に、初めての白人ではない女性大統領が誕生するかもしれないな」

「そんなに悪いのか？」

「情報というよりも、私自身が見ても、『スリーピー・ジョー』と呼ばれているように失言も多いんだが、認知症の症状があるのではないかと思うことさえあるんだ」

「認知症？　年齢的なものだけではない……ということか？」

「周囲は伏せているんだが、時々、おやっ？　と思うような発言をしているんだ」

「ジャックも直接聞いたんだな？」

「ああ。しばらく近くにいたからな。それよりも、用件は大統領選挙のことだけじゃないんだろう？」

「まあな。オリンピック関連で、ＮＢＣの動きを知りたいんだ」

「なるほど……ＮＢＣは、東京オリンピック向け広告枠の販売が十二億五千万ドルを突破したと明らかにしている。これはオリンピック広告枠に関して、同社にとって過去最高額だ。ただし、同社は大会中止のシナリオを想定して、巨額の費用に対する保険に入っているとも明かし、『大会が実施されなくても損失は被らないが、利益は目減りする』と話している」

　ＮＢＣとは米放送大手ＮＢＣユニバーサル（ＮＢＣＵ）のことで、親会社であるケーブルテレビ最大手コムキャストが、オリンピックの放映権を二〇三二年まで獲得している。これは二〇二〇年まで獲得していた放映権をさらに十二年延長したもので、その延長分も含めた計十大会の米国向け放映権に、百二十億三千万ドル（約一兆三千四百億円）を支払う契約となっている。このためＩＯＣは、競技日程の編成ではＮＢＣの意向を無視できない。

「中止ではなく、延期となった今回は、保険はどういう扱いになるんだ？」

「そこまではわからないが、アメリカがモスクワ大会をボイコットしたことで、NBCは三千万ドル以上の広告収入を失ったそうだ。しかしNBCは、モスクワ大会のときにも保険に加入していて、八千七百万ドルの放映権料のうち約九十パーセントを取り戻した、と伝えられている。延期によって広告収入では損をするが、保険もあり、大損はしないということだ」

「そういう経験をうまく生かすのがNBCだろうな。そうなると、それよりもIOCの損失の方が大きいということか？」

「そういうことだな。IOCが保険に入っているという話は聞いたことがないからな。IOCは収入の九割を世界各国のオリンピック委員会や各種競技団体を通じて選手活動の支援に使っていると主張している。表面上はな。ところがその内情は各競技をA〜Eの五段階に分類し、資金配分に差をつけているんだ。リオデジャネイロ大会の最高のAランクには人気競技の水泳や陸上、体操が入り、最低ランクEは近代五種、ゴルフ、ラグビーになっていた」

「そうなのか……金額はだいたいどれくらいなんだ？」

「リオの時の金額はわからないが、ロンドン大会の時は最高ランクAは陸上だけで、金額は約四千七百万ドル、この時の最低ランクはDで、柔道や卓球、バドミントンなど十四種目が各約千四百万ドルだったそうだ」

「やはりアメリカ優先なんだな……それにしても相当な差があるものだな。テレビや新聞などへのメディア露出度をマーケティングして、これを基準としているんだろうな」

「所詮は放映権料の引き上げが目当てだからな。その前提条件となる視聴率を十分意識している、ということだ」

「すると、規模を縮小したオリンピックになった場合には、視聴率が下がるな……」

「スポンサーもオリンピック全体に金を支払っているわけじゃなく、競技を選んで投資をしているからな。柔道やレスリングといった、日本人が好きな競技は日本の企業が受け持っているんだろうが、ＩＯＣからの見返りは少ない……ということだ」

「スポンサーにはチャイナマネーは入りにくい状況なのか？」

「ＮＢＣもトランプまでとはいかないが、中国企業をスポンサーとして扱うのは難しいだろう。第一、スポンサーに付きそうな規模の中国企業は、ほとんどがアメリカと取引を中断をさせられているからな。もし、中国がオリンピックに対して金を使うとすれば、ＩＯＣ幹部へのばら撒きくらいしかないだろう。半年後の冬季オリンピックは、何としてもやりたいだろうからな」

「そうなんだ。平昌オリンピックのメイン競技が現地時間午前十時開始になったのは、米国東部のゴールデンタイムである午後八時に合わせたからだが、収支が五千五百万ドル（約六十二億千五百万円）の黒字だったことを考えると、さらなる上を目指してやるつもりだろうからな。そんな中国国内事情の一方で、対米的な情報は何か入っていないか？」

「アメリカとは実質的には戦争状態といっていいんだが、しいて言えばトルコとの関係を気にしている」

「北朝鮮の核との関係か？」

押小路からの情報を片野坂が問うと、アトキンソンが一瞬間を置いて、驚いた声で訊ねた。

「これはまだ国家機密だ。どうして、日本警察の君が知っているんだ？」

「日本警察だって、情報収集活動は行っているさ」

「しかし、日本国内でこの情報を得られるなんて考えられない。アメリカでもＣＩＡさえ知らないはずの情報なんだ」

「ＣＩＡも知らない情報だったか……うちの情報担当は優秀だな」

「アキラ、日本警察の中に諜報部門がある……という噂は本当のことだったのか？」

「諜報部門？　日本警察の中にそれはないだろう。その点で、多角的情報収集分析専門の内調は情報機関ではあるが、諜報活動は行っていないし、そういう教育機関も持っていないからな」

「ナイチョー？　ああ、内閣情報調査室のことか。あそこはうちの外部組織がカウンターパートとして情報交換を行っているが、海外情報に関してはほぼゼロに近いようだからな。NSBとしても、日本の情報機関は警察庁警備局と理解しているんだ」

「ところで、日本警察内の諜報部門の噂はどのあたりで囁かれているんだ？」

「君もイェールの同期生で、よく知っている、モサドの上席分析官、ジョー・ケデルが言っていたらしい」

「ジョーか……それはもしかしたら僕が所属しているチームのことを勘違いしているのかもしれないな。うちのチームと言っても、メンバーは僕を入れてたった四人だぜ」

「四人？　アキラはそんなちっぽけなチームに追いやられているのか？」

アトキンソンが啞然とした声を出していた。

「追いやられていると言えば、確かにそうかもしれないんだが、自由に好きなことができるところは気に入っているんだ」

「金は出るのか？」

「金は不自由しないな。とは言え、四人で使う金なんてたかが知れているからな」

「それで、海外には派遣しているのか？」

「常駐しているのは一人だけだ。それもパソコン情報だけだな」

片野坂はあえてハッキングのことは口にしなかった。

「パソコン情報ならば別に海外に行かなくても、日本ならあらゆる情報をネットで確認できるだろう？」

「情報収集はできても、その検証をしようとすれば海外にいた方が早いからな」

「なるほど、情報分析の基本を忠実に守っている……ということか……」

「日本の公安警察でもこれは基本だ」

「昔の日本警察の諜報活動は素晴らしかったのだが、これを恐れた当時のＧＨＱが完全に解体した経緯があるからな」

ＧＨＱとは、正しくは連合国軍最高司令官総司令部（General Headquarters, the Supreme Commander for the Allied Powers）のことで、第二次世界大戦終結に伴うポツダム宣言を執行するために日本で占領政策を実施した連合国軍機関である。しかし日本では総司令部（General Headquarters）の頭字語であるＧＨＱや進駐軍という通称が用いられ、一九四五年から七年間、事実上の「占領支配」が行われていた。

「しかし、警視庁公安部にはその当時の志が残され、戦時中の大日本帝国の諜報機関の一つである陸軍中野学校の教育手法のいい面だけは根付いているんだ」

「陸軍中野学校か……ＣＩＡでもヒューミントの代表的情報機関として教えられているようだ」

ヒューミント（ＨＵＭＩＮＴ：Human Intelligence）とは人間を媒介とした情報収集のことで、身分を偽るなど違法な手段で不法に入国して活動するイリーガルも含まれている。いわゆる「協力者」の獲得・運用もこれに含まれている。

「そのヒューミントを一番先に忘れてしまったのもＣＩＡだけどな」

「そこにＣＩＡとＮＳＢの確執が生まれているのも事実だな。それよりも、トルコと北朝鮮の問題だが、君の部下が情報を入手したのか？」

「そうだ」

「北朝鮮で……か？　それとも中国で……なのか？」

「トルコだ」

「トルコまで派遣したのか？」

「派遣ではなく、自分の意思で行ったんだ。もちろん、その出張計画を許可したのは僕だけどな」

「出張？　そんな制度なのか？」

「もちろん。地方公務員だからな」

「地方公務員？　君は警察庁だろう？」

「今は警視庁に出向している」

「なるほど……現場に出た……ということか……しかも『ＭＰＤ：Metropolitan Police

Department』か……」

　ＭＰＤは、警視庁の英訳である。

「僕は元々現場で仕事をするタイプだからね」

「しかし、部下三人で何ができる……と言いたかったんだが、画期的な情報も入手しているとなると、これはアキラマジックなのか？」

「適材適所という言葉があるだろう。本当は今の倍くらいの人材を揃えたいところなんだが、なかなかいないものだ」

「ＭＰＤは、世界有数の規模の警察組織だろう？　それでもあと四人がいないのか？」

「優秀な人材はたくさんいる。しかし、情報収集ができるかどうか……というと、その資質を併せ持つものは極めて少ないんだ」

「情報は人だからな」

「イグザクトリーだ」

「一つだけヒントをくれないか。北朝鮮の情報はどうやって入手したんだ？」

　アトキンソンが申し訳なさそうに訊ねた。本来、情報組織に属する者ならば聞いてはならないことだったからだ。

「日本には在日朝鮮人といって、様々な事情から日本に永住もしくは中長期滞在している朝鮮人が二万八千人以上いるんだ」

「そんなにいるのか……」

「北朝鮮のトップ金正恩の母親は、実は在日朝鮮人で、若いころに北朝鮮に帰り、正恩の父親である金正日の愛人となって生まれたのが正恩や妹の与正というわけだ」

「なるほど……」

「その金正恩の母親と幼馴染だった人が健在で、未だに北朝鮮の出先機関である朝鮮総聯とつながりがあるんだ」

「その人からの情報なのか……」

「そんなところだ。どういうわけか、その人は正恩の側近から情報を得ているふしがある。情報では、正恩は心の病に罹患(りかん)している……ということなんだ」

「なんだって。それはトップシークレットじゃないのか」

「君だから伝えるんだ。今の北朝鮮は金正恩の独裁政治ではなくなって、三頭政治に近い形になっているようなんだ」

「知らなかった……残りの二人はわかるのか？」

「妹の与正と、彼女の義父に当たる最高人民会議常任委員会委員長の崔龍海(チエリヨンヘ)と言われている」

「金正恩の重病説はどこから出た話なんだ？」

「心の病ほど重病はないだろう。もちろんあの体型で好き勝手な食生活を送っていれば、レバーを始めとした内臓に障害が出てきてもおかしくはないけどな」

「そういうことか……よくわかった。私も念頭に置いておくよ」


電話を切ると、片野坂はすぐに京都に向かった。

押小路は、先斗町の前回と同じ店を指定していた。

「相変わらず、時間にも正確ですな」

「これが基本ですから」

「新型コロナウイルスはなかなか終息の兆しが見えてきまへんなあ。今日はなんや、慌ただしい連絡やったが、なんぞありましたか？」

押小路は鷹揚に訊ねた。

「新型コロナウイルスは年明けまで続くでしょうね。普通の生活をしていれば、そうそう罹るものではないと思うのですが、どこの国も我慢できない若者がいて困ります」

「そうやな……特に東京はあきまへんなあ。政治がぬるいんとちゃいますか？」

「法律を変えない限り、どうしようもないでしょう」

「それでもオリンピックをしようという元政治家もおりますけど、本当に大丈夫なんやろか？」

「商業主義の権化が主催者ですからね。ここで一発博打を打って、金を稼いでおかなければ、その次がありません」

「北京のことやな」

さすがに押小路は先を読んでいると、片野坂は即座に感じ取った。

「習近平の悲願ですからね。二〇〇八年の北京オリンピックは習近平の宿敵・共産主義青年団出身の胡錦濤が仕切っていますからね」

「なるほどな。儂はあんまり興味がないからええんやけど、頭のそんなにようない外国人にオリンピック大会ついでに、京都観光されるんが嫌なんや」

「スポーツ選手でもオリンピックに参加ずるクラスになると、それなりに頭脳も明晰だと思いますけど……」

「そやろか。オリンピックの選手村でコンドームが初めて配布されたんは、一九八八年のソウル五輪でのことやそうな。二〇一六年のリオデジャネイロ五輪では四十五万個が配布され、これは新記録やと、世界のマスコミが取り上げてた。ほんまに頭脳明晰なんかいな」

数字を出して話をした押小路が、呆れた顔つきで片野坂を見ていた。

「まあ、確かにタイム誌でさえ『七〇から七五パーセントのオリンピック選手たちは、五輪開催中にセックスしている』という記事を掲載して、期間中の熱狂を伝えていましたが……」

「そうやろ？　『リオ五輪、コンドーム配布数は史上最多　一選手当たり四十二個』いう記事を、儂は覚えてる。盛りが付いた猿でもそこまではせんやろう」

そう言って、押小路にしては珍しく声を出して笑った。これを見て片野坂が言った。

「オリンピックはそれとして、北朝鮮の核のことを伺いたい……と言っても漠然とし過ぎていますから、核を商売の対象とした時、そのブローカー的立場になるのは、中国のマフィアなのですか？」

押小路がジロリと片野坂を睨んだ。片野坂は表情を変えない。すると押小路が憮然とした顔つきになって言った。

「トルコと北朝鮮の武器商売は、もう何年も前からやってることや。二年ほど前になるかな、国連安全保障理事会の決議に違反して北朝鮮との武器取引などに関与したいうて、トルコ企業とその関係者三人が米独自の制裁対象に指定されたことがあったやろう」

「ムニューシン財務長官が『北朝鮮の非核化まで制裁を続ける』と改めて強調し、トランプはポンペオ国務長官の訪朝を前に、圧力を維持する姿勢を改めて示した時ですね」

「そう、その時や。北朝鮮との武器取引いうけど、北朝鮮に武器を送ってもしゃあない。となると、取引いうんは北朝鮮から武器を購入することになると思わへんか？　そしてそこでわざわざ『北朝鮮の非核化まで……』と強調したんは、北朝鮮の核輸出を察知してたから……と考えるんが普通やないんかな」

片野坂は目を見開いた。そこまで考えが及ばなかったからだ。

「すると、トルコの新たな企業が核輸出の窓口になっているということですか？」

「北朝鮮も直接のルートがなかったんやろう。そうなったら頼れるんは、片野坂君、君のいうとおり、チャイニーズマフィアしかおらんのやろうな」

「やはりそうでしたか。なんとなく全貌が見えてきたような気がします」

「全貌が見えたところで、さて、この国に何ができるやろう」

「中国の野望をほんの少しでも打ち砕いてやりますよ」

「オリンピックのことかいな？」

「いえ、オリンピックは奴らが自分で作った新型コロナウイルスとともに消えることになるやもしれません」

「そうか、そうなったらまたテレビ局は大変やなあ。世界中の放送局で放映を予定していた番組が枯渇し始めてるそうや」

「確かに日本でも再放送が多いですね。特にケーブルテレビは同じ番組を、他局と使い回している状況のようです。これはアメリカも同じでしょう」

「ほう。アメリカでオリンピックを仕切ってる会社はどこやったかな？」

「ＮＢＣですね。ＮＢＣがＩＯＣと結んだ契約には『ＮＦＬのレギュラーシーズンが始まる秋にオリンピックを放送しない』という条項があるそうです。スポーツ商売の権化であるＩＯＣの本音が『テレビ・ファースト』なのは、業界人の常識となっているようです」

「ＩＯＣにしても、ＮＢＣが国内の四大スポーツ最優先なら、しゃあないんとちゃうか？」

「テレビ局はどれだけスポンサーが付くか……いわゆるキラー・コンテンツですね」

アメリカの四大スポーツとは、アメリカンフットボール（ＮＦＬ）、バスケットボール（ＮＢＡ）、メジャーリーグ（ＭＬＢ）、アイスホッケー（ＮＨＬ）のことである。

「四大スポーツの試合中継は高視聴率が見込めますから。当然、巨額の放映権料が動くわけで、その中でも毎年二月に開かれる米プロフットボール大会『スーパーボウル』は注目度がケタ違いです。通常時より跳ね上がる高額の広告料にもかかわらず、企業はこぞって広告を出しますし、ＦＢＩはこの機会を使って囮捜査までする始末です」

「スーパーボウルの観戦チケットが当たった……とかいう詐欺をやる手口やな」

「そのとおりです。四つのプロスポーツの合間に開催されるオリンピックは、ＮＢＣにとってもスペシャルなおまけ……というところだと思います」

その頃、香川と望月はルガノにあるスイス銀行の口座を確認していた。確認と言っても捜査令状を持っているわけではないため、白澤がセットしてくれた銀行のコンピューターの裏口から侵入して、ドイツの主要企業の中から、今回の新型コロナウイルスと北京冬季オリンピック関連で、中国との金の流れがあるところをピックアップするのだ。それも、ターゲットの銀行からやや離れたホテルの一室でだ。

「白澤さんの技術は凄いものですね」

「俺もその点は尊敬に値すると思っているよ。アメリカでプロの技を学習してからはほとんど独学で、日本で唯一の女性ハッカーになったわけだからな。と言ってもその存在は俺たち以外、誰も知らないんだけどな」

「このプライベート銀行のオーナーも、まさかこんな調査をされているとは思ってもいないのでしょうね。しかも、数か月後には、この金が凍結されてしまうとも……」

「いわゆるスイス銀行と言っても、昔のように完全に顧客のプライバシーと金を守ることができるわけではないからな」

「マネーロンダリング対策ですね。それでも銀行家は、リスク覚悟で顧客の金を預かっているわけですよね」

「良きにつけ悪しきにつけ、信用という名で隠し金を作らなければならない連中にとっては、なくてはならない存在だな」

「香川さんは、どうしてトルコと北朝鮮の核取引情報を知ったのですか？」

「お前さんがトルコから失踪した時に、トルコの現状を調査していたんだよ。出国する時に片野坂からも言われていたんだが、トルコ本国に入って、エネルギー事情や、ロシア、中国、北朝鮮との関係を調べている中で、ようやくトルコの核兵器事情の裏を知ることになったんだ」

「裏……ですか……。ところでトルコは核保有国でしたっけ？」

「核保有国は二〇二〇年六月現在五か国、アメリカ合衆国、ロシア連邦、イギリス、フランス、中国だな。これに核兵器保有国という、核拡散防止条約（NPT）では認められていないが、保有している国が三か国、インド、パキスタン、北朝鮮。そして、核兵器保有が疑われている国が五か国、イスラエル、イラン、シリア、サウジアラビア、ミャンマーということになっていた」

「それは私の認識と同じです。トルコはどこにも含まれていませんが……」

「ところが……だ。実はアメリカの核兵器は、六十年以上もトルコに配備されてきたんだ。NATOの戦略で、アメリカの戦術核を配備し続けることで、トルコ自身が核を持つのを防ぐ、というやり方だったわけだ」

「なるほど……トルコに配備されてはいたけれど、持ち主はアメリカでありNATOだった……ということですね」

「それが、トルコには豊富な天然ウラン資源があるんだ。そして既に研究炉も運転している。つまり核開発計画を進める前提は揃っているということだ」

「研究炉の燃料はなんなのですか？」

「使用済み核燃料のプルトニウムに決まっているだろう。研究炉で作られるプルトニウムは、原子力発電所の軽水炉で燃やした燃料中にできるそれよりも純度が高く、微量であっても核兵器級プルトニウムが抽出できる。そして、すでに実験には成功して、保有もしているんだ。プルトニウムに関しては、プルサーマル計画を行っていた日本にも大量にあるんだが……」

「核開発にとっての核心的技術は再処理と濃縮ですよね。日本はまだこれをやっていません。まあ、その気になればすぐにでもできるのでしょうけど」

「トルコは再処理については、すでにイスタンブールの工場で使用済み燃料を扱っている。濃縮に必要な遠心分離機も、相当な数を持っているそうだ」

「そうか……それでエルドアンは、与党の会合において『西側がトルコの核弾頭付きミサイルの保有を認めないと言っているが、受け入れることはできない』と発言したわけですね」

「そうだ。トルコには核武装する権利があるという宣言でもある。エルドアンがＮＰＴの制約から自由になることについて話したのは、これが初めてではないんだ」

「エルドアンが核武装の意図を持っている、という表れですね」

「表面上の狙いは戦略的には抑止の強化だろうが、地政学的にはヨーロッパとアジアの接点で政治的発言権を強めることを意味するのだろう」

香川は現地での情報収集と分析によって、結果的に何者かに狙われることになったのだが、この事態を受けて、香川は自分の分析の正しさをより確信していたのだった。

入手したデータを片野坂に送ると、香川と望月は時間差をつけて別々の出口から出た。望月は香川のボディーガードも兼ねていた。香川の後をつけている三人組を確認した。香川もまた、これに気付いている様子だった。彼らのチームが総勢何人いるのかを確認するまでは、二人とも軽はずみな行動はとることができない。香川は予め打ち合わせていた三つのパターンのうち、Aルートに向かった。

金融街のビルの間をゆっくりと歩く香川を追尾する三人の動きには、無駄が多かった。プロの秘密警察ではないことは明らかだったが、三人の連携は望月が中東の戦闘地帯で見た傭兵の動きに似ていた。望月は香川の携帯に電話を入れた。

「先輩、後ろの三人は殺しのプロのようです。このコースよりも人通りが多いカルロ・カッタネーオ通りに出て、チャーニ公園に向かってください。公園内にある工事中のコンベンションホールの裏で片付けましょう」

「了解。すぐに撃ってくる様子ではないのか？」

「まだ、誰も銃に手をかけていませんが、間違いなく銃を所持しています」

「急に撃たれると避けようがないからな。その時は頼むぞ」

「いつでも準備オーケーです」

香川はやや早足になってカルロ・カッタネーオ通りに出るとすぐに右折した。三人のうち二人が後を追って走った。もう一人は早足で歩きながら、スマホを取り出して通話をしている。

香川は百メートルほどゆっくり歩いて、街の最も重要な中央広場の一つであるピアッツァに入り、その中を再び早足で抜けると、正面にあるカジノを左折して、その向かいのコンベンションホールに向かって、今度は駆け足で通りを渡った。

他人の尾行を眺めているのほど愉快なことはないのだが、望月は香川のボディーガードとして、その動きに懸命について行きながら、ピアッツァには入らずコンベンションホールに先回りしていた。

香川のステップは、年齢を感じさせない軽快なものだった。香川がコンベンションホールの前にあるヴィラシアーニという新古典主義のパラディオ様式の落ち着いた立方体の建物の正面に回り込むと、そこから三十メートルほど離れた木陰にいる望月を認めてニヤリと笑った。

香川はゆっくりとした足取りになって、望月との距離を保ったままチャーニ公園の中心に向かって歩き始めた。尾行していた三人はこの場所で再び合流すると、木陰で先に追っていた二人が銃を取り出した。

望月はこれを見てH&K SFP9にサイレンサーを装着して静かに後を追った。公園内の深い緑の木々に囲まれた場所に来た時、追尾の二人が周囲を確認して銃を構えた。望月は迷うことなく膝撃ちの姿勢で、二人の男の両足首を狙って四発発射した。

「ギャッ」

という声に、香川が咄嗟に大木に身を隠した。

三人のうち他と連絡を取っていた一人の男が、倒れた仲間二人を両脇に抱えるようにして木の根元に運んだ。望月は香川のスマホを鳴らした。

「先輩、二人の実働担当の両アキレス腱を撃ち抜きましたので、残った一人が応援要請をすると思います。迎撃しますか?」

「ここで逃げても仕方ないだろう。ただ、ここにいる三人の武器は奪っておきたいな」

「了解。先輩の武器はスリングショットだけですか?」

「馬鹿言え。H&K SFP9もランボーナイフも持ってきているさ。ここは戦場だからな。相手の位置を教えてくれ」

「先輩の後方二十五メートルほどの、先輩から見て左側の大きな木の下です。無傷の一人は、屈強な二人を抱きかかえるようにして木の下に運び込みましたから、接近戦は危険だと思います」

「そうか。ランボーちゃんの出番はないか……。俺はこの道の裏から回る。お前さんはターゲットを確認してくれ」

「了解。向こうは私の存在を全く意識していなかったので、相当焦っています。しかも……」

「どうした？」

「二十人位の、男女が混じった若い団体さんがやってきました。これに紛れて確認してきます」

「了解」

望月は、大学生のような若い男女のグループにさりげなく紛れ込んだ。アンツーカー通路に真新しい血痕が残っているが、グループの者は誰も気付かずに、仲良く笑いながら歩いている。望月は現場を通り過ぎる時、尾行者が逃げ込んだ方向をスマホで動画撮影しながら、大木の裏に隠れるようにうずくまっている三人を、さりげなく確認した。

現場を通り過ぎて五メートルほどのところにある通路の右手の大木の裏に、望月は身を隠した。三人から十メートルと離れていない。画像を確認して、望月は香川にメールを送った。

「……やっちゃいますか？……」

「……俺も間もなくだ。おっと、奴らを発見した。スリングショットの威力を見せてやるから、そこで待機していろ……」

「了解」

望月が匍匐の姿勢で三人を確認すると、無傷の男は、先ほど望月がいた場所付近を注視している様子だった。

「ビシッ」

という音と共に、無傷の男が「ギャッ」と声を上げた。香川が発射したパチンコ玉が、男の左手にあったスマホごと、手を打ちつけた。さらに二度、「ビシッ」という音がすると、手を打たれた男は両手を上げてその場に立ち上がり、言った。

「アイム　ギブアップ。プリーズ　ヘルプ　アス。ドント　キル　アス　プリーズ」

英語圏で生活をしていない、訛りの強い英語だった。

香川が武器を捨てるように指示を出すと、三丁の拳銃を香川の声がする方向に投げた。

香川から連絡が来た。

「……背後を突いてくれ……」

「……了解。言葉のイントネーションから、中東出身者のようです……」

「……それなら、後はお任せだな……」

香川は余裕たっぷりだった。望月は昔取った……で、三人に全く気付かれることなく背後に立つと、ドスのきいた声でアラビア語で訊ねた。

「振り返るな。誰に頼まれた？」

さすがの殺し屋も、背後からの突然の声にドキリとして、その場に飛び上がるかのように身体が動いた。

ややあって男が答えた。

「クライアントのことは話せない」

「殺さないでくれ……と懇願したのは嘘か？　お前が連絡を取っていた相手は誰だ。そして、どこにいる」

「あんたはもしかして同胞か？」

「シリアで戦ってきた」

「私もシリアで政府軍相手に戦った」

「ほう。それなら『バドル』という名前を聞いたことがあるだろう？」

「バドル？　あの、悪魔のバドル……神出鬼没の神ともいわれた……それがあなたなのか？」

「それは想像にまかせる。ただ、どこに行っても神出鬼没は変わらない。それよりも、どうして私の仲間を狙った？」

「彼は敵だと聞いている」

「雇い主は中国人か？」

「クライアントのことは答えられない」

「それならば生かしておく必要はない。神の下に旅立て」

そう言うと、望月が別の男の右足首に一発発射した。

「ウギャッ」

「両手を上げている同胞を撃ったな……」

「まだ、お前を見送る神の許しは得ていない。その前にもう一度チャンスを与えよう。誰に頼まれた？」

男は片膝をついた形で、しばらくうつむいていたが、ようやく答えた。

「そうだ。チャイニーズマフィアだ。奴らは今、中東に大きな組織を創っている。我々の武器も彼らが調達してくれているんだ」

「なるほど……ルガノに仲間はあと何人いる？」

「リーダー以下三人だ」

「私の仲間を狙うと命がないことを、仲間の電話を使って連絡しろ。私がその気になれば、お前たち三人を天国に送って、リーダーたちを狙うのに、そんなに時間はかからない……とな」

「そんなことをしたら、リーダーがチャイニーズマフィアにやられてしまう」

「そのチャイニーズマフィアも、私たちが抹殺してやろう。諸悪の根源だからな」

「あなたたちはそんなに巨大な組織のメンバーなのか？」

「お前たちの組織なら十日もあれば殲滅できる」

「場所もわからないのに……か？」

「この場でお前たちを天国に送れば、すぐにわかるさ」

するとまた「ビシッ」という音と共に「ギャッ」という声が上がった。

「余計な動きをするんじゃない。私の仲間を甘く見るな。お前たちに私たちは見えていないだろう。素人のような真似をするんじゃない」

そこに香川からメールが届いた。

「……すまん。敵のスマホを二台壊してしまった……」

「……しかたありません……」

望月は片膝をついている男の真後ろに進み、男の延髄に銃口を突き付けた。男は望月の動きに全く気付いていなかったらしく、またもやビクリと全身を動かした。

「この男のスマホを渡してもらおうか。仲間は銃も持っている。彼はお前たちを殺したいとは思っていない。援軍を要請しても構わんが、そうなると全員がここで死ぬことになるだろう」

望月は残された一台のスマホが破壊されることだけは避けたかった。仲間の居場所を知るための、唯一の手掛かりだからだ。そこに気付く余裕がなかったのか、男はもう一人の仲間のスマホを受け取ると、手を上げて望月に渡した。望月はそれを受け取ると、素早く後ろに下がって香川に連絡をした。

「これくらいにしておきますか？」

「そうだな、ルガノの仕事もまだ途中だが、あとは離れてもできるだろう。早めに離脱した方がよさそうだ。スキャンピを食べそこなったのが心残りだけどな」

「香川さんはドイツに戻るのですか？」

「いや、一旦パリに帰る。着替えをホテルに預けているんでな」

「着替え？　ですか？」

「そう。たまたまだったんだが、ヴェニス・シンプロン・オリエント・エクスプレス（ＶＳＯＥ）のイスタンブールからパリまでの特別運行列車があって、キャンセルが出ていたんだ。飛行機はまた空港で狙われると嫌だったんでな」

「オリエント急行に乗られたのですか？」

「そう。だから夕食時には男性はタキシードが必要で、慌てて買ったんだよ。この件は白澤の姉ちゃんには内緒にしておいてくれよな」

　車内では雰囲気に見合ったドレスコードがある。夕食時には男性はタキシード、女性はイブニングドレスなどが推奨されており、最低限スーツとネクタイ（男性の場合）の着用が求められている。昼間はジャケットにネクタイ程度でもよいが、ジーンズは認められていない。

「香川さんでも、白澤さんは怖い存在なんですか？」

「怖いわけじゃないが、あいつは結構上から目線でものを言うからな」

「わかりました。ところで、どうでした？　ＶＳＯＥの乗り心地は……」

「個室を一人使用するのはさすがにもったいない気はしたが、ルームサービスで飲んだワインも美味かったな」

「優雅ですね……」

「運賃はユーレイルパスの一等席を買っていたから、特急料金だけ払えばよかったんだ」

「自腹ですか？」

「今のところはそのつもりだが、片野坂に言えば出してくれるだろう。緊急避難だからな」

ユーレイルパスは、ヨーロッパ以外の地域に住んでいる旅行者が利用できる期間制の切符で、日本を旅行する外国人もＪＲ各社が共同で出している同様のチケットが利用できる。ヨーロッパ圏内のほとんどの高速鉄道および夜行列車は追加料金を支払って予約する必要があるが、二週間で約七万円で一等車に乗ることができる。一等車は日本のグリーン車よりもはるかにグレードが高く、通常ドリンクサービスがついている。

「オリエント急行の旅はどうでした？」

「敵が乗っている可能性もあったから、心からくつろげる状況ではなかったな。殺人事件でも起こしてしまえば、アガサ・クリスティーの世界に入ってしまうからな」

香川が笑って言うと、望月は身を乗り出して訊ねた。

「私はノリテツなんですよ。シベリア鉄道は全線制覇したのですが、オリエント急行はまだなんです。イスタンブールからだと、パリまでどういうルートなのですか？」

「イスタンブールのシルケジ駅が始発だな。それからブカレスト北駅、ブタペストを経由してパリ東駅終点の車中三泊だ」

「寝台車はどうでした？」

「お前さんを羨ましがらせるわけじゃないんだが、寝台車はワゴン・リ社のＬｘ型だ」

ＶＳＯＥの乗務員は鉄道よりもホテル業界の出身者の割合が多い。

ＶＳＯＥの大陸側は元ワゴン・リ社の寝台車、プルマン車、食堂車等で編成されている。寝台車はワゴン・リ社の歴史上最も豪華なＬｘ型が主であるが、これは一九三〇年代においてはブルートレインなどの西ヨーロッパ圏内の列車で使われていた車両であり、オリエント急行にはほとんど使われていなかった。

第十二章　強制捜査

香川はルガノで得た情報等の報告を望月に任せて単独でパリに入ると、学生時代からの友人で、大手自動車会社のヨーロッパ支局長になっている湯本栄治（ゆもとえいじ）に電話を入れた。

「新型コロナウイルスの影響はどうだ？」

「うちの会社はまあ何とかやってるが、こちらの工場を閉鎖する関連会社も出てきて、フランス政府が激怒するという、国際問題にまでなりかねない状況になっているよ」

「フランスは国内企業に投資しているからな……」

「そのおかげで、カルロス・ゴーンのような詐欺師野郎が日本に入ってきたんだけどな」

「それよりも新型コロナウイルスの感染状況についてはどう予想している？」

「ヨーロッパはダメだな。危機感がなさすぎる」

「やはり若者か？」

「いや、年齢は関係ない。とにかく夜、酒を飲んで騒ぐのを楽しみたいんだな。アメリカのトランプみたいな奴が多いんだよ。このままじゃ本格的な第二波が来ることは間違いないな。我慢ができない国民性を持つ国がヨーロッパ圏内には多いんだよ」

「そうか……そういう状況でこんなことを聞くのは申し訳ないんだが、東京オリンピックの開催をどう思う？」

「ヨーロッパで生活している身からすれば、まあ無理だろうな。というよりもやってはいけないと思う。ただでさえアスリートは、試合後、ボディーコンタクトを求める傾向があるからな。彼らはブレーキが利かないんだよ」

「そうらしいな……ただし、ＩＯＣはどうしてもやりたがっているんだ」

「それは金だろう？　うちもスポンサー登録をしているが、コロナが終息傾向にない場合には降りる可能性もあるくらいだ」

「最近のヨーロッパでの中国の評価はどうなんだ？」

「観光客として人が来ない中国にはなんの魅力もない……というところかな。しかも、新型コロナウイルスの元凶であることは誰でも知っている。アンチ意識が強まっているような気がするけどな」

「湯本はブラジルと中国でも勤務していたよな」

「どちらにも五年ずついたな」

「両国は新型コロナウイルス感染症後、全く異なった道を歩んでいるけど、自動車会社としてどう見ている？」

「どちらもＢＲＩＣＳのメンバーではあるんだが、国民性が全く違う。ブラジルはラテンの血を引いているだけに、上意下達という意識をほぼ否定する傾向にある。その点で中国は真逆だ。何と言っても共産主義国家で、なおかつ現在は習近平の独裁国家だからな」

「お前でも中国嫌いになるのか？」

「いや、多くの中国人は大好きだ。食い物も美味いからな。ただ、今の政治体制は以前よりも嫌いになったことは間違いないな。中国に進出している日本企業の経営に携わる多くの人に、共通の本音だと思う。うちのように製造に関してはいつでも撤退することができるところと、引くに引けない企業とがあるがな」

「なるほどな……ところで、最近のトルコをどう見ている？」

「信用できない国家になったな。エルドアンの本質が出てきたようだ」

「エルドアンの本質？」

「調べればわかることだが、彼はイスラム原理主義に近いイスラム主義者なんだよ」

エルドアンは大学在学中に、親イスラム主義政党の国民救済党で政治活動を開始している。その後、イスタンブール市長として政治集会でイスラム教を賛美する「ズィヤ・ギョカルプ」の詩を朗読したことが、宗教感情を利用した「国民の分断」を煽動したとして告発され、一時服役もしている。

「いわゆる人種主義だな……」

人種主義とは、人種間に根本的な優劣の差異があり、優等人種が劣等人種を支配するのは当然であるという思想で、英語では「racism：レイシズム」と呼ばれている。

このレイシズムという言葉が世に広まったのは、日本の文化を説明したとされる『菊と刀』の著者ルース・ベネディクトの著書『レイシズム』の出版によるものである。国内外で賛否両論ある『菊と刀』は、対日戦争および占領政策に関して意思決定を担当する戦時情報局の日本班チーフだったベネディクトが、日本人の行動パターンの分析に基づいて執筆したものである。

「いわゆる選民思想のようなものだが、エルドアンは自身が政治家として力をつけるにしたがって、その考え方が顕著になってきたようだな。ところで香川は今どこにいるんだ？」

「パリだ」

「出張か？」

「そんなもんだな」

「いつまでだ？」

「わからん。結果を出すまで……というところかな」

「そうか。今、パリでの外食はやめた方がよさそうだ。時間があれば俺の家に来ないか？」

「ありがたいんだが、ドイツとベルギーに行かなければならないんだ」

「今、ベルギーはあらゆる面で気を付けなければならないぞ。いくら警察と言っても、ここは多国籍国家だし、特にベルギーはその傾向が顕著だ。首都ブリュッセルでは、いつなんどき、何が起こるかわからないぞ」

「ＥＵの本拠地のブリュッセルで……か？」

「そのＥＵが揺れているから仕方がないんだ。今、難民たちが、ＥＵから離脱したイギリスへ、ドーバー海峡をゴムボートに乗って盛んに脱出している。彼らはＥＵの現状に敏感なんだ」

「ＥＵを逃げ出している状況なのか……」

「イギリスはまだ、社会保障が破綻していないからな」

「ＥＵは破綻している……というのか？」

「ドイツ以外は苦しいな。ＥＵからの支援がない国は社会保障どころではないのが実情だ。現に今回の新型コロナウイルスの感染で、自国のみで医療体制が整っているのはドイツとフランスだけだ」

「そうか……また何かあったら教えてくれ。そういえば、お前の会社のマル秘情報はどうやって日本に送っているんだ？」

「うちは自社で人工衛星を数基打ち上げている。独自の回線があるから、エシュロンにも捕捉されないだろうし、仮に見つかっても解読は不可能だろう。事実、当社の機密データが漏れた……という情報は一度も聞いたことがない」

「なるほど……通信会社も持っているんだったな」

「警察もそうなんだろう？」

「まあな。内閣とは別の通信衛星網を形成している」

「そうでないと安心できない世の中になってしまったからな。企業は生き馬の目を抜く世界だから大変なんだが、もし、困ったことがあったら連絡してくれ。国家のお役に立てるのなら、日本男児として本望だ」

香川は、電話越しに湯本に対して頭を下げて礼を言い、電話を切った。

ケルンに戻ると、白澤が片野坂からの連絡を伝えた。

「部付は今、北京にいらっしゃるそうです」

「御自ら外遊か？」

「相変わらず失礼ですね。御伝言とデータをお伝えします。まず、このデータをご確認ください」

香川は白澤から示されたデータを確認した。

「なるほど……俺では手に入らない資料だな……。どこからこんなものを盗み出してきたんだ……。それで、サワ坊、伝言は？」

「はい。それが私には意味がわからないのですが、『第三、第四を精査の上で、本職が一応抽出したマル八、マル九に関連する人物について至急調査されたし』だそうです」

「ふーん。そうか……」

片野坂が送ってきたデータは、一九九四年に中国科学院が各国に先駆けて「百人計画」という政策を打ち出し、その十年後に統計化した結果報告書だった。さらに、二〇〇八年に中華人民共和国国務院が科学研究、技術革新、起業家精神における国際的な専門家を認定し、採用するために策定した計画、制度である「千人計画」という、海外ハイレベル人材招致計画の詳細もあった。

特に後者では、四つのカテゴリーの人材を募集しており、
一．創新人材 Innovative Talents
二．創業人材 Entrepreneurs
三．青年 Young Professionals（二〇一一年〜）

四．外専 Foreign Experts（二〇一一年〜）

とされている中で、「三」の青年は海亀で著しい結果を出した者の再出国、「四」の外専に関しては最重要部門のターゲットが、それぞれ別データとして添付されていた。中国では、海外留学を経験して、先端技術や知識を会得し、中国に帰国した語学堪能な若者を「海亀族」と呼んでいる。

「電気自動車の自動運転技術と宇宙開発技術か……」

香川は百人計画、千人計画の双方の内容を確認したうえで、千人計画の三と四について精読した。そしてまず、その中から対日関連に関する部門をチェックし始めた。

数時間後、香川は白澤を呼んだ。

「サワ坊、この『Young Professionals』と『Foreign Experts』をビッグデータにかけて、その中から日本企業、自動車、宇宙開発で絞り込みをしてくれないか」

「了解。香川さんは部付の伝言の意味がわかったのですか？」

「十分の一くらいはわかったつもりだが、検索結果次第だな。ああそれから、それにもう二つ、絞り込み項目を追加してくれないかな、トルコ防衛、北朝鮮だ」

「トルコと北朝鮮……ですか……わかりました。小一時間かかるかと思います」

白澤がパソコンに向かって作業を始めると、香川は再び湯本に電話を入れた。

「ブリュッセルか？」

「いや、ＥＵはどうでもよくなった。今ケルンにいる」

「ペテロ&マリア大聖堂だな……大きく突き出た尖塔がそびえ立つ世界最大のゴシック建築を眺めながら日々仕事ができるのか……パリのノートルダム大聖堂もゴシック建築を代表する建物だったんだが……」

「あの火事はキリスト教信者でもない俺にとっても残念だった。ところで、今日連絡したのは、電気自動車の自動運転技術と中国の科学技術協会の関連性について聞きたいんだ」

「中国科学技術協会か……ひどい組織だな。知的財産権侵害の根源のような組織だ」

「やはりそうか……日本でも相当やられているのか？」

「中国は十年前くらいから、千人計画という技術革新計画を進めているんだが、その中で、優秀な若い人材を海外から毎年約四百人、五年間で計二千人前後を招聘することを実行して、その後も、断続的にこれを続けているんだ。いわば、科学者の人買いのようなものだな」

「人買いか……日本は何を狙われているんだ？」

「うちの会社から盗まれた大きなものは、世界初の量産ハイブリッド専用車の駆動ユニットと、電気式四輪駆動システムだな。知的財産権に関しては裁判をやっても仕方がない相手ということで、ほったらかしている」

「すると、小さなものまで入れるときりがない……ということか？」

「世界中から知的財産権対象製品情報をかき集め、これをつぎはぎしてつくったのが中国車だ。だから、中国以下の途上国しか中国車は買わない」

「そういうことか……開発途中で盗まれることはないのか？」

「わが社独自の技術が開発途中で盗まれることはないんだが、子会社や、大学と共同開発しているものは結構やられている。ヘッドライト用LED等はその代表格だな」

「御社として、対中国の知的財産権保護に関して一番気を付けていることは何だ？」

「最近は嫌がらせのようにサイバー攻撃が行われているからな。サイバーセキュリティーには車以上に万全の対策を採っているよ」

「自動車関連で、対中国との関係で、間に入る政治家はいるのか？」

「そりゃ、利権に飛びつく政治家は多いだろう？　また、日本だけでなく世界の政治家も絡んでくる。モンゴルなんかもいい例だ」

「モンゴルか……いるなあ」

「その想像のとおりだ。現役の相撲取りがモンゴル国内の弊社の流通を全て押さえているんだからな」

「なに？　本当なのか？」

「ああ。相撲協会も知っているのに知らん顔をしている。協会のトップクラスの元相撲取りも、裏ではそのルートとつながって、中国とも連絡を取っているからな」

「相撲取りはともかく、日本の政治家の代表格というのは誰なんだ？」

「元民自党幹事長で現在は政界の黒幕と言われる中野泰膳だ。しょっちゅうベルギーに来て、ＥＵや中国の関係者と酒を飲んでいる」

「中野か……奴は宇宙開発にもご執心だったな……」

「ＥＵ関係者では宇宙工学の連中ともよく会っているよ。フランスの宇宙関連業者とも会っているな。弊社も独自の人工衛星を打ち上げている関係で、俺も何度か会ったことはある。彼の理想はいいと思うんだが、その裏で動く金のことを考えると嫌になるんだ」

「そうか……両方に絡んでいるのか……、なあ、湯本。フランスにいる中国人技術者で周穀（ジョウイ）という男を知っているか？」

「若き天才物理学者の周穀のことだろう。彼こそまさに海亀の前身だな。マサチューセッツ工科大学とスイスの欧州原子核研究機構で素粒子物理学を学んで、今や中国の戦略核の中心にいる男だ」

「戦略核……核兵器か？」

「そうだ。それがどうした？」

「いや、お前、どうしてそんなことを知っているんだ？」

「本人が言っていた。奴とはもうかれこれ三年の付き合いになる。彼も最初はうちの何かを狙っていたんだが、国内の誰かに先を越されたらしい。上司に嫌味を言われて、しばらくは謹慎中ということだ。中国というところはある意味で面白いな。トップの権力闘争が一技術者にまで及んでくるんだ。周も笑いながら言っていた。ところで日本警察は周の何を知りたいんだ？」

「北朝鮮の核だ」

「なるほど、そういうことか……それなら欧州原子核研究機構のデータを紐解けば何か出てくると思うけどどな」

「どういうことだ？」

「周の友人のトルコ人で面白い奴がいるんだ」

「トルコ人？」

「そう、トルコ人なんだがイスラム教徒ではなくキリスト教徒なんだよ。エルドアンのことは大嫌いなんだが、トルコという国家は好きで、トルコの女性以外は結婚の対象と考えたことがなくて、実際に今の嫁さんをキリスト教に改宗させた……という変わり者だ」

「何をやっている男なんだ？」

「トルコのエネルギー関連会社を所有する大金持ちの御曹司、ということだ。まあ面白い奴だ。遊び方も半端じゃない」

「なるほど……少しわかってきた。また連絡する」

「香川、お前と話をしていると、世界の悪いところがよく見えてくるような気がするよ」

電話を切ると、白澤がビッグデータの検索結果を持ってきていた。

「スピーカーで聞いていましたが、何か楽しそうなお話ですね」

「サワ坊にはそう聞こえたか？」

「まじめそうなんだけど、どこかで楽しそうに笑っているような感じでした」

「なるほどな……同級生というのはいいものだな」

「同期ですか？」

「同級だ。大学時代の……」

「ああ、そうだったんですか……どうりで……」

受け取ったデータをみて、香川は驚いた。白澤が膨大な検索結果を実にコンパクトにまとめていたからだった。

「サワ坊。お前さん、やはり頭はいいんだな」

「頭も……でしょう？」

「まあいいや。ところで望月ちゃんはどうした？」

「望月ちゃん……ですか……スイスに行ってから、ずいぶん仲が良くなったんですね。

望月さんも『先輩』って呼んでましたから」

「先輩じゃないか。お前さんは着隊同期だから仕方がないけどな」

「うちは執行隊ではありませんよ」

「うるせえな。せっかく褒めたんだから、にっこり笑って肩でも揉んでくれれば可愛いのにな」

「それはセクハラです」

「わかったから、早く向こうに行けよ」

香川が笑いながら言うと、白澤も笑いながら自分のデスクに戻った。

香川は白澤がまとめたデータをジッと眺めながら、猛烈な勢いで頭脳を回転させていた。

この時、望月が帰ってきた。

「香川さん、パリはいかがでしたか？」

「ああ、面白い状況が見えてきた。おれにはやっぱりパリが向いているのかもしれないな。ところで望月ちゃんの分析は進んでいるのか？」

「分析は白澤さんにお願いして、私は昔の友人と会って情報を得ています」

「外交官か？」

「はい。ただ、日本人ではなく中国人です」

「中国の外交官？」

「はい、十数年前、駐大阪中国総領事館に勤務していた人です」

「十数年前ではなく、十何年前なのか、正確な年月はわからないか？」

「二〇〇八年の九月頃から、翌々年の十月くらいまでですね」

「ほう、そうすると中国が千人計画を発表した頃じゃないか？」

「はい、彼がそれを日本で最初に発表したのです」

「在日本中国大使館ではなく、大阪の総領事館で初めて？」

「公式発表をしたのは彼が初めてです。私は後にそれを知った時、中国はとんでもないことをやっている……と思ったのを克明に覚えています」

「そうだったのか……その時の外交官が今ヨーロッパにいるというわけなのか？」

「私なりに調査した結果、ボンにいることがわかったので連絡してみました」

「彼の今の立場は？」

「在ドイツ中国大使館公使参事官です」

「ナンバーツーか？」

「そうです。ただ彼は共青団出身ですから、現時点ではトップにはなれないようですが、頭脳は極めて明晰で、清華大学の人文社会科学院大学院課程を首席で修了し、法学博士の学位を得ています。首席という点を除けば習近平と全く同じ経歴の後輩に当たります」

「なるほど……優秀な人材か……日本とヨーロッパに駐在していることは、その表れなんだろうな。それで、何か面白い話はあったのか？」

「トルコの核保有を知っていました」

「なに？」

「中東では、核兵器の保有の疑いが強いイスラエルを除き、イランが核開発で先頭に立っています。イラン核合意からトランプが離脱を表明したため、ロシアと中国が裏でイランの核開発に協力する姿勢を示しています。そこにエルドアンは目を付けたのです。そしてトルコは、核開発ではなく、戦略核を買い取ってしまったようなのです。これは近い将来、サウジやイランの核開発を大きく動かすことになるでしょう」

「エルドアンは、一時期、核兵器開発計画を進めようとしていたが、財政的負担が大きく、また国際的に批判されることも考慮していたはずなのに、日増しに膨らんだ彼の大国意識が戦略核購入という動きに出させた……ということか？」

「さすがです。そのとおりだと思いますし、中国の外交官も同様の意見でした。それから、千人計画では、日本に対して東京大学、京都大学、大阪大学、名古屋大学、東京工業大学、筑波大学、早稲田大学など有名大学の博士や博士研究員を対象に募集を行っているようですが、その窓口になっているのが中国科学技術協会と日本学術会議とされています」

　二〇一五年九月七日、北京にある中国科学技術協会において、大西隆日本学術会議会長と韓啓徳中国科学技術協会会長との間で、両機関における協力の促進を図ることを目的とした覚書が締結されている。問題なのは、二〇一五年こそ、中国ハイテク国家戦略元年だということだ。

「日本学術会議か……名誉志向が強い学者さんの集まりか……片野坂に速報しなければならないな」

　香川は片野坂に、下命の課題の実施を報告した。

　報告を受けた片野坂は、懸命に頭を巡らすと白澤に新たな調査を下命した。

　そこに福岡県警から連絡が入った。

「片野坂部付、福岡県内のチャイニーズマフィアによる和牛隠し牧場と密輸出経路がわかりました」

「輸出経路まで判明したのですか？」

「一度、早い時期におこし願えませんか。もしかしたら、密輸出の現行犯逮捕ができるかもしれんとですよ」

「現行犯逮捕……ですか？」

「合同捜査本部ができれば嬉しいとですが……ただ、沖縄県警も入れないけんごとなると思います。暴対が入るとなれば、九州管区警察局の了解も必要になりますけん」

「そこが面倒なんですよね……公安だけなら『一体の原則』に基づいてチヨダへの電話一本で終わるんですけどね」

「そうなんです。刑事も暴対もなかなか大人になりきらんですからね。元は警視庁さんからの情報なんやけん、片野坂部付がチャチャッと指揮してくれれば、どげんちゃなかとですけど、キャリアの警視正の方が指揮官やら聞いたことなかですもんね」

「そんなことはないですよ。ただ、相手次第……ということもあります。今回の場合、チャイニーズマフィアと日本のヤクザもんが一緒にならないと、港湾での荷出しができないと思うんですが……」

「そのとおりなんです。ご存じのとおり今回の隠し牧場があるところは、かつての筑豊炭田で栄えた田川郡の外れに位置しとるとですよ。ヤクザもんも多か所ですもんね。いろんな組が入り混じっとるとですよ」

「そうなると、ドンパチの可能性も出てきますね。特に港湾となれば、奴らのシマのようなところですからね」

「港湾はある程度規制が効くとですけど、なにせ船の持ち主が上海のものなんです。外洋に出たら何するかわからんとですよ」

「武器も多い……ということですね」

「福岡はまだしも、一旦、船を停めるところが八重山諸島のどこかなんですよ」

「それで沖縄……ということですか？」

「壱岐牛を一旦、規格外というクレームをつけて田川に運び、そこでほとぼりが冷めるのを待ってから、八重山に運ぶとです。そこで石垣牛として育てたあとで、中国に運ぶ……という手はずなんです」

「覚醒剤の逆バージョンのような感じですね」

「はい。暴対の連中も同じことを言いよりました」

片野坂は、一度フーッと息を吐いて言った。

「本件は一度、警察庁で協議しましょう。九州管区は一旦外しておいていいでしょう。どこからどういう形で外部に漏れるかわかりませんからね」

「そうですね……知らんでいいもんに知らせん方がよかですもんね」

電話を切ると片野坂は、ただちに香川に連絡を入れた。

「ドンパチありそうですよ」

「いいねえ。なあ、望月ちゃんよ」

香川が傍らの望月に言う。

「H&K　SFP9も悪くはなかったですけど、やはりSIG　SAUER　P230の方が使いやすいですね。でも相手が自動小銃となると、こちらもH&K　MP5クラスで応戦した方がいいかもしれません」

「よく銃のことまで知っているな。H&K MP5は今、SATが実際に使っている奴だ。以前、立川のSAT専用訓練場で俺も撃たせてもらったけど、三十発装弾していても三秒持たないんだからな」

「毎分八百発が普通ですから、まあ、そんなものでしょう」

「そうか、お前さんはさんざん砂漠で撃っていたんだったな」


片野坂以下三人は帰国後、直ちに出張準備をすると福岡県警に連絡を取って翌朝、福岡に向かった。

福岡空港でレンタカーを借り、県警本部に行くと、警備部の公安課次席の吉田(よしだ)警視が玄関で出迎えてくれた。三人は警備部長に挨拶をした。県警の警備部長はノンキャリで、政令指定都市である福岡市に置かれる福岡県警察組織である、福岡市警察部の部長から着任したばかりの警視正だった。

その後、捜査本部を設置する予定になっているという会議室に入った時、隠し牧場の現地で視察しているチームから連絡が入った。報告を受けた吉田次席が片野坂に報告した。

「片野坂部付、動きがありました。奴らが家畜運送用トラック二台を地元の業者から明日レンタルしたようです」

「追尾はできるのですか？」

「隠し牧場は田川郡添田町というところにあるのですが、積出港には豊前市の宇島港の西突端にある、浚渫工事によって集められた砂の運搬船が接岸する埠頭の近くを、勝手に使っているようなんです」

「勝手に使っているのですか？」

「という情報です。蛇足ですが、この宇島港がある地域は一九五五年、市の名前がわずか四日間だけ『宇島市』だったことがあるんです」

「たった四日間の市……ですか？」

「宇島市は『昭和以降、市名としては最も短命』の市だったのですよ。まあ、町村合併の失敗……ということですね」

「なるほど……しかし、そうなるとギリギリの時間にならないと家畜用輸送船は接岸しないのですね？」

「そういうことになりますね。おそらく上海籍の船は近くで停泊しているのでしょう」

「現行犯逮捕の場所はどこになるのですか？」

「八重山諸島のどこかで、牛を積み替える時ですね」

「罪名は？」

「家畜伝染病予防法と家畜遺伝資源不正競争防止法、さらに家畜改良増殖法違反です。後の二つはいわゆる和牛の精子の密輸に関するもので、詐欺や窃盗など悪質性の高いやり方で和牛の遺伝資源を取得した場合、個人は最高で十年の懲役、一千万円（法人は三億円）以下の罰金を科すことになっています。厳罰で海外流出を牽制する目的でそれぞれ新設、改正されたんです。施行日は十月一日だったのですよ」

「なるほど……施行直後の摘発ですか……ただ、今回、和牛の精子の密輸も行われていなければならないのですが、その点の裏付けも取れているのですか？」

「はい。八重山諸島で、ある程度まで育成された牝牛と和牛の精子をセットで輸出していることが判明しています。しかも、この牛の精子販売の総元締めが、関西の裏のドンと呼ばれている男なのです」

吉田次席が、メモを見ながら答えていた。

「福村剛治（ふくむらこうじ）ですか？」

「えっ。さすがですね……すぐにフルネームが出てくるのですね」

「奴は福岡の大手レストランの創業者とも非常に親しかったはずですよ」

「えっ。中牟田（なかむた）さんとですか？」

「あの会社が全国展開できるようになったのも、背後に福村がいたからですよ」

「そうだったのですか……」

「福村の会社、ダイチクなら、佐賀牛の取引もあって当然ですね……その流れで壱岐牛にも手を伸ばしていたのでしょう」

片野坂が香川を振り返ると、香川は腕組みをして頷いた。一方、望月は懸命にメモを取っていた。

片野坂が吉田次席に訊ねた。

「明日の出発は何時ごろになる予定ですか?」

「皆さんは豊前市に直行して、船への積み込みを確認するだけになると思います。その後は明後日の午前中に福岡空港から、空路で石垣に飛びたいと思います」

「なるほど……そうなると、今日は特に打ち合わせをすることはありませんね」

「せっかくですから、担当者の紹介をしましょうか?」

「いえ、顔合わせは石垣でやればよいでしょう。銃器の搬送だけ県警さんにお願いできれば……と思います」

「銃器……ですか?」

「一応、H&K MP5を二丁と実弾五百発、それにH&K SFP9を三丁と実弾三百発を持参しております」

「拳銃だけでなく、自動小銃のH&K MP5を二丁と実弾五百発……ですか? まるで戦争にでも出かけるような感じですね」

吉田次席の言葉に、片野坂が表情を変えずに言った。

「沖縄県警もそれくらいの準備をしていると思いますよ」

吉田次席が真顔になって訊ねた。

「防弾チョッキも必要ですか？」

「当然のことです」

片野坂はそこまで言って、レンタカーのトランクに載せていた銃器ケースを預ける手続を済ませて、県警を後にした。

車が県警の敷地内を出るや、香川が言った。

「もう一時過ぎか……腹減ったな」

「美味いラーメンを食べに行きましょう」

「おっ、いいね。例の店だろう？」

「はい。ここからだと福岡市内でも東と西に離れているんですが、高速に乗ったら二十分位で行けるはずなんです」

「さすが片野坂だな。何という店だったっけ？」

「福重家です。植山補佐も高速に乗ってまで食べに行くと言っていましたから」

「よし、レッツゴーだ。ナビをセットして……」

「もう、終わっています」

片野坂が軽快にアクセルを踏んだ。

福岡の都市高速は空いていた。右手に博多湾の青と、空の青が美しい。左手には福岡ドームの茶色の屋根が見えた。

「福岡ドームは、今、『福岡ＰａｙＰａｙドーム』と言うらしい。片野坂は入れないな。俺のようなペーぺーしか入れないんだ」

「球場の名前なんか、会社が金で命名権を取得しているだけですから、なんとでも言えるんですよ。いっそのこと香川財閥で『パッパラパー・ドーム』かなんかにしてみればいいですよ」

「片野坂……お前なあ……」

笑っているうちに、車は高速のランプを降りて、大きな交差点に出た。

「おお、交差点の名前が『福重』と書いてある」

片野坂は路地から表通りに抜けて、目的の「福重家」に到着した。

「いい雰囲気だなあ」

香川が店の外観を眺めながら言った。

店内は一時半過ぎというのに、空席は二つしかなかった。香川がメニューを確認していると、片野坂が券売機でラーメン二つと、きくらげラーメン、それに替え玉三つ分を買ってきた。

「なんで一人だけ木耳(きくらげ)なんだ？」

「植山補佐のいうとおりにしただけです。木耳が多いので三人で分ければいいそうです」

「なるほど……」

席があいて固麺でオーダーを通すと、二、三分でラーメンが運ばれてきた。

「見ただけで美味さがわかるな」

香川が言うと、望月も頷いて言った。

「いい香りだ……懐かしい中にも洗練されている」

二人の話を聞きながら、片野坂は割り箸を割り、キリゴマをたっぷりと振りかけながら言った。

「まあ、食べてみましょう」

まず、レンゲでスープをすくって味わう。

「これが本物なんですね。東京で食べるような豚骨ならではの臭みが少なくて、まったくエグみがない」

全国展開されている「こってり系博多ラーメン」は、本場では、多くの伝統的なさっぱりした博多ラーメンとは、線引きして認識されているという。

「確かに……これなら二、三杯は食えそうだな」

無口になって三口続けて食べた望月が言った。

「この細さがいいですね。確かに本物というのがわかります。いい仕事だなあ」

「なんだ望月、もう食っちゃったのか？」

「まだ少し残っていますよ。替え玉頼みましょう」

「紅ショウガはいつ入れるんだ？」

「まず、スープの味を確認してからがいいようですよ。『クッキングパパ』は『半分くらい食べた後で紅ショウガを入れるといい……』と言っていたような気がします」

「片野坂、お前、漫画も読むのか？」

「『ゴルゴ』『クッキングパパ』はちゃんと読みますよ」

間もなく、替え玉が届く。

「入学試験の替え玉は阿呆のやることだが、博多ラーメンはやっぱり替え玉だな」

香川の言葉に、片野坂と望月は申し合わせたかのように、だんまりを決め込んでいた。

あっという間に三人は替え玉を平らげた。

「もう一つずつ、替え玉するか？」

「また、帰りに寄りましょう。次回は持ち帰りラーメンを試してみましょう」

「ラーメンの持ち帰り？」

「できるんですよ」

片野坂にしては珍しく、得意げな顔つきで香川に言った。

翌朝九時、片野坂以下三人は、捜査本部の幹部と一緒に車四台で隠し牧場と豊前市の港の二手に分かれて、福岡県警を出発した。

福岡県は四十七都道府県中第二十九位の面積で、県内は大きく福岡、北九州、筑後、筑豊の四地域に分かれる。筑豊を除く三地区はそれぞれ、北部は日本海（響灘・玄界灘）、東部は瀬戸内海（周防灘）、筑後地方は有明海に面している。筑後地区の最南端は熊本県と接する大牟田市、北九州地区の最南端は大分県と接する豊前市である。大牟田市から豊前市に行く最速ルートは福岡、北九州の両政令指定都市を経由する福岡県をぐるっと回る九州縦貫自動車道経由になり、距離は百七十二キロメートル。時間にして約二時間三十分を要する。

福岡市から豊前市へ行くルートも、九州縦貫自動車道経由で北九州市経由となる。

「福岡というところは便利そうで、案外不便なんだな……」

香川が言うと、吉田次席が笑いながら答えた。

「福岡市の一人勝ちなんですよ。北九州市も人口が減りつつありますしね。県内には二十九市・十一郡・二十九町・二村あるのですが、福岡市と北九州市二市で人口の半分を占めているんですよ」

「一人勝ちか……関西以西でも一人勝ちなんだろうな……福岡市は……」

「そうだと思います。福岡市は玄界灘の壱岐や対馬をはさんで、釜山まで直線距離で約二百キロメートル。上海市までは約八百五十キロメートルで、どちらも東京より近いんです」

「上海が東京より近いのか……そりゃ、韓国人や中国人がわんさか来るはずだよな」

「同時に犯罪者や覚醒剤も増えています。そこで、警察の目の届かない豊前市が狙われたんです」

「豊前市の人口は少ないのですか？」

「市としては県内最少で、二万五千を切る状況ですね」

「最大都市から最小都市か……しかも、地方自治法の市になる要件を下回っているわけか……何か悩ましい気がするが……そこに目を付けた連中もたいしたもんだな……」

東九州自動車道を椎田南ＩＣで降りて、宇島港に到着した。

「なるほど……ここなら確かに他に迷惑をかけずに積み込みができるな……しかし、俺たちが隠れるところもない……」

香川の言葉に、吉田次席が答えた。

「どこかに一、二か所、秘匿カメラを設置しますか……」

「秘匿と言っても、奴らも一応は点検するんじゃないかな……。そこでカメラが見つかった時にゃ、全てパーですからね」

「やはり実査は大事ですね」

「そんなのは一か月前からやっておくものですよ」

吉田次席の言葉に、香川は相手の階級など全く関係なく意見する。片野坂が吉田次席の立場を考えて言った。

「この積出港を発見してまだ日が浅いので、仕方ないでしょう。それよりも今日のことですから、積出の現場を画像で撮る場所を探しましょう」

片野坂が言い終わるのを待つことなく、香川は接岸予定場所付近に立って、自ら目視しながら、スマホで周囲三百六十度を撮影した。

「可能性があるのは、二か所しかなさそうだな……」

香川の呟きに、いつの間にか横に来ていた片野坂が言った。

「あの建物の屋上と、岸壁の先っぽですか……」

「さすがだな。カメラ画像を見なくてもわかるのか?」

「現場の人間ですから……ただ、岸壁の方は県警が接着素材を準備しているか……ですね」

「持ってきているよ」

香川の言葉に、片野坂が笑って言った。

「そこが先輩のもの凄いところですよ。まさに公安警察の鑑です」

「そこまで褒めなくていい」

　香川は車に戻ると、スチール製のアタッシェケースを取り出して岸壁に戻ってきた。ケースの中から小型の電動インパクトを取り出すと、まるで職人のようにコンクリートに小さな穴を二か所空けて、そこに瞬間接着剤を注入し、二本の楊枝様の金属の針が付いた金属板を刺し込んで固定した。

「見事ですね」

「これなら小型カメラが落下することなく、マグネット固定できるからな。器物損壊どころか器物補強をしてやっているようなものだ。設置するカメラレンズも反射防止のフィルムを張ってあるから、もし、太陽光や車のヘッドライトが当たっても反射することはない」

「それも公安総務当時から使っていたものですか？」

「土台はそうだが、カメラに関しては最新のものだ。カメラほど日進月歩が著しいものはないからな。今や、モニターはスマホ、カメラ本体の角度調整もスマホ。なんでもスマホがあれば動画も静止画も撮影できる時代だ。公安捜査官にとってはありがたい時代になったものだ」

「秘匿捜査が実にやりやすい時代ですね。昔のように拠点設定をする機会が減ったのも事実ですからね」

「拠点は拠点の重要性がある。ヒューミントの基本だからな。ここよりも建物の所有者と連絡は取れているのか？　ダメなら軽犯罪法違反をするしかないが」

香川はいつの間にか、片野坂が見習についていた頃のように、教え諭すような口調で言っていた。

「あそこにある脚立を使って屋上に設置すれば、法的には何の違反にもなりませんよ」

「なるほどな……軽犯にもならないか……。それなら管理者対策も必要ないな」

県警幹部が唖然として見ている中、香川は一人で作業を行い、カメラを二台セットした。

「吉田次席。注意深く観察して、カメラの存在は確認できますか？」

「いえ、全くわかりません。やはり公安部の資材は凄いですね。うちが用意していたカメラでは全く使い物にならないことがわかりました」

カメラとスマホの動作確認を終えると、豊前チームは現場を離れ、埠頭を現認することができる対岸の九州電力豊前発電所脇に車を停めて隠し、牧場チームからの連絡を待った。

午後三時、隠し牧場チームから、トラック二台に約十五頭の牛を載せて、男五人が二台の車に分乗して出発した旨の連絡が入った。

「ここまでは県道三十四号線経由で、一時間ほどで到着すると思います」

「なるほど……夕方前の、比較的日立たない時間を狙っているのか……すると輸送船も間もなく姿を見せるな……」

三時四十分、中型の家畜輸送船が姿を見せた。

「船にクレーン装置が付いているのですね」

「そうか……牛を歩かせるわけじゃないのか？　それにしてもこんな小型船で大丈夫なのかな？　フェリーボートを少し大型にした位じゃないか？」

「牛十五頭くらいだと言っていましたから、バス二台よりも軽いでしょう。海が荒れていなければ八重山諸島までは二日あれば行きますよ」

「そうか……海の状況によるんだったな……そういえば先月四十三人の乗組員と約六千頭の牛を載せてニュージーランドから中国へと向かっていた船が、東シナ海で転覆しているからな」

「そんなニュースもありましたね」

家畜輸送船は実にスムーズに接岸準備に入っていた。桟橋には衝撃除けのゴムタイヤ等の設備はないが、船内には十人近い乗組員がきびきびと動いているのが目視できた。

その時、吉田次席のスマホのバイブレーターが動いた。電話を受けた吉田次席が片野坂に向かって言った。

「間もなくのようです」

「タイミングも見事ですね」

「カメラの具合はいかがですか？」

「バッチリですね。ズームも大丈夫ですよ。ほら、家畜輸送船から自動車用のゴムタイヤを降ろし始めました。いよいよ接岸ですね」

「あのトラックがそうでしょう」

二台のトラックが岸壁に到着した。そこに隠し牧場から追尾していたチームが合流してきた。

「さて、どんな積み込みをするのか……」

すると、隠し牧場チームのトップだった管理官が答えた。

「トラックの中には三個ずつのケージがあって、一つのケージに三頭ずつ入っているようです」

「なるほど……五、六回の積み下ろしで終わるわけか……」

「船からは誰も降りてこないのですね。ん？　あの大きめのスチール製のケースのようなものは何だ？」

船のクレーンが動くと、クレーンから垂らされたフックに、銀色のスチール製と思われる大型スーツケースがぶら下がっていた。

「金にしては大きすぎますね……シャブか大麻か……そんな感じですね」

「どこかのタイミングで押さえたいものです」

「あれは福岡県警に任せましょう」

間もなく和牛を載せたケージが、次々に船に積み込まれた。輸送船が接岸して出航するまでに要した時間は、わずか四十分だった。

翌朝、三人は石垣空港に降り立った。

石垣島は沖縄県石垣市に属する八重山諸島の島で、北緯二十四度二十分という位置は、台湾の台北よりも南に位置している。また中国、台湾と領有権を争っている、琉球列島の一部である尖閣諸島の魚釣島は石垣市登野城尖閣という住所になり、石垣島から北西の方向にある。この魚釣島の位置は石垣島と台湾からは約百七十キロメートル、沖縄本島からは約四百十キロメートル、中国大陸からは約三百三十キロメートル離れている。

また、八重山諸島は石垣島を中心にして、日本最西端の与那国島等合計十二の有人島に加え、北に位置する尖閣諸島など多くの無人島からなる島嶼群である。

「さて、奴らの牧場はどの島にあるのか……ですね」

「情報は沖縄県警も把握していないようで、何もない状態です」

片野坂の問いに福岡県警の吉田次席が答えると、香川が片野坂に訊ねた。

「輸送船の位置情報は取っているんだろう？」

「はい。内閣衛星情報センターの十五機の情報収集衛星の一つが、衛星測位システムを使って追ってくれているはずです」

「GNSS（Global Navigation Satellite System：全球測位衛星システム）だな？」

「日本版のGPSで、独自の衛星測位システムです」

「みちびき……か……」

衛星測位システムとは、人工衛星から発射される信号を用いて位置測定・航法・時刻配信を行うシステムのことである。また、「みちびき」とは、内閣府が運用している準天頂衛星システムのことで、日本独自の衛星測位システムである。

二人の会話を聞いていた吉田次席が、香川に訊ねた。

「警視庁では、こんな会話が普通に行われているのですか？」

「公安部の情報部門では日常会話の一つですね」

「やはり、地方警察とは世界が違いますね……」

二日後、家畜輸送船の接近が報告されると、沖縄県警との合同会議が開かれた。すでに県警警備部は高速警備艇を準備して、石垣島の埠頭に着岸させていた。また海上保安庁も石垣島と尖閣諸島の間に巡視船を一隻増やしてくれていた。

「さて、装備を積み込むかな。望月ちゃん、準備万端？」

「はい。銃の手入れも終わっています」

衛星測位システムは、ミリ単位で正確な位置を把握できる。

「石垣島から高速艇で十五分か……敵は接岸したようだな」

県警と九州管区機動隊の四隻が、石垣島埠頭を出航した。

「マル対が出航準備に入りました」

「予定どおり、尖閣諸島の海域に入ったところで停船命令をかけます」

エピローグ

一週間後の午前六時、香川と望月の姿は、警視庁池袋警察署の訓授場にあった。訓授場というのは講堂のことで、毎朝、署長が署員に対して訓授を行う場所であるため、警視庁の警察署の講堂は慣例的に「訓授場」と呼ばれている。

秘匿で設置されていた特別捜査本部がこの日、ようやく強制捜査を行うことになっていた。この日まで捜査が延びていたのは捜索差押許可状における「差し押さえるべき物」の内容を特定するためだった。通常、差し押さえるべき物として、被疑事実によって一応推測できる種類の物件を列挙した上で、「その他本件に関係ありと思料される一切の物件」といった包括的な記載をすることが慣例である。しかし、今回は国際問題に係わる可能性が高いため、差し押さえるべき物をあえて厳格にするため、被疑事実との関連性があること、令状の記載により特定された場所や物に対するものであること、捜索・差し押えの必要性があること、の三点を厳しく調査して令状に記載していた。

「今日の捜査員だけで二百か……おまけに打ち込みが七か所だろう……スーパー大事件

になってしまったな」

「捜索差押場所の七か所はともかく、二十五人分の逮捕状を用意して、さらに現行犯逮捕がどれだけ増えるのか……事前視察チームの情報ではプラス二十人近い、新規の関係者がいるようです」

「お札を請求したのが七日前だからな……ま、想定内だな。仕方ないと言えば仕方ない。今回は美味い壱岐牛も食ったからな」

逮捕状等の令状を警察隠語では「お札」と呼んでいる。

「オリエント急行にも乗ったでしょう？」

「ああ、そのこと……ベニス・シンプロン・オリエント・エクスプレスと言って欲しいな」

「飲んで食べて……でしょう？」

「いいじゃないか、バドル君。君だって大好きなH＆K　MP5で百発連射したんだから。嬉しそうな顔してたぜ」

「向こうが先に撃ってきたんでしょう。それもあの距離で迫撃砲なんて出してきたから、それを阻止しただけですよ。おまけに、今回は誰一人射殺していませんから」

「まあな。あれで中国の公船も逃げ出したからな。残されたのは、強い味方に見捨てられて呆然としている、哀れなチャイニーズマフィアだけだったな」

「その割には、結構、殴る蹴るをやっていたような気がしましたけど……」

「バドル君、君は青龍刀を隠し持っている連中に警棒一本で向かっていく気迫がないんだよ」

「それは気迫ではないと思いますけど。おまけに私は極めて民間人に近い未熟な警察官ですし……逮捕術も一度も習っていません」

「はいはい、ようござんすよ。それにしても、打ち込み当日に現場に行かないというのは寂しいもんだな」

「えっ、普段は現場なんですか？」

「当たり前よ。ここにおわす片野坂は現場一筋を目指している変人キャリアだからな」

これを聞いていた片野坂が言った。

「思った以上に大きな捜査になってしまいましたからね。打ち込みの現場がこれだけ広がると、わずか三人がバラバラになるわけにもいきませんからね。無線報告を聞き、現場からのわずかな動画を見ながら全体を掌握、想像するしかありません」

「各現場に、本部各部各課のエキスパートが行っているから、大丈夫だろう」

「あとはガサでどれだけ新たな証拠が出てくるのかが楽しみです」

片野坂の言葉に望月が訊ねた。

「うちはもう何もしないのですか？」

　これに香川が答えた。

「それは証拠品を確認してからのことだな。巨悪に対してどれだけのことができるか……それが俺たちの役目だ」

　既に前日、この日の強制捜査に従事する職員全員を警視庁本部十七階にある大会議室に集め、指示を行い、そのまま出撃拠点に分散して前泊させていた。

　捜索差押許可状および逮捕状に記された罪名だけでも、犯罪による収益の移転防止に関する法律（マネーロンダリング関連）、電子計算機損壊等業務妨害罪、（刑法）威力業務妨害罪（サイバーテロ関連）、（刑法）収賄罪、（刑法）窃盗罪、売春防止法、児童買春、児童ポルノに係る行為等の規制及び処罰並びに児童の保護等に関する法律、外国為替及び外国貿易法、出入国管理及び難民認定法、政治資金規正法、組織的な犯罪の処罰及び犯罪収益の規制等に関する法律、家畜遺伝資源に係る不正競争の防止に関する法律等があった。

「まさに公安警察らしく、あらゆる法令を駆使して検挙する……だな」

「国会議員が収賄と政治資金だけでは面白くなかったけどな。東の野郎にマネロンだけでなく、児童買春のおまけまで付くとは、野郎らしくてよかったが」

「チャイニーズマフィアの十二人は、組織にとっては痛手だったでしょうね」

　望月が他人事のように言うと、片野坂が言った。

「それよりも核兵器の不拡散に関する条約違反は世界的な問題になりますよ」

「Treaty on the Non-Proliferation of Nuclear Weapons、略称NPTですね。しかし、どう考えても頭文字の順番が違うので私は納得できないんですけどね」

それを聞いた香川が言った。

「NPTとは言っても、核軍縮を目的にアメリカ合衆国・中華人民共和国・イギリス・フランス・ロシア連邦の五か国以外の核兵器の保有を禁止する条約だからな、全く意味がない。所詮、第二次世界大戦戦勝国だけは核を持っても構わない……ってんだろう。冗談じゃないぜ。結局はUNと同じじゃないか。まあ、今度は、その中のチャイニーズマフィアが裏で動いていたことが世界に知られただけでも面白くはあるんだけどな」

「中国がどう動くか……そして、トルコの動きが注目されますね」

「今回、ヤクザもんが出てこなかったのはつまらなかったな。チャイニーズマフィアがヤクザを通さずに、自分たちだけでシャブやヘロイン、大麻を扱っていたんだからな」

「対立抗争というものが、どれだけ損をするものか、奴らも気付くことでしょうね」

「しかし、ヤマテの会の中にいた、元革命軍の生き残りが、こんな形で捕まるとは思わなかったな」

「極左暴力集団にとっても衝撃だったと思います。これが他のセクトの非公然組織のあぶり出しになれば面白いのですけどね……みんな爺さんになっていますけど」

「爺さんになっても、過去の罪は背負ってもらわなきゃな。諸先輩方への恩返しだな」

香川の言葉に望月が言った。

「香川先輩にも、そういう殊勝なところが残っていたのですね」

「明日午前七時三十分に、一斉に打ち込みます。なお、通信系は基幹系警備第一波を使用するため、幹部は基幹系受令機を確実に受信しておいて下さい。なお、伝令には所轄系の五チャンネルを使用します。このチャンネルのリモコンは所轄のリモコン席ではなく、警視庁本部の通信指令本部から指令します」

午前六時三十分、警視庁通信指令本部から強制捜査の捜査員に対して一斉連絡が入った。

「警視庁から、各課、各隊、各移動宛、連絡。現時点を以て池袋警察署内にC号警備現本を設置する。回信を取る。公安部どうぞ。外事二課どうぞ。組対二課どうぞ。公機捜隊長どうぞ。マネロン対策室どうぞ。一機隊長どうぞ。三機副隊長どうぞ。池袋現本どうぞ。以上警視庁」

午前七時、次の指令が出た。

「警視庁から各課、各隊、各移動宛、命令。現時点、六一七。七時〇分七秒回信省略。以上警視庁」

この「六一七」は、警備符号で配置完了命令である。

午前七時三十分、

「警視庁から各課、各隊、各移動宛、命令。現時点、六一八。ゼロ七時三十分十五秒。以上警視庁」

この「六一八」は、警備符号で着手命令である。

「始まったな……」

香川が言うと、いつの間にか香川の後ろに立っていた片野坂が言った。

「長い一日になりそうですね」

香川が驚いて振り返ると、後ろには片野坂の他に、制服姿の池袋警察署長と私服の警備課長、組対課長も緊張した面持ちで立っていた。池袋署長はマネーロンダリング捜査のプロだった。

「どれだけの柄を捕ることができるかだな」

「お札は二十五人分ですから。あとは現行犯次第ですね」

片野坂が落ち着いた声で答えた。

そこへ白澤から連絡が入った。

「今、トルコと北朝鮮の核取引について時系列をＥｘｃｅｌで送りました。端的に説明いたしますと、北朝鮮の窓口は、金与正の義理の父親であるナンバーツーの直属の部下です。中国は上海系チャイニーズマフィアのナンバーツー張林沖（ジャンリンチョン）と在トルコ中国大使館公使の蔡暁明（ツァイシャオミン）、中国企業で原子力開発の責任者である宋永良（ソンヨンリャン）。トルコはスイスの欧州原子核研究機構とアメリカのカーネギーメロン大学で素粒子物理学を学んだ、フセイン・ガニオールです。流れは北朝鮮と中国、中国とトルコという関係で、トルコと北朝鮮に関しては、直接の連絡は取られていません」

「トルコ、北朝鮮間の連絡は全くないのですか？」

「はい。北朝鮮のエージェントが二〇一七年にウクライナで、北朝鮮の大陸間弾道ミサイル（ＩＣＢＭ）にウクライナの技術が使われた疑惑で逮捕されて以来、密貿易の窓口に北朝鮮人は直接かかわらなくなったそうです」

「確かにそういうことがありましたね……」

「品物はともかく、金の流れはどうなっていますか？」

「ケイマン諸島のオフショア市場での裏金と複数の仮想通貨、そしてルガノにある二つのスイス銀行が使われています」

「仮想通貨とスイス銀行ですか……確かに一筋縄ではいかぬ手口ですね」

「それに気になる日本人の名前が出てきました」

「誰ですか？」

「中野泰膳です。北朝鮮、マフィアのナンバーツー張林沖、フセイン・ガニオールの三名とつながりがありますし、ケイマン諸島の銀行にも本人と彼の妻、長男名義の口座がありました」

「今のままでは『清濁併せ呑む資質』などと言われればおしまいですからね。これから一つ一つの裏の繋がりを立証できるかどうか……ですね」

「『清濁併せ呑んでなお、清波を漂わす汝、海の如き男たれ』か……勝海舟の評価も賛否両論だからな」

「『敵は多ければ多いほど面白い』と勝自身も、生前、没後も批判者が多いことを十分に理解していたようですからね」

「そうだったな……勝海舟と中野泰膳じゃ器も違うだろうが、中野か……奴が生きている間に何とかしたいものだが、中野は後継ぎがいるんだったっけ？」

「娘婿が出れば間違いなく当選するでしょうね。ただし、もう歳が歳ですから、義父のように大成できるのかどうかはわかりませんが……」

「隔世遺伝ではないが、孫が出てきて最年少当選……なんてこともあるからな……」

「その可能性は否定しません。我々だけで秘密裏にどこまで捜査できるか……に掛かっていますからね」

「漏れたらそこで終わりだからな……本件が片付いたら、もう一度きっちりと調べてみるかな」

「それにしてもようやく中野泰膳の金にたどり着きましたか……」

「中国共産党幹部のＶＩＰ口座と同じランクに登録されています」

「中国人と思われているのかもしれませんね……」

片野坂は白澤から送られてきた八ページあるＥｘｃｅｌデータを瞬読しながら、質問した。

「この四ページ目の『Ｆ31』ですが、ここの詳細を送ってもらえますか」

「えっ、もしかして部付はBrain Boostされていらっしゃるのですか？」

「いえ、ちょっと速く読む癖をつけてきただけのことです」

「ちょっと待って下さい……。えーっと『Ｆ31』に関しては、添付のＷｏｒｄ資料四ページに書いてありますが……」

「ああ、わかりました。なるほど……そうすると中野泰膳は逃げられないかもしれませんね。立派な死の商人ということになりそうですが……。本件ともまた別なところで悪さをしていそうですね」

「そう思います。ロシア、ウクライナからの金もあります。宇宙関連業界からの送金が多いのですが、それだけではないようですね」

「面白いな……これは今後につながる実に貴重な資料ですよ」

「ありがとうございます」

強制捜査は六時間に及んだ。逮捕者は予め用意していた逮捕状を示して逮捕した通常逮捕者が国会議員を含めて二十五人、覚醒剤取締法、麻薬及び向精神薬取締法、大麻取締法、公務執行妨害等の現行犯逮捕が十人だった。また押収品は段ボール箱二十四箱で、本部各部の担当課が持ち帰って精査作業が始まっていた。

証拠品の中から、マネーロンダリングとサイバーテロに関する有力な証拠が発見された旨が速報された。売春行為に関する資料からは、顧客として財界、芸能界を含めた著名人が多数出てきた。また、その他の証拠品の中から発見された覚醒剤、麻薬及び向精神薬、大麻等の入手、配布先も新たに判明していた。

「どこまで延びますかね……」

「時間はかかるだろうが、犯人にとっては決して逃げられない証拠があるからな。とことんやってもらうさ。中国も今はオリンピック開催に向けて自国のことに専念したいのだろうが、海外で暴れているチャイニーズマフィアやサイバー軍、そして、何よりも核拡散は自重してもらわなきゃな。日本警察を舐めたらあかん」

香川の言葉に望月が真顔で返した。

「まさにそのとおりですね。中国共産党は対外的には新型コロナウイルスのことなど、すっかり忘れてしまっている素振りですが、武漢の悲劇はまだ世界に広がっていること、その責任は中国にあると世界中が知っていることを忘れさせてはいけません」

翌朝、午後一番で片野坂は警視総監室に呼ばれた。

「片野坂、今回も派手にやってくれたようだな」

「中国の役人の前で『日本警察は逃げない』というところだけは見せておきたかったのです」

「それにしても日本の領海内で、しかも船対船の状況で、チャイニーズマフィア相手に自動小銃を使った銃撃戦とは恐れ入った」

「こちらの正当性を担保するために、海保に4Kでのビデオ撮影を依頼しておりました」

「今回のような一網打尽というケースは滅多にお目にかかれるものではないだろうが、それにしても公開できる情報が少ないのもお前らしいな」

「それはハッキングのことでしょうか？」

「民自党本部から議員会館のコンピューターまで、全く足跡を残さずに、よくもあれだけのデータを拾い上げたものだと、朝の警察庁との会議で、警備局長と感心していたんだ」

「ハッキングの拠点が、不幸中の幸いなことに、新型コロナウイルスの感染問題でヨーロッパ各地を転々としなければいけない状況にあったことが大きかったと思います」

「中国のサイバー攻撃集団からも反撃を受けなかったのだな？」

「今回はハッキング中継局を十二か所設定していたようですから、現在のサイバーセキュリティー能力では、ハッキング元にたどり着くのは不可能……ということでした」

片野坂の説明に、警視総監が手元のメモを見ながら言った。

「今回、君たちが立件した事案は、警視庁内の組織的には、ええっと、総務部の情報管理課の情報セキュリティーと、警視庁インターネット基盤管理センター。公安部の警視庁サイバー攻撃対策センター。刑事部の警視庁捜査支援分析センター。生安部のサイバー犯罪対策課と警視庁ネットワーク捜査指導室。組対部の警視庁マネーロンダリング対策室と警視庁不正滞在対策室にかかる事件だな。それを、全てやってしまったことになる。加えて、今後の対北朝鮮政策、中でも拉致被害者救済に関しても重要な意味合いがある」

「そういうことでしょうね」

「でしょうね……ってな、担当部署から見れば決して面白い案件ではないことはわかるだろう？　さらに拉致問題に関しては、官邸や内閣府にも戦略の練り直しを突きつけているからな。アメリカの大統領も替わることになりそうだと考えると、なおさらだな。それよりも、企画課庁務の国会担当からも、『一言、連絡が欲しかった』との意見が出ている旨、企画課長が泣きついてきた」

「警務部参事官を兼ねた人事第一課長は別格として、警視庁の筆頭課長である企画課長が泣きついてくる暇があったら、警視庁内の行政手続に関する印鑑廃止をまず実践させることが自分の仕事であると理解させた方がいいと思いますけどね」

片野坂の言葉に、警視総監も思わず答えた。

「まあ、確かに警視庁の稟議は面倒だけどな」

「一部署の警部が企画立案した内容について合議し、決裁を取るのに、最低でも二十四個もの印鑑が必要なんです。しかも、その中で一番合議印を取るのが困難なのが企画課長だというのは、庁内の常識ですからね」

「そんなに数が必要なのか？」

「今回の事件捜査に関して、私が合議し、決裁を取ろうとすれば、それだけで軽く一週間はかかったことでしょう。縦割り行政の一番甚だしいのが警察組織なんです」

「確かに、印鑑に関しては新内閣の行政における改革の第一歩だからな」

「おまけに、今回は海保や九州管区警察局の決裁まで求めなければならなかったことを考えると、捜査をする気力さえ失ってしまいます」

警視総監は思わず腕組みをして、目を瞑ると、そのまま黙り込んでしまった。片野坂は表情を変えることなく、警視総監の姿を眺めていた。数十秒後、警視総監が片野坂の顔を見て言った。

「たった四人でここまでやるのは大変だっただろうな」

「個々が能力を最大限に発揮した結果だと思います」

「それにしても人が足りんだろう？」

「モノ、金は多いに越したことはありませんが、人は多ければいいというものではありません。しかしながら、四人はさすがに厳しいです」

「あと何人いればいい？」

「今のメンバーと同等の能力を有する者が警視庁内に何人いるか……です。ご存じのとおり、うちの四人目は外務省からの転籍組ですから」

「そうだったな……四万人以上いて、その中から一人を探すのも難しい……ということか……」

「短期スパンで組織改革を考えるなら、昇任試験制度の見直しと、警察大学校、管区学校における教育制度と指導教官の見直しが第一に必要でしょう」

「警察教育か……確かに、私も今のままでいいとは思っていないんだが、地方にはそれだけの人材が揃わないのが実情だからな」

「しかし、警視庁警察官の中には地方警察を落ちて入った者もたくさんいます。それでも、実力をつけて幹部になっています。地方の甘えを払拭しなければならないと思います」

「片野坂の言いたいことはわからんでもないが、お前の地方警察経験は神奈川県警で二年間、それも外事課長だけだろう。同じ関東管区内でも大きな差があるんだよ。私も群馬県警本部長が振り出しだったからな」

「群馬はエリートコースと呼ばれていますよね」

「それは、かつては優れた国会議員と首長がいたからだ。今さら、お前に地方に行けとは言わないし、近い将来、本部長を経験したことがない者が警察のトップに座る時がくるようだ」

「実力ならばいいのですが、政治判断では困りますね。その点、内閣人事局長が政治家ではないのが救いではありますが……」

「今のうちになんとかしなければならないのは確かだな……。片野坂、お前なら警察教育改革をどうする？」

警視総監が身を乗り出して訊ねた。

「警察官に最も足りないのは幅広い教養だと思います。ですから学校教育が大事だと思います。僕は、警察庁の新卒キャリア全員と警視庁巡査部長試験一発合格組に三人ずつ講師をピックアップさせて、その中から部外講師適任者を選び、毎週一度講演をしてもらうといいと思います」

「なるほど……幅広い教養か……確かに面白いかもしれないな……」

「たまには、アンチ警察の人を呼んでもいいのかもしれません。思いきり、警察の悪いところを突いてもらう……その時は全員に感想文を書かせる……とか……」

「なるほど……アメリカのディベート教育の一手法だな？」

「アメリカのディベートは少しは優れていたかと思っていましたが、今回の大統領選でのテレビ討論を見て、多くのアメリカの有識者が悲しい思いをしたことでしょうね」

「あれがディベートと言えるのか？」

「アメリカ大統領になるのが大多数のアメリカ国民の夢でしょう。今回、どのような結果が出るのかわかりませんが、大統領選挙が国家を分断したことは否めないと思います。結果はどうあれ、アメリカ人の意識が大きく変わる契機になることでしょう。議院内閣制の日本では考えられないことです」

「そうだろうな。しかし、アメリカ人というのは決してひとくくりにできない人種の坩堝だからな。一回の選挙結果がその後の国内事情をどう変えるか……ただし、今回は新型コロナウイルスの感染問題と、環境問題の二つが大きく響いてくるのは事実だな」

「それは日本の新型コロナ対策と原子力問題に似ています。この冬をどう乗り越えることができるかで、向こう三年間の国家体制が見えてくると思います」

「向こう三年か……」

「五年先を語るのは詐欺師くらいだと思います。ましてや十年、二十年先のことは全くわからないのが現代だと思います」

「そうか……お前と話をするのは楽しいよ。本音を語ってくれるからな」

「総監も警察官として最後の仕事ですからね。名前を残すのではなく、組織の将来を考えて思いきりやっていただきたいと思います」

「警視総監として名前を残そうなどと、一度も考えたことはないけどな」

警視総監が笑って言った。


片野坂がデスクに戻ると公安部長が香川と大笑いをしながら待っていた。

「部長、どうされました？」

「東京地検の特捜部から連絡が来ている」

「二流国会議員の身柄なら差し上げますよ。証拠も揃っていますから」

「地検は違法収集証拠がないのか疑っている」

「今どき、そんな証拠を残す捜査員は、警視庁にはいないと伝えてやって下さい」

「向こうは、どうやってその証拠にたどり着いたかを知りたい一心だな」

「いくら司法試験に受かっても、捜査のイロハを知らなければモノにならないことを教えてやって下さい。情報も人、捜査も人なんですから」

「なるほど……ところで、トルコの核保有の端緒情報はどこだったんだ？」

公安部長の問いに香川が手を挙げた。

「なんだ、香川君か？」

「ヨーロッパ、アジア、中東の情勢を総合的に判断すれば自ずと見えてくる図式だったのですよ。決定的になったのは望月君の情報と、ヨーロッパ支局の白澤女史の分析結果からですけどね」

「相変わらずディープな情報を収集分析できるものだな」

「世界の火薬庫は、今やトルコですよ。トルコとシリアの国境付近を自分の目で見ればわかります。と言っても、俺より早く、そこに潜入した者もいますけどね」

香川が笑って言うと、望月が顔の前で手を振りながら言った。

「その話はもうやめて下さい」

それを見て香川が言った。

「部長、中野代議士と北朝鮮の情報を得たのも、実はこの望月乱射男なんですよ」

「なんだその乱射男というのは？」

「香川さん、やめて下さいよ。それは昔の話でしょう」

香川が暴走し始めたのを見て、片野坂が言った。

「ここのチームプレーはどこにも負けない自負があります。先ほど、総監室で総監から多々質問を受けましたが、中国一国だけでなく、トルコ、北朝鮮までまとめて勝負できるのは、現在の警察組織の中ではここだけだと思います」

「そりゃそうだろう。そのためにお前がいるんだからな。そのうち、国家もこの存在に気付く時がくることだろう。今は、官房副長官しか、この事実を知らないし、すべて警視庁公安部という隠れ蓑の中で動いてもらうしかない。ともあれ、三人揃った元気な顔を見ることができてよかった」


公安部長が部屋を出ると香川が再び笑いながら言った。

「それにしても望月ちゃんは凄かったな。H&K MP5で百発連射だからな……」

「近くに来ていた中国の公船も手出しできなかったのが笑えました。あの迫力は現場にいた者しかわからないでしょうね」

「和牛も全て石垣牛ということで育てられるようだし、無人島の牧場から乗船した男が、茨城の殺人事件の実行犯だったわけだから、茨城県警の事件も全面解決になったわけだ……ただ、中国はマフィアを使って日本から食を盗むだけでなく、結果的にはその陰謀は北朝鮮の戦略核までつながっていく……ということか」

「中国は本物の共産主義なんですよ。一般国民は生かさず殺さず。資本主義は叩き壊す。自分の不利は認めず。他国の干渉は許さない。そして、使えるものは何でも使う」

二人の会話を聞いていた望月が、ため息交じりに言った。

「白澤さんの解析というよりも、ハッキング技術はますますエスカレートしていきますね」

「それは望月ちゃんの情報があったからできたことなんだよ」

「情報というよりも、ちょっとしたヒントに過ぎません」

「またしても中野泰膳を捕まえるところまでいかなかったが、奴が宇宙戦争という名目で世界の核の不安を広げるポジションにいることがよくわかった。それに、地下銀行システムを未だに使っている中国企業も、いつか必ず銀行法違反で摘発してやる。それにしても、池袋の売春組織の摘発という、実にしょぼい案件が、こんな大きな事件のキーステーションになるとは、福岡県警の植山補佐には何らかの礼をしなければならないな」

「植山補佐も県警から特別表彰があるようですね。県警に戻ったら、吉田次席の後任ではなく、総務部の次席になるのでしょう。福岡県警の将来が明るくなりますね」

「それにしても、俺たちは国境の銃弾に縁があるんだな」

香川の言葉に片野坂が笑って答えた
「北海道ではやりたくないですね」

すると望月が笑って言った。

「その時は戦争勃発ですよ」

この作品は文春文庫のために書き下ろされたものです

この作品は完全なるフィクションであり、登場する人物や団体名などは、実在のものと一切関係ありません

DTP制作　エヴリ・シンク

文春文庫

警視庁公安部・片野坂彰（けいしちょうこうあんぶ・かたのさかあきら）
紅旗の陰謀（こうきのいんぼう）

定価はカバーに表示してあります

2021年1月10日　第1刷

著者　濱嘉之（はまよしゆき）
発行者　花田朋子
発行所　株式会社　文藝春秋

東京都千代田区紀尾井町3-23　〒102-8008
TEL　03・3265・1211㈹
文藝春秋ホームページ　http://www.bunshun.co.jp
落丁、乱丁本は、お手数ですが小社製作部宛お送り下さい。送料小社負担でお取替致します。

印刷製本・大日本印刷

Printed in Japan
ISBN978-4-16-791603-9

（　）内は解説者。品切の節はご容赦下さい。

午後からはワニ日和
似鳥 鶏

「怪盗ソロモン」の貼り紙と共にイリエワニ、続いてミニブタが盗まれた。飼育員の僕は獣医の鴇先生と事件解決に乗り出す。個性豊かなメンバーが活躍するキュートな動物園ミステリー。

に-19-1

ダチョウは軽車両に該当します
似鳥 鶏

ダチョウと焼死体がつながる？　――楓ヶ丘動物園の飼育員「桃くん」と変態（？）「服部くん」、アイドル飼育員「七森さん」、そしてツンデレ女王の「鴇先生」たちが解決に乗り出す。

に-19-2

迷いアルパカ拾いました
似鳥 鶏

書き下ろし動物園ミステリー第三弾！　鍵はフワフワもこもこ愛されキャラのあの動物！　飼育員の桃くんと七森さん、ツンデレ獣医の鴇先生、変態・服部君らおなじみの面々が大活躍。

に-19-3

モモンガの件はおまかせを
似鳥 鶏

体重50キロ以上の謎の大型生物が山の集落に出現。その「怪物」を閉じ込めたはずの廃屋はもぬけのから!?　おなじみの楓ヶ丘動物園の飼育員達が謎を解き明かす大人気動物園ミステリー。

に-19-4

七丁目まで空が象色
似鳥 鶏

マレーバク舎新設の為、山西市動物園へ「研修」に来た楓ヶ丘動物園のメンバーたち。しかし、飼育している象がなぜか脱走して……。楓ヶ丘動物園のメンバーが大奮闘のシリーズ第5弾。

に-19-5

警視庁公安部・青山望　完全黙秘
濱 嘉之

財務大臣が刺殺された。犯人は完黙し身元不明のまま。捜査する青山望は政治家と暴力団・芸能界の闇に突き当たる。元公安マンが圧倒的なリアリティで描くインテリジェンス警察小説。

は-41-1

警視庁公安部・青山望　政界汚染
濱 嘉之

次点から繰上当選した参議院議員の周辺で、次々と人が死んでいく。警視庁公安部・青山望の前に現れた、謎の選挙ブローカー、刀匠らが、大きな権力の一点に結び付く。シリーズ第二弾。

は-41-2

文春文庫　書きおろし警察小説&エンタテインメント

（　）内は解説者。品切の節はご容赦下さい。

報復連鎖
濱 嘉之
警視庁公安部・青山望

大間からマグロとともに築地に届いた氷詰めの死体。麻布署に異動した青山が、その闇で見たのは「半グレ」グループと中国マフィアが絡みつく裏社会の報復。大人気シリーズ第三弾！

は-41-3

機密漏洩
濱 嘉之
警視庁公安部・青山望

平戸に中国人五人の射殺体が漂着した。捜査に乗り出した青山は日本の原発行政をも巻き込んだ中国の大きな権力闘争に気付く。そして浮上する意外な共犯者……。シリーズ第四弾。

は-41-4

濁流資金
濱 嘉之
警視庁公安部・青山望

仮想通貨取引所の社長殺害事件と急性心不全による連続不審死事件。所轄から本庁に戻った青山は、二つの事件の背後に広がる闇に戦慄する。リアリティを追求する絶好調シリーズ第五弾。

は-41-5

巨悪利権
濱 嘉之
警視庁公安部・青山望

湯布院温泉で見つかった他殺体。マル害は九州ヤクザの大物だった。凶器の解明で見えてきた、絡み合う巨大宗教団体と利権の構造。ついに山場を迎えた青山と黒幕・神宮寺の直接対決。

は-41-6

頂上決戦
濱 嘉之
警視庁公安部・青山望

分裂するヤクザとチャイニーズ・マフィア！　悪のカリスマ、神宮寺武人の裏側に潜んでいたのは中国の暗闇だった。青山、大和田、藤中、龍の「同期カルテット」が結集し、最大の敵に挑む！

は-41-7

聖域侵犯
濱 嘉之
警視庁公安部・青山望

パナマ文書と闇社会。汚職事件、テロリストの力学。日本の聖地、伊勢で緊急事態が発生。からまる糸が一筋になったとき、公安のエース青山望は「国家の敵」といかに対峙するのか。

は-41-8

国家簒奪（さんだつ）
濱 嘉之
警視庁公安部・青山望

組のご法度、覚醒剤取引に手を出した暴力団幹部が爆殺された。背後に蠢く非合法組織は、何を目論んでいるのか。国家の危機に、公安のエース、青山望が疾る人気シリーズ第九弾！

は-41-9